EL GATO Y LA CIUDAD

Nick Bradley tiene un máster en Escritura Creativa por la Universidad de East Anglia, y un doctorado en Escritura Crítica y Creativa centrado en la figura del gato en la literatura nipona. *El gato y la ciudad* es su primera novela.

Código BIC: FA | Código BISAC: FIC019000
Diseño de cubierta e ilustración: Carmen R. Balit

EL GATO Y LA CIUDAD

NICK BRADLEY

Traducción de Daniel Casado Rodríguez

Argentina • Chile • Colombia • España
Estados Unidos • México • Perú • Uruguay

Título original: *The Cat and the City*
Editor original: Atlantic Fiction
Traducción: Daniel Casado Rodríguez

1.ª edición en **books4pocket** junio 2025

Copyright © Nick Bradley, 2020
Ilustraciones © Mariko Aruga
All Rights Reserved
© de la traducción, 2023 *by* Daniel Casado Rodríguez
© 2023, 2025 *by* Urano World Spain, S.A.U.,
publicado en virtud de un acuerdo con Johnson & Alcock Ltd.
Plaza de los Reyes Magos, 8, piso 1.º C y D – 28007 Madrid
www.letrasdeplata.com
www.books4pocket.com

ISBN: 978-84-19130-64-8
E-ISBN: 978-84-19497-85-7
Depósito legal: M-9.984-2025

Fotocomposición: Urano World Spain, S.A.U.
Impreso por Novoprint, S.A. – Energía 53 – Sant Andreu de la Barca (Barcelona)

Impreso en España – *Printed in Spain*

Para mis padres, por todo…

y para mis hermanos, por todo lo demás.

ÍNDICE

青猫

萩原朔太郎（大正12年）

この美しい都會を愛するのはよいことだ
この美しい都會の建築を愛するのはよいことだ
すべてのやさしい女性をもとめるために
すべての高貴な生活をもとめるために
この都にきて賑やかな街路を通るのはよいことだ
街路にそうて立つ櫻の竝木
そこにも無數の雀がさへづつてゐるではないか。

ああ　このおほきな都會の夜にねむれるものは
ただ一疋の青い猫のかげだ
かなしい人類の歴史を語る猫のかげだ
われの求めてやまざる幸福の青い影だ。
いかならん影をもとめて
みぞれふる日にもわれは東京を戀しと思ひしに
そこの裏町の壁にさむくもたれてゐる
このひとのごとき乞食はなにの夢を夢みて居るのか。

Un gato azul

De Hagiwara Sakutaro (1923)
Traducido al inglés por Nick Bradley

Estar enamorado de esta ciudad es algo bueno;
querer los edificios de la ciudad, algo bueno.
Y a todas esas mujeres amables,
todas esas vidas nobles
que recorren estas calles abarrotadas,
enmarcadas por cerezos a ambos lados,
desde cuyas ramas cantan los gorriones.

¡Ah! Lo único que puede dormir en esta enorme noche
    urbana
es la sombra de un solo gato azul.
La sombra de un gato que cuenta la triste historia de la
    humanidad.
La sombra azul de la felicidad que se me escapa.
Persigo sin cesar a cualquier sombra.
Pensaba que quería a Tokio incluso en un día nevado,
pero mira a ese mendigo desaliñado del callejón,
apoyado contra una pared: ¿qué sueño sueña él?

TATUAJE

Kentaro se llevó la taza de café hirviendo a sus labios y sopló el vapor que se alzaba de ella. La trastienda de su taller de tatuajes estaba poco iluminada, y la luz que emitía la pantalla de su portátil teñía su barba gris de un tono azulado. Reflejada en sus gafas había una larga lista de enlaces en una página web que se desplazaba poco a poco. Con la mano aferraba un ratón Bluetooth cuyos botones estaban cubiertos de marcas de dedos grasientos. El café seguía demasiado caliente como para bebérselo, por lo que lo dejó justo a la derecha de un posavasos de su escritorio y se rascó la entrepierna, distraído.

Clicó en un enlace y se encontró con una barra de carga.

Tras una breve pausa, cargó un vídeo en directo emitido mediante una webcam. La pantalla mostraba el interior de la habitación de alguien. Era un piso pequeño, con un montón de libros de texto de Derecho en una estantería, por lo que tal vez era de algún estudiante universitario. Sobre la cama, una pareja se besaba. Desnudos. Sin darse cuenta de nada.

Kentaro se quedó allí sentado, observando. Entonces se desabrochó los pantalones y metió una mano en ellos.

El timbre del taller sonó. Kentaro se quedó petrificado.

—¿Hola? —llamó la voz de una chica desde la zona de espera.

—Perdona, ya voy. —Cerró su portátil a toda prisa, recobró la compostura y salió para saludar a la clienta.

En el umbral había una chica de instituto. A primera vista no distinguió nada reseñable sobre ella: llevaba el típico uniforme de marinera, con el peinado de media melena estándar y unos calcetines holgados. Aunque se había teñido de rubia para destacar, eso era lo que hacían todas últimamente. Tenía pinta de estar en el último año de instituto, por lo que lo más seguro era que se hubiera equivocado de tienda.

—¿Cómo puedo ayudarla, señorita? —Kentaro se esforzó todo lo posible para poner su voz de atención al público.

—Quiero un tatuaje, por favor —respondió ella, con la barbilla alzada.

—Ah, perdone, señorita, pero ¿cómo ha encontrado este taller?

—Un amigo me lo ha recomendado.

—¿Y su amigo se llama…?

—Eso da igual. Quiero un tatuaje. —Hizo el ademán de dirigirse hacia la trastienda del taller, y Kentaro puso una mano en la pared para detenerla.

—Señorita, no diga tonterías. Es demasiado joven.

La chica le miró el brazo.

—Tengo dieciocho años. Y no me llames «señorita».

Kentaro bajó el brazo en un gesto torpe.

—¿Te lo has pensado bien?

—Sí. —Lo miró a los ojos—. Quiero un tatuaje.

—Quizá deberías marcharte y pensártelo unos días.

—Ya lo he pensado largo y tendido. Quiero un tatuaje.

—Pero a lo mejor hay algunas cosas en las que no has reparado. No podrás ir a ningún *onsen*.

—No me gustan las aguas termales.

—La gente pensará que perteneces a la Yakuza. Podría dar un poco de miedo para una chica buena y joven como tú.

La chica puso los ojos en blanco.

—Me da igual lo que piensen los demás. Quiero un tatuaje.

—Es caro… Puede costar hasta tres millones de yenes.

—Tengo dinero.

—Mira, yo lo hago por el método tradicional, *tebori*, todo a mano. No soy uno de esos presumidos de Shibuya que usan tantas trampas. Ni los mafiosos a los que les hago tatuajes soportan ese dolor.

—No tengo ningún problema con el dolor. —Miró directamente a Kentaro, y entonces él vio algo en sus ojos, un brillo tenue, un color verde pálido, casi transparente, que nunca había visto en ninguna persona japonesa.

—Ya veremos. —Le dio la vuelta al cartel de la puerta delantera para indicar CERRADO y le hizo un gesto a la chica para que lo siguiera—. Ven a la trastienda y charlamos un rato.

Encendió las luces del techo conforme entraban en la trastienda, lo cual hizo visible la mesa tipo camilla en la que se tumbaban los clientes, así como las fotos de las distintas personas a las que había tatuado a lo largo de los años: dragones feroces, peces *koi* con la boca abierta, mujeres desnudas de cintura para arriba, dioses Shinto y *kanji* elaborados que se extendían por espaldas, nalgas y brazos. La mayoría de aquellos clientes eran de la Yakuza.

Kentaro había aprendido su oficio de uno de los antiguos maestros de Asakusa y era famoso por su habilidad y su dedicación al arte. Le encantaba tatuar una piel nueva, elaborar escenas con tinta en pequeños espacios de carne. Lo único que se aproximaba a la satisfacción de crear una obra de arte en otro humano era la sensación de dominio que aquello le daba sobre los mafiosos con los que trabajaba.

—Puede que te duela un poco —les advertía.

—Puedo soportarlo —respondían ellos.

Eso es lo que dicen todos.

Y entonces empezaba a trabajar en ellos y notaba el dolor en sus movimientos, en el cambio sutil de los músculos y el cuerpo, en el sonido de sus mandíbulas apretadas, mientras les perforaba un poco

15

la piel con sus agujas metálicas en el estilo tradicional que había aprendido de su antiguo maestro para dejar su marca en ellos para siempre. Se deleitaba mucho al pensar en la maestría que tenía sobre aquellos reyes entre hombres, aquellos señores del inframundo criminal. Su control creativo era absoluto; era él quién decidía las imágenes y las historias que iban a formar parte de su cliente para siempre, en ocasiones incluso después de la muerte. Si el cliente donaba su piel al Museo de Patología, el tatuaje se extirpaba del cadáver antes de incinerarlo, tras lo cual se lo trataba como era debido y se guardaba. Muchas obras de arte de Kentaro se exponían detrás de un cristal en el museo.

Sabía que era el mejor, al igual que lo sabían los miembros de la Yakuza que le daban el respeto que se le debía a un artista. Sin embargo, nunca había tenido a ninguna clienta, pues ni siquiera las mujeres que pertenecían a la Yakuza acudían a él para sus tatuajes. Todas iban a otros talleres.

Aun así, allí había una clienta, plantada delante de él.

—¿Dónde debería sentarme? —preguntó ella.

—¡Ah! Espera. —Acercó una silla del rincón a la suya—. Puedes sentarte aquí.

La chica se sentó con cuidado y apoyó las manos sobre su regazo.

—Bueno, ¿de qué quieres el tatuaje?

—De la ciudad.

—¿La ciudad?

—Tokio.

—No es muy… convencional.

—¿Y? —Sus ojos destellaron una vez más.

—¿Dónde lo quieres?

—En la espalda.

—Va a ser complicado…

—A ver, señor, ¿puedes hacerlo o no?

—Claro que puedo, no hace falta que te pongas así. Solo tengo que pensar cómo. —Apoyó la barbilla en la mano, miró hacia su portátil cerrado, y entonces le llegó la inspiración—. ¡Ah! Un momentito.

Abrió el portátil y tecleó, impaciente por que se volviera a activar. Y lo hizo justo a tiempo para mostrar a una chica de cara a la webcam, doblada sobre sí misma mientras arremetían contra ella por detrás. Los altavoces del portátil soltaron un leve gemido.

Cerró la ventana del navegador tan deprisa como pudo.

Kentaro se había puesto rojo como un tomate. Le dedicó una mirada furtiva a la chica que tenía sentada al lado, pero ella estaba admirando las fotos de sus clientes previos en las paredes. Quizá no se había dado cuenta. Por los pelos.

Abrió una nueva ventana del navegador y clicó en un marcador que lo llevó a Google Maps. La página cargó y escribió «Tokio» en la barra de búsqueda. El mapa se acercó hasta que la ciudad llenó la ventana del navegador. Clicó en la opción de vista de satélite e hizo más zoom para que los detalles aumentaran y aumentaran: la cuadrícula de los edificios divididos por calles, canales que serpenteaban por callejones angostos, la gran bahía y las venas y capilares que eran las vías de tren que transportaban personas por toda la ciudad.

—Es increíble —dijo ella—. Quiero eso en la espalda.

—No, *eso* es imposible —respondió él.

—He venido aquí porque se supone que eres el mejor. —Soltó un suspiro—. Supongo que se equivocaban.

—Nadie podría hacer un tatuaje así.

—Estoy segura de que puedo encontrar a alguien por el precio adecuado.

—No es cosa de precio, sino de habilidad. Soy uno de los pocos *horishi* de verdad que quedan en Tokio.

—Entonces, ¿por qué no quieres?

—Nos llevará tiempo. Podría ser un año, podrían ser cuatro. —Se quitó las gafas y se frotó el rostro con una mano pegajosa por el sudor.

—Tengo tiempo.

—Y también será doloroso —contraatacó con una sonrisita.

—Ya te he dicho que el dolor no es ningún problema.

—Tendrás que desnudarte y tumbarte bocabajo en la mesa.

—Vale. —Empezó a desabrocharse la camisa, sin ningún atisbo de pudor.

Kentaro notó que el estómago se le hacía un nudo y desvió la mirada al suelo de inmediato. Corrió al baño a por algo de aceite para bebés. Si bien no era necesario, se le había ocurrido utilizarlo como excusa para tocarla. Se imaginó que el maestro que le había enseñado cuando había sido aprendiz se estaría retorciendo en su tumba al ver que usaba el truco del aceite. Cuando volvió a la trastienda, la chica ya estaba desnuda y tumbada bocabajo sobre la mesa. Kentaro no podía creer lo que veía. Tenía la piel perfecta, sin ninguna marca. Los músculos de sus lumbares conducían perfectamente hacia sus nalgas redondeadas y se hinchaban un poco para formar unos muslos fuertes. Tragó en seco al dirigirse hacia ella.

—Eh… Tendré que frotarte la espalda con aceite.

—Pues vale. —Cambió de posición un poco.

Vertió unas gotas de aceite en su mano derecha; la botella emitió un ruido como de pedo, por el cual casi se disculpó, aunque luego decidió que sería mejor no hacerlo. Volvió a ponerle el tapón a la botella y empezó a frotarle el aceite por la piel. Relucía bajo las luces, y el calor que había notado en su estómago hacía un momento empezó a dirigirse hacia más abajo.

—Y bueno… ¿Cómo te llamas?

—Naomi.

—Mmm… Naomi… Qué nombre más bonito. ¿Y… tienes novio?

Giró sobre sí misma un poco para mirar a Kentaro directamente con unos ojos que fueron un breve destello de verde. Podía verle los pechos.

—A ver, señor, no pienso soportar ninguna tontería. He venido aquí a por un tatuaje, y eso es lo único que quiero. Me he dado cuenta de que veías algo raro en el portátil antes, y me da igual, cada cual que haga lo que le dé la gana, pero no sé qué pensaría esa pareja si se enterase de que los estabas espiando a través de su webcam. Quizá tendrías que pensar en eso un poco. En cualquier caso, no pienso permitir que seas así de pervertido conmigo. Te estoy pagando por un servicio, así que actúa como un profesional. ¿Estamos?

Kentaro alzó sus manos aceitosas al aire.

—¿Espiar? ¿Webcam? No sé de qué me...

—Ahórrate las excusas, no tengo ganas de oírlas. —Se volvió a poner bocabajo—. Y, por cierto, tienes la bragueta abierta.

Kentaro se miró los pantalones, se subió la cremallera y se puso a trabajar.

El trabajo era algo que a Kentaro siempre se le había dado bien. Podía estar concentrado durante varias horas seguidas; de hecho, el cliente era quien le solía pedir un descanso antes de que él mismo se cansara. Cuando tatuaba a un cliente, solo le prestaba atención a la tarea en sí, y los demás artistas siempre elogiaban sus obras a más no poder.

Naomi fue a verlo a lo largo de varios meses, siempre que tenía tiempo. Y él siempre se alegraba de verla. Había encargado unas agujas superfinas al mejor vendedor de cuchillos de Asakusa.

Empezó trazando toda la ciudad por su espalda, hombros, brazos, nalgas y muslos. Comenzó por las calles, las siluetas de los edificios y los ríos; delineó los bordes antes de ponerse a pensar siquiera en el color del tatuaje. Tenía que completar el esqueleto fantasmal de Tokio, y solo cuando hubiera acabado con ello podría ponerse a pensar en el sombreado y el color. El tatuaje entero iba a tardar un par de años en completarse e iba a necesitar visitas regulares durante todo ese periodo, en el cual solo iba a poder centrarse en una porción cada vez, pues también estaba el problema de cuánto dolor era capaz de soportar el cliente en una sola sesión.

Se sumió por completo en la tarea de trazar la ciudad, lo cual siempre hacía en el modo *tebori* tradicional: tallaba y llenaba de tinta unas líneas profundas en la piel de Naomi con sus agujas metálicas. A decir verdad, de entre todos los clientes que había tenido, ella era una de las más duras, pues ni se inmutaba por el dolor. Agregaba un par de lupas fijas a sus gafas para trazar las partes más detalladas del tatuaje y crear rasgos microscópicos de la ciudad, los cuales retenían su estructura general al verse desde lejos.

A Kentaro solo le costaba un aspecto del tatuaje: le resultaba imposible recordar la ciudad entera mientras trabajaba. Tenía que trabajar en porciones pequeñas y consultar sin parar una porción con bastante zoom en su portátil. A diferencia de todos sus diseños previos, los cuales había sido capaz de visualizar por completo mientras se disponía a ello, el tamaño y la escala de aquella ciudad macroscópica eran demasiado como para que se quedaran en cualquier cerebro humano.

Les llevó varias visitas trazar los bordes. La última parte que delineó fue su propio taller en Asakusa. Planeaba dejar el tejado de su taller en blanco, como el espacio final en el que firmar su nombre, para respetar la tradición.

Una vez completados los bordes de la ciudad con tinta negra, tocaba enfrentarse a los colores, el sombreado y los detalles. Decidió empezar por Shibuya.

—Mmmm. —Se puso a pensar.

—¿Qué pasa? —le preguntó Naomi, alzando la cabeza.

—Nada, solo pienso si sería mejor que dibujase a personas cruzando la intersección diagonal de Shibuya o si quedará mejor que los deje esperando a que el semáforo cambie de color.

—No quiero a ninguna persona.

—¿Qué quieres decir?

Naomi bajó la cabeza de vuelta a la mesa y cerró los ojos.

—Solo quiero la ciudad. No quiero a ninguna persona.

—Pero no será una ciudad si no tiene a nadie.

—Me da igual. Es mi espalda, es mi tatuaje, es mi dinero.

—Mmmm.

Kentaro notó una punzada de orgullo. Aunque era cierto que Naomi le pagaba con regularidad y que era una buena clienta, él era uno de los mejores tatuadores de Tokio. Eran los clientes quienes accedían a sus diseños; nunca le decían qué hacer. El artista que llevaba dentro se enfadó, pero, tal como indicaba el dicho japonés: *kyaku-sama wa kami-sama desu*; el cliente es un dios.

Pues bueno. Había dicho que no quería ninguna *persona*. Los animales no eran personas, ¿verdad?

Sonrió para sí mismo y trazó un gatito, tan solo dos gotitas de color, como un gato tricolor, justo delante de la estatua de Hachiko el perro en Shibuya. Y entonces siguió con su trabajo.

Fue durante el sombreado del tatuaje cuando a Kentaro se le empezó a ir la olla de verdad.

Naomi hablaba durante sus sesiones y le pedía que describiera las partes de la ciudad en las que estaba trabajando. Le indicaba la estación que quería para cada localización, y entonces él coloreaba los arces de rojo para el otoño, el amarillo brillante de los árboles gingko o el blanco rosado más tenue de todos para los árboles de cerezo del parque Ueno en primavera.

—¿Por dónde vas ahora? —le preguntaba ella.

—Ginza. Acabo de terminar el edificio Nakagin.

—Bien. Es invierno en Ginza.

—Ya veo. —Y entonces él empezaba a sombrear y colorear la fina capa de nieve que había caído por la noche. La ciudad se estaba convirtiendo en una colcha a retales del paso de las estaciones.

En ocasiones, cuando Kentaro había estado trabajando en una parte de Tokio y hablando con Naomi sobre el lugar, ella volvía para su siguiente sesión tras haber visitado dicha parte de la ciudad. Le llevaba algún pequeño obsequio o *souvenir*, dulces de Harajuku, *gyoza* de Ikebukuro, y él notaba que se sonrojaba por la vergüenza.

En ocasiones bebían té verde juntos, y ella le contaba historias sobre lo que había pasado o lo que había visto, sobre cómo progresaba el nuevo estadio olímpico cada vez que pasaba por delante de él. Le contaba historias sobre todas las personas a las que veía seguir con sus vidas por la ciudad, y él escuchaba en silencio y sin interrumpirla.

Una vez, durante un descanso en una sesión que ya había durado varias horas, mientras Kentaro limpiaba sus instrumentos, Naomi había señalado hacia un pesado libro de arte de estampas *ukiyo-e* de Utagawa Kuniyoshi para preguntarle por él. Kentaro lo había sacado de su estantería y había permitido que se lo llevara a una butaca con ella. Utagawa siempre había sido una inspiración artística para Kentaro, pues su maestro le había mostrado su trabajo y lo había tenido meses practicando al copiar las pinturas de Utagawa mucho antes de que le permitiera tocar ni un trocito de piel. Naomi se había quedado sentada con el libro en su regazo y había pasado las páginas poco a poco.

—Son increíbles —comentó Naomi, mientras examinaba cada cuadro con suma atención y en ocasiones repasaba los trazos de los numerosos gatos y demonios esqueléticos.

—Era una leyenda —dijo Kentaro, con un suspiro.

—Este me encanta. —Le dio un golpecito con el dedo a la página, y Kentaro echó un vistazo para ver una escena ceremoniosa en la que una cabeza de gato fantasmal flotaba en el trasfondo. Varios gatos estaban a dos patas y bailaban como humanos con pañuelos en la cabeza y los brazos estirados.

—Sí. —Kentaro contuvo una risita al pensar en la broma que le había gastado a Naomi al tatuarle el gato en la espalda.

—Y mira estos. —Alzó el libro para que él lo viera—. ¡Ha transformado los actores de kabuki en gatos!

—Esa es una historia interesante —dijo Kentaro, tras detenerse mientras ordenaba sus herramientas para acercarse a Naomi y mirar el libro por encima de su hombro.

—Cuéntamela. —Lo miró con sus ojos extraños.

—Bueno, por aquel entonces, el teatro kabuki se había transformado en un asunto escandaloso y decadente, casi como una orgía.

—Qué entretenido —dijo ella, con una sonrisa traviesa.

—Pues al gobierno no le parecía tan entretenido, así que prohibió cualquier muestra artística de actores kabuki.

—¡Pero qué tontería!

—Ajá. Y así fue como Utagawa reemplazó a los actores humanos por gatos. Ese fue su modo de esquivar la censura.

—Chico listo. —Volvió a mirar la imagen de tres gatos vestidos con kimonos, sentados alrededor de una mesa baja para una partida de *shamisen*.

—Mi antiguo maestro estaba obsesionado con él.

—¿Dónde está tu maestro ahora?

—Falleció. —Kentaro señaló a una foto de la pared—. Ese es él.

Naomi observó aquella foto del hombre de aspecto hosco que estaba junto a un Kentaro más joven frente al mismo taller de tatuajes en el que se encontraban en aquel momento.

—Parece un poco serio.

—Era más que estricto. Me obligaba a levantarme a las cuatro de la madrugada para pasar el día barriendo y limpiando el taller. No me dejó tocar a nadie, ni una sola aguja, hasta que pasé dos años haciendo eso. Era un cabrón de los que no hay. —Meneó la cabeza y esbozó una sonrisa.

Naomi le echó una mirada a Kentaro, pensativa.

—¿Y tú por qué no tienes ningún discípulo?

Él soltó un leve suspiro, sin la condescendencia de siempre.

—Por dónde empezar…

—¿Por el principio? —propuso ella, encogiéndose de hombros.

—Bueno, el gobierno tuvo otra idea brillante al darle mala reputación al *irezumi*, igual que hizo con la censura del kabuki. Han asociado la práctica con los criminales, por lo que cada vez menos personas quieren aprender el oficio. Antes era algo honorable, el hacerse un tatuaje, ¿sabes? Era la marca de un bombero. Todo el mundo quería y respetaba a los bomberos, no como a estos mafiosos burdos que presumen de sus tatuajes hoy en día. Pero me estoy yendo por las ramas… ¿Qué te decía?

—Me explicabas por qué nadie quiere ser un *horishi* ya.

—Ah, sí. Ahora están los aficionados de Shibuya, claro, con toda esa tecnología de punta para hacer tatuajes. Nadie quiere aprender el viejo método *tebori*, nadie quiere esforzarse. Todo el mundo quiere irse por el camino fácil. El problema es que ninguno de ellos son artistas de verdad.

—No como tú —le dijo ella con una sonrisa.

Kentaro se ruborizó y desvió la mirada al suelo.

—Venga, Naomi —dijo, antes de acabarse el té—. Será mejor que sigamos.

Y aquel fue el día en que ocurrió por primera vez.

Cuando Kentaro estaba a media tarea de colorear el tatuaje, desvió la vista a la sección de Shibuya que ya había completado. Vio la estatua de Hachiko el perro y pasó por las calles comerciales de Harajuku, pero entonces algo se le pasó por la cabeza y volvió a mirar la estatua.

El gato había desaparecido.

Parpadeó y meneó la cabeza. Tal vez el cansancio se estaba apoderando de él por fin. Sin embargo, cuando miró otra vez: no, el gato ya no estaba allí.

¿Quizá se había imaginado que le había dibujado el gato en la piel? Sí, aquella era la explicación más simple para su ausencia. Lo más probable era que hubiera soñado con dibujar el gatito, y le había parecido un sueño tan vívido que se había imaginado que era real. Sí. Seguro que todo iba bien. A veces los sueños invadían la realidad, ¿no?

No obstante, aquel mismo día, cuando estaba a punto de sombrear la zona colindante a la Torre de Tokio, vio algo que hizo que un escalofrío le recorriera el cuerpo. Estaba repasando con la mirada la calle que iba desde la estación Hamamatsucho hasta la zona de la torre cuando, por un callejón que salía de la calle principal, vio al gato.

—¿Qué...?

—¿Va todo bien? —Naomi se tensó.

—Ah, sí —respondió. La aguja en la mano le temblaba un poco, pero recobró la compostura. Quizás había recordado mal el lugar en que había dibujado al gato. Seguro que aquello era lo que había sucedido. Hizo caso omiso del minino y empezó a trabajar de nuevo, mientras coloreaba el patrón rojiblanco de la Torre de Tokio.

Aun así, durante la siguiente sesión, antes de ponerse manos a la obra, volvió a buscar al gato en los callejones cercanos a la estación Hamamatsucho y no pudo encontrarlo. Y más tarde, mientras coloreaba los árboles del parque Inokashira en Kichijoji, vio al gato acechando junto al lago en el centro del parque.

Se estaba moviendo.

Kentaro empezó a temer sus sesiones regulares con Naomi. No podía ni siquiera empezar a trabajar hasta que encontrara al gato, y en ocasiones pasaba una hora entera rebuscando entre la ciudad antes de ponerse a trabajar con sus agujas y la tinta. Aquello, por supuesto, estaba retrasando el progreso del tatuaje en general, el cual ya había empezado a tomarle más tiempo del que había planeado. Naomi nunca hacía ningún comentario acerca del tiempo que se tomaba, y, poco a poco, sus sesiones se tornaron agotadoras, mientras se sentía asediado por el espectro del gato. Soñaba con el animalito dando vueltas por la ciudad y pasaba la mayor parte de las noches sumido en una pesadilla despierto, sudando por el miedo al pensar en encontrar aquel gato tan esquivo. «No me puedes atrapar», se burlaba el gato, parpadeando con sus ojos verdes y firmes hacia él. «Viejo estúpido. No puedes, no puedes, no puedes». Quería agarrarlo por el pescuezo y darle una sacudida, sacarlo de allí, extirparlo de su obra, de su arte, de su Tokio y, por encima de todo, de su Naomi.

Porque era suya, ¿verdad? Tendida delante de él un día tras otro.

Durante una sesión, pasó la mayor parte de la tarde buscando al gato por todas las calles y los callejones, pero no lo encontró. El alivio lo bañó como si de agua caliente se tratase: debía haberse estado imaginando la existencia del gato desde el principio.

Sin embargo, conforme pasó la mirada por encima de Roppongi, el corazón le dio un vuelco. Allí estaba el gato, saliendo del metro, con la cola en alto, como si se burlara de él.

Aquel día, solo logró completar media hora de trabajo en el tatuaje antes de que Naomi tuviera que marcharse.

Fue cuando Kentaro se acercaba al final de su trabajo que comprendió lo que debía hacer. Tenía unas ojeras enormes, había perdido el apetito, le costaba tragar cualquier cosa y se había quedado en los huesos. Su barba de varios días se había convertido en algo desaliñado, y sus ojos, como puntos de tinta negra hundidos en las profundidades de su cráneo, miraban a la nada en las paredes de su taller. Antes de aquello no había salido demasiado ni había sido la persona más sociable del mundo, pues solía pasar la mayor parte del tiempo en internet, admirando libros de arte o dibujando y pintando diseños sobre papel. Aun así, en aquellos momentos recorría las viejas calles de Asakusa mientras musitaba para sí mismo. Caminó deprisa y chocó contra un vagabundo que llevaba un pañuelo morado. Kentaro perdió los papeles y se puso a gritarle sin control al desconocido, quien se disculpó todo lo posible hasta que el tatuador se marchó. Compró un cuchillo del famoso maestro de Asakusa al que siempre visitaba. El maestro cuchillero le dedicó una mirada extrañada, aunque no hizo ningún comentario sobre su aspecto descuidado ni sobre el hecho de que Kentaro solo le compraba agujas, nunca cuchillos.

Kentaro se llevó el cuchillo a casa y lo afiló. Probó el filo contra su dedo y se hizo sangre con tan solo la más mínima presión. Enganchó el cuchillo con cinta adhesiva a la parte inferior de la mesa, donde Naomi no podría verlo. Y esperó.

Naomi entró para lo que ambos sabían que iba a ser su última sesión y se desvistió deprisa, como siempre. Kentaro hizo todo lo posible por actuar con normalidad mientras ella le hablaba de un festival de fuegos artificiales veraniego al que había ido y le mostraba fotos del *yukata* que había escogido para ponerse. Kentaro asintió y sonrió y pretendió escucharla.

Trabajó bien, sumido en una especie de felicidad ansiosa al saber que aquella pesadilla estaba a punto de terminar. Acabó una sección final de sombreado en Kita-Senju en el brazo de la chica antes de dirigir la mirada alrededor de la zona de Asakusa en busca del último espacio que llenar, el tejado de su propio taller de tatuajes. Trazó el camino desde la puerta Kaminari del Templo Sensoji hasta su taller. La idea era firmar su nombre en el tejado del edificio para dar el tatuaje por acabado, tras lo cual iba a sacar el cuchillo y empezar.

Solo que, en cuanto fue a firmar, vio al gato sentado delante de su taller.

Y entonces supo, con una certeza desoladora, que, si alzaba la mirada del tatuaje del cuerpo de Naomi para mirar por la puerta, vería al gato allí sentado, observándolo con sus ojos verdes.

Tragó en seco y cerró los ojos.

La ciudad seguía allí, eso sí. Como si la estuviera viendo desde el espacio. Su imaginación era una cámara que la observaba desde arriba, y entonces la cámara empezó a aumentar el zoom, hacia el planeta, hacia Japón, hacia Tokio y hasta acercarse a las calles. Sobrevoló el tejado rojo de su taller de tatuajes, y allí se vio trabajar en la espalda perfecta de Naomi, en el tatuaje de la ciudad. Pero la cámara no se detuvo. Había perdido el control. Volvió a volar hacia el tatuaje y siguió descendiendo: a través de Japón, de Tokio, hacia Asakusa, a través del tejado de su taller y hacia el tatuaje una vez más. Y así continuó, sin fin.

A menos que abriera los ojos, seguiría allí atrapado durante toda la eternidad, de un lado a otro, acercándose a la ciudad, preso para siempre. Aun con todo, los mantuvo cerrados.

Pues, cuando los abriera, vería que ya no habría espacio en el que firmar en el tejado de su taller, sino que ya estaría lleno con un tejado rojo de verdad. Se encontraría con una ciudad, con sus millones y millones de habitantes que iban de un lado a otro, a través de estaciones de metro y edificios, parques y autopistas, para seguir con sus vidas. La ciudad arrojaba su mierda a través de cañerías, transportaba cuerpos en contenedores metálicos y contenía sus secretos, sus esperanzas, sus sueños. Y él ya no iba a estar al otro lado, observándolo todo a través de una pantalla, sino que iba a formar parte de ello. Iba a ser una de esas personas.

Con los ojos todavía cerrados, llevó la mano bajo la mesa y tanteó, desesperado, en busca del cuchillo.

Tembló al abrir los ojos.

Los músculos de la espalda de Naomi se flexionaron y cobraron vida.

Y eso mismo hizo la ciudad.

PALABRAS PERDIDAS

«Había una vez un astuto mercader de antigüedades llamado Gozaemon».

Ohashi hizo una pausa, y sus ojos relucieron bajo la luz tenue. Se había recogido su cabello gris bajo un pañuelo morado y llevaba su barba larga y desaliñada sobre su rostro lleno de arrugas. Se trataba de un hombre delgado para su edad, aunque se le estaba formando una diminuta panza. Estaba arrodillado sobre un cojín, con las manos extendidas frente a él, en la posición típica de los humoristas *rakugoka*.

«Era un hombre listo y taimado —continuó, con una voz que resonaba por la sala en silencio—, y no le importaba disfrazarse de monje pobre para visitar los hogares de los ancianos, a la caza de tesoros que pudiera vender en su tienda de antigüedades a precios desorbitados».

Ohashi había representado *rakugo* en locales abarrotados, delante de ricos y pobres, y cada vez trataba su historia como si fuera la última, como si sus palabras fueran a llegar al público con su último estertor. Había escogido la historia de aquel día al tener en cuenta el público que iba a oírla. Se aclaró la garganta y continuó.

«Un día, después de estafar a una mujer para sacarle una estantería cara, el rufián llamado Gozaemon se pasó por una tienda de *jiaozi* dulces para comer. Mientras esperaba, vio un gato viejo y sucio que lamía leche de un cuenco. Sin embargo, no fue el gato lo que le llamó la atención: el cuenco, del cual el gato lamía con ansias, era una antigüedad, una que estaba seguro que iba a poder vender por trescientas monedas de oro. A Gozaemon le entró un sudor frío y una sensación vertiginosa al pensar que podría robar algo. Recobró la compostura cuando la anciana propietaria de la tienda salió con su comida».

Cuando Ohashi transmitía las palabras de sus personajes, su voz y sus gestos se transformaban por completo, de modo que se podría pensar que el personaje que representaba lo estaba poseyendo. Cuando hacía de Gozaemon, giraba el rostro hacia la derecha, juntaba las manos y hablaba con ligereza. Cuando hacía de la anciana, se giraba hacia la izquierda, encorvado, y arrugaba sus rasgos hasta llegar a parecer que había envejecido treinta años en un segundo. Entre aquellos fragmentos de diálogo, se dirigía al público directamente con la voz jovial del narrador.

«—Qué gato más encantador tiene —dijo Gozaemon.

»—¿Cómo dice? ¿Este michino tan viejo? —respondió la anciana, sorprendida.

»—Sí, es un gato precioso. —Gozaemon se arrodilló para acariciar al gato, el cual le siseó y arqueó la espalda—. Me recuerda al mío, pero, por desgracia... No, es demasiado triste hablar de ello... Mis hijos lo querían tanto...

»Gozaemon fingió contener un sollozo, y la anciana ladeó la cabeza.

»—Quizá... No, sería demasiado pedir. —Alzó la mirada.

»—¿Qué pasa? —preguntó la anciana, con una expresión triste.

»—Bueno, ¿estaría dispuesta a venderme al gato?

»—¿A ese saco de pulgas?

»—Sí, este gatito tan encantador.

»—No sé yo. Aleja a los ratones de mi tienda.

»—Estaría dispuesto a pagar... —dijo Gozaemon, y la voz le tembló un poco.

»—¿Ah, sí? —La mujer alzó una ceja.

»—Tres... No, ¿dos monedas de oro?

»—Ha dicho tres.

»—Vale. Es dura de pelar, señora. Que sean tres.

»—Trato hecho.

»Gozaemon esbozó una sonrisa. Le entregó a la anciana tres monedas de oro y se arrodilló para tomar al gato en brazos, quien no dudó en darle un buen mordisco en la mano. Sin embargo, Gozaemon no hizo caso del dolor y se dirigió a su objetivo verdadero: el cuenco caro del que había estado bebiendo el gato.

»—Eh —le espetó la mujer—. ¿Qué hace?

»—Ah, solo quería llevarme el cuenco del gatito.

»—¿Por qué?

»—Lo necesitará.

»—Ya le daré otro. —La mujer se dirigió a la trastienda y salió con un cuenco baratucho. Lo limpió con su delantal y dejó una mancha marrón en él.

»—Pero seguro que el gato echará de menos su… cuenco especial.

»—El gato beberá de cualquier sitio. Además, no puede llevarse el cuenco así sin más. Vale trescientas monedas de oro.

»Gozaemon se quedó sorprendido, aunque hizo todo lo posible por ocultarlo.

»—¿Trescientas monedas de oro? ¿No le parece un cuenco muy caro para dejar que un gato beba de él?

»—Sí, pero me ayuda a vender gatos sarnosos por tres monedas de oro cada uno —dijo la anciana, esbozando una sonrisa taimada.

Ohashi dejó que el final de su historia se asentara a la perfección. Hizo una reverencia baja a su público y sonrió. Se secó el sudor de la frente. Había sido una representación impecable de *Neko no sara*, «El cuenco del gato».

Su público soltó un maullido.

Ohashi se levantó de su cojín sucio y se dirigió al gato tricolor, que había estado sentado en silencio todo aquel rato. Fue su único público aquel día y había observado la actuación sentado, con las patas por delante; la misma postura de Ohashi cuando este había contado la historia. Rascó al gato detrás de la oreja.

—Ahora vamos a por algo de comer para ti.

Dejaron la sala de reuniones del hotel cápsula abandonado y recorrieron los pasillos en decadencia hacia donde dormía él. El viejo hotel estaba a oscuras, pero Ohashi llevaba tanto tiempo viviendo allí que podía recorrerlo con los ojos cerrados. Y el gato tampoco tenía mayor problema. La oscuridad también ayudaba a ocultar algunos de los elementos más desagradables del hotel: el moho que crecía en las paredes, el suelo podrido, el papel pintado que se caía a pedazos y los rostros macabros de los viejos carteles de anuncios de cerveza Kirin, unos rostros sonrientes que habían quedado destrozados y se pelaban poco a poco con el paso del tiempo.

Había sido el gato el que había llevado a Ohashi al hotel vacío hacía diez meses, cuando había estado perdido en la ciudad, en busca de algún lugar en el que dormir. El anciano había estado tiritando bajo un puente durante una noche helada cuando el gatito le había lamido la mano, lo había mirado a los ojos y había caminado unos pasos antes de detenerse para esperarlo. El hotel había sido clausurado hacía muchos años, y nadie se había molestado en hacer nada con él desde entonces. Otra víctima más de la crisis de la burbuja financiera: demasiada oferta y muy poca demanda. Si hubiera contado aquella historia, nadie le habría creído, pero el gato le había salvado la vida.

En aquellos momentos, el gato y Ohashi recorrían filas de cápsulas vacías: diminutos compartimentos para dormir apilados uno encima del otro. Cada uno era como un ataúd corto, con una pequeña cortina que correr por la noche para tapar la entrada. Los trabajadores borrachos de épocas más decadentes habrían pasado la noche allí después de haber perdido el último tren que los hubiera llevado a casa. Sin embargo, en aquel entonces todas las cápsulas estaban vacías, todas menos una.

Ohashi se metió en su cápsula y encendió una pequeña lámpara a pilas. Rodeado de espacios vacíos, había decorado el interior de su pequeña cápsula con fotos viejas seleccionadas con cuidado para recordarle unas épocas mejores. Las fotos mostraban a un Ohashi más joven y delgado en sus actuaciones de *rakugo*, vestido con un kimono elegante, firmando autógrafos, saludando a fans, apareciendo en la televisión, conociendo a famosos… Eran de los tiempos en los que había sido capaz de codearse con estrellas de cine y artistas. De otros tiempos.

Sus viejas fotos familiares las guardaba en un ejemplar de *Indigno de ser humano*, de Dazai Osamu, y ya casi no abría el libro para mirarlas. Pero bueno, Dazai Osamu nunca le había gustado demasiado.

Tras arrodillarse sobre su futón, se metió en la cápsula para sacar una lata de pescado de una bolsa de la compra, la abrió con la anilla y la colocó en el suelo para el gato, que soltó un maullido y se dispuso a comer mientras Ohashi lo acariciaba, distraído, y hojeaba un periódico.

Después de haberse saciado, el gato observó a Ohashi sostener el periódico y mirar hacia la nada. Sin embargo, el animal quería su atención. Frotó la cabeza contra las mangas y los pantalones holgados de Ohashi para marcarlo con su olor, en un gesto que el anciano creía que significaba «eres mío». Sacó un *onigiri* de salmón, le quitó el envoltorio y se lo comió poco a poco, junto a una botella fría de té de trigo de la misma bolsa.

—En un ratito saldremos a dar una vuelta tú y yo —le dijo al gato, entre bocado y bocado—. Y luego puede que me encuentre con algunos amigos por la noche.

El gato se lamió una pata y parpadeó.

Ohashi salió en silencio a través de la ventana que daba al callejón trasero, del modo en que siempre entraba y salía del hotel cápsula, del mismo modo que el gato le había enseñado al principio. Nunca usaba la puerta delantera, para no despertar sospechas de la policía ni de los habitantes más ruidosos del vecindario. También dejó salir al gato, pues, durante el día, este se iba de paseo, a la caza de mejor comida de la que Ohashi le podía proporcionar.

Ohashi también salía de caza cada día.

Cruzó la calle, se coló por un callejón y retiró la lona impermeable azul del carro de madera que había hecho con sumo esfuerzo a partir de tablas y dos ruedas de bicicleta. Lo empujó hacia las calles principales, y las ruedas soltaron el traqueteo que lo acompañaba cada vez que iba de caza.

Pasaba los días dando vueltas por la ciudad, en busca de latas que reciclar. Rebuscaba en las papeleras pequeñas situadas junto a los cientos de miles de máquinas expendedoras que moteaban las calles de Tokio. Vaciaba cada papelera y aplastaba las latas de aluminio con un garrote metálico pesado para que cupieran más en su carro. Se había convertido en una rutina mecánica, puntuada por el traqueteo de las ruedas del carro y los golpes metálicos del garrote al aplastar las latas contra la acera. Una vez que había recogido tantas como podía, las aplastaba para volverlas todavía más pequeñas, las metía en bolsas y las llevaba a una estación de pesaje para intercambiarlas por dinero.

Las calles habían sido un laberinto para él cuando empezó aquella vida. Los supermercados y cadenas de restaurantes infinitos se mezclaban en una calle enorme que enlazaba los rascacielos de Shinjuku, las tiendas de ropa de Harajuku y los centros comerciales de Ginza y llegaba hasta los altísimos bloques de pisos que delineaban la bahía de Tokio. Recorrer la ciudad no había sido algo que hubiera tenido que hacer en su vida previa, pues siempre había ido en taxi o en metro, pero en aquellos momentos tenía que navegar por toda la ciudad a pie, y le había llevado cierto tiempo orientarse.

Tokio giraba a su alrededor a gran velocidad en aquellos tiempos. Los coches pasaban a toda pastilla, los trenes parecían volar por encima de él, incluso la gente que salía por montones de las estaciones de metro caminaba a grandes zancadas por su lado mientras él empujaba su carro poco a poco por las calles. En su vida antigua, había sido una de aquellas personas que avanzaban con prisa, sin temer el ritmo y el pulso de Tokio. Sin embargo, en aquel momento ya no podía subir al metro ni a los ascensores que lo llevaban al tejado de los rascacielos para admirar el paisaje. Los rascacielos habían pasado a ser puntos de referencia en el horizonte para saber dónde se encontraba. Aquellas bellas vistas de atardeceres en la ciudad desde todo lo alto eran un recuerdo que se desvanecía. Últimamente, cuando cerraba los ojos para imaginarse la ciudad, solo la veía desde la propia calle.

Tras un largo día de recoger latas, con la espalda doblada y los pies cansados, se detuvo en un supermercado Lawson y se dirigió a la entrada trasera. Se sentó en la acera, junto a su carro, y esperó con paciencia. A la misma hora de siempre, la puerta se abrió, y un adolescente mayor salió de allí con el uniforme de rayas azules y blancas de Lawson.

—¡Ohashi-san! —lo llamó el chico.

—¡Ah! Makoto-kun. —Se puso de pie para saludarlo—. ¿Cómo estás hoy? ¿Qué tal los estudios?

—Ah, bien, bien. —El chico parecía agotado, y se pasó una mano con torpeza por su cabello ligeramente despeinado. A Ohashi le gustaba que no se lo pusiera de punta con gomina como hacía la mayoría de los chicos de su edad. Makoto sostenía una bolsa de plástico medio escondida en su otra mano.

—Genial. ¿Y te graduarás pronto, entonces? —Ohashi estaba muy recto y quieto, con las manos a los lados en un gesto formal y el cuerpo delante de su carro, como si tratara de esconderlo.

—Sí. Bueno, me acabo de graduar.

—¿Y ahora qué?

—Me he apuntado a unas prácticas en el Departamento Legal de una empresa de relaciones públicas importante que está lidiando con los Juegos Olímpicos. —Makoto se encogió de hombros—. Es idea de mis padres.

—Deben estar muy orgullosos de ti. Y yo también lo estoy.

Makoto esbozó una sonrisa, y entonces recordó la bolsa de plástico que colgaba, con torpeza, de los dedos de su otra mano.

—Ah, tenga. —La bolsa tintineó cuando se la entregó—. No es mucho, pero es lo único que he podido conseguirle esta semana.

—¡Makoto-kun! Es más que suficiente, muchísimas gracias. —Ohashi empezó a rebuscar entre el contenido: latas de pescado, botellas de té de trigo y *onigiri*, todos ellos productos caducados, a punto de que los propietarios fueran a tirarlos a la basura. Se detuvo cuando rozó con la mano una botella de alcohol—. Ah... ¿Makoto-kun?

—¿Sí?

—El *shochu*... Me temo que no lo necesito. —Sacó la botella de la bolsa.

—Lo siento, he olvidado que usted no... Bueno, se la puede quedar de todos modos. Quizá le guste a uno de sus amigos.

—Preferiría que no, si no te importa. —Ohashi sostuvo la botella hacia Makoto—. Lo siento, no quiero parecer desagradecido, pero no puedo... ¿Por qué no te la quedas tú? Eres un... un buen... esto...

Se produjo un silencio incómodo mientras Ohashi se quedó mirando la pared para evitar la mirada de Makoto.

—Bueno..., pero solo si está seguro de que no la quiere. —Makoto aceptó la botella.

—Muchísimas gracias, Makoto-kun. Que tengas una muy buena noche.

—Igualmente, Ohashi-san. ¿Lo veré la semana que viene?

—Suena perfecto, si no es ninguna molestia.

—Cuídese.

—Adiós.

Ohashi colgó la bolsa de un gancho de su carro y lo empujó por la calle, lejos del supermercado. Makoto se lo quedó mirando hasta que el anciano dobló la esquina y desapareció. Pasó unos momentos pensando en lo triste que era ver a un buen hombre como él sufrir una mala racha como aquella. Siempre era tan educado y formal… Se parecía un poco a Gen, de Street Fighter II, con su barba y su cabello gris.

Meneó la cabeza y volvió a meterse en la tienda.

Cada noche, después de un duro día de trabajo, Ohashi se encontraba con sus amigos en el campamento: una pequeña aldea de lonas azules y cajas de cartón junto a las vías del tren, en un parque que solo visitaban los sintecho. Aquellos que vivían allí se esforzaban por mantener el campamento ordenado y echaban a cualquiera que no fuera lo suficientemente limpio. En invierno, el olor no era tan potente, pero en pleno verano, quienes vivían por los alrededores se quejaban del hedor a orina. Los trenes que traqueteaban por la zona hacían las veces de torre del reloj para la comunidad, pues las ruedas sobre las vías eran un recordatorio constante del paso del tiempo. Aquellos que vivían en el campamento no solían salir mucho, vivían tranquilos y, durante la mayor parte del tiempo, la policía los dejaba en paz.

Ohashi recorrió las líneas ordenadas de casas compactas, en busca de sus colegas.

—¡Por aquí! —lo llamó una voz.

Se volvió para ver a un grupo de tres hombres arrebujados junto a una pequeña hoguera, bajo uno de los pocos árboles del parque. Caminó hacia ellos con un paso rebosante de orgullo.

—Buenas noches, señores —los saludó Ohashi. Se quitó los zapatos, los dejó con los de los demás y se sentó en la lona azul que habían desplegado. Cuatro pares de zapatos estaban ordenados en una fila sobre la hierba.

Shimada saludó a Ohashi con un pequeño ademán con la cabeza y su expresión seria de siempre.

—Buenas noches, Ohashi-san. —El rostro redondeado de Taka mostraba su permanente sonrisa cálida.

—¿Qué te cuentas hoy? —le preguntó Hori, delgado y con una gran sonrisa.

—Lo mismo de siempre. ¿Qué tal vosotros? —Ohashi sacó una botella de té de trigo de su bolsa para ofrecerles un poco a los demás. Todos lo rechazaron, y lo conocían lo suficiente como para saber que no debían ofrecerle su sake a cambio.

—Hemos ido a la iglesia —dijo Shimada.

—A por comida gratis —añadió Hori.

—Alimento para el alma —dijo Taka, melancólico.

—Sí… Eso y sopa —se rio Hori.

Un tren traqueteó por allí y detuvo la conversación durante unos instantes.

—Deberías venir con nosotros, Ohashi. Algo de manduca gratis.

—Sí, Ohashi-san. El señor siempre tiene lugar en su corazón para usted. —Taka se lo suplicaba con los ojos.

—Ah, no hace falta —repuso Ohashi, mirando, incómodo, cómo danzaban las llamas en el centro del grupo, como si fueran algo que necesitara su atención inmediata. Echó un vistazo en derredor, en busca de cualquier cosa, y acabó posando la mirada en la cruz que Taka llevaba colgada del cuello.

Ohashi se permitió recordar la única vez que lo habían convencido de acompañarlos a la iglesia. Hori y Shimada se habían presentado allí y habían pretendido ser buenos cristianos, pero Taka sí que creía en todo ello en el fondo. Ohashi se había puesto triste al ver a todos aquellos hombres de mala racha, haciendo todo lo posible solo para poder comer algo gratis. Antes de que les dieran de comer, tenían que escuchar a un predicador con un traje barato y el pelo echado para atrás hablar sobre cómo Jesucristo había muerto para salvar a todo el mundo. El predicador había dicho, totalmente convencido, que las personas de Hiroshima y Nagasaki habían sufrido por sus pecados. Ohashi se quedó patitieso cuando lo oyó. ¿De verdad era capaz de decir algo tan horrible? ¿De verdad creía lo que decía? No había vuelto a la iglesia desde aquella vez, pues le daba asco pensar en los cristianos aprovechándose de los pobres cuando estos estaban en su peor momento para llenarlos de mala comida e ideas peores. Los budistas nunca harían algo así. Luego también estaban todas aquellas mujeres desdeñosas que servían sopa *miso* en el patio después de la misa. A juzgar por el modo en que no los miraban a la cara y arrugaban la nariz, Ohashi supo que odiaban el olor y el aspecto desaliñado de los sintecho. Solo servían la sopa para poder decirse a sí mismas que eran buenas personas; estaba más que claro.

—Hay algunos rumores por ahí —dijo Shimada.

—¿Ah, sí? —Ohashi miró a Shimada, cuyo rostro serio estaba cabizbajo. Shimada alzó la mirada para dirigirse a él.

—Están tomando medidas contra los sintecho de la ciudad.

—¿En qué sentido? —Ohashi cambió de posición para ponerse más cómodo y dio un sorbo de té de trigo.

—Por los Juegos Olímpicos —respondió Hori—. Continúa, Shimada. Cuéntaselo.

—Bueno… —Shimada bebió algo de sake—. Hay personas que desaparecen de la calle. Como Tanimoto, ¿lo recuerdas? Nadie sabe dónde está. Se ha ido. Nadie lo ha visto desde hace semanas. Ha desaparecido. Está pasando algo desde que anunciaron lo de los Juegos Olímpicos. Derriban edificios viejos, construyen estadios… Están limpiando las calles. Ordenándolo todo un poco, ¿sabes lo que te digo? Deshaciéndose de los *indeseables*. —Soltó un resoplido—. La ciudad está cambiando.

La conversación llegó a otra pausa cuando un nuevo tren pasó por allí, a su hora.

—¿Quizá Tanimoto-san ha vuelto a casa con su familia? —propuso Taka, para continuar con la conversación.

—Nadie vuelve a casa sin más después de haber pasado por esta vida —respondió Shimada, y alzó su mano mugrienta—. Esta suciedad... no se va así como así. Somos menos que humanos ahora, hasta para nuestras familias.

Ohashi se quedó con la mirada fija en el cielo conforme los otros tres bebían tragos de sus respectivas bebidas.

—He oído que están llevándose a la gente en furgonetas —dijo Hori.

—¿Quién te ha dicho eso? ¿Has visto las furgonetas en sí? —quiso saber Ohashi.

—No sé. Pero sí que hay rumores.

—¿Y a dónde se los estarán llevando?

—Quién sabe... —contestó Shimada.

—Algo me huele mal —dijo Ohashi, con la mirada perdida en la distancia.

—Sí, el aliento de Taka —soltó Hori, con una sonrisa de oreja a oreja.

Los cuatro siguieron sentados alrededor de la hoguera, bebiendo y mirando las llamas con expresión pensativa. Y entonces una voz alta que provino de entre las sombras los sacó de su ensimismamiento colectivo.

—¡Eh!

—Mierda —musitó Shimada.

—Arg. —Hori negó con la cabeza.

A Ohashi le cambió el humor de golpe.

—¿Qué estáis haciendo, panda de cabrones? —Una silueta grande y corpulenta se acercó a la hoguera, todavía sin ser visible del todo, cada vez más cerca de ellos.

—Nada —contestó Hori.

—¿Cómo que nada? A mí me parece que sí que estáis haciendo algo. ¿Qué es eso que bebéis?

—Tengo algo de té de trigo si te apetece, Keita-san —interpuso Ohashi.

—Pfff. ¡Té de trigo! ¿Quién querría esa bazofia? A menos que lo hayas mezclado con algo. —Los rasgos fornidos de Keita se tornaron visibles cuando su piel con cicatrices quedó iluminada por la luz tenue de la hoguera. Miró a Ohashi con atención, y él le devolvió su mirada apagada.

—Me temo que no bebo alcohol —contestó Ohashi, a pesar de que estaba seguro de que Keita ya lo sabía.

—Ya, claro. Si te he visto por ahí, borracho como una cuba, meándote en los pantalones —dijo Keita.

—Creo que te has confundido —insistió Ohashi, tranquilo.

—¿Me estás llamando «mentiroso»? —Keita se había dirigido detrás de Shimada, donde encontró la gran botella de plástico de sake barato que el grupo había estado compartiendo—. Ah, ahí estamos. Esto me gusta más.

Agarró la botella, le quitó el tapón y empezó a beber el alcohol a unos tragos enormes. A la mano que aferraba la botella le faltaban dos dedos: el anular y el meñique.

—¡Eh, contrólate! Que es para compartir.

Keita se detuvo y se limpió el sake de la boca mientras miraba a Hori, molesto.

—Ya, y yo me estaba llevando mi parte. Pedazo de tacaño.

Ohashi alzó una mano.

—Venga, estoy seguro de que hay suficiente para…

—¿A ti quién te ha preguntado? —Keita se volvió hacia Ohashi—. ¿Quién coño te crees que eres?

—Solo digo que…

—Pero si ni siquiera vives aquí. Te veo dar vueltas por ahí; te crees mejor que los demás. Vas y vienes cuando te viene en gana, como si fueras un pez gordo.

—De verdad que…

—Crees que eres mejor que nosotros. Y por la noche te escabulles sin decirle a nadie a dónde vas. ¿De verdad vives en la calle? Estoy seguro de que tienes dónde caerte muerto, quizá hasta una novia que te prepare la cena, y solo te pasas por aquí para gorronearnos lo poco que tenemos.

Ohashi estaba temblando un poco. Taka decidió hablar por él.

—Keita, Ohashi no pretendía ser maleducado. Solo ha dicho…

—Me da igual lo que pretendiera hacer. Debería andarse con cuidado.

—¿Me estás amenazando? —Ohashi clavó la mirada en Keita.

Keita volvió a poner la tapa en la botella de sake y la lanzó a un lado. Se remangó con fuerza para mostrar su tatuaje de mafioso. Entonces se llevó una mano al bolsillo y sacó un móvil enorme que parecía una reliquia de los años ochenta. Había un brillo inquietante en los ojos de Keita cada vez que sacaba el teléfono, algo de lo más convincente en el modo en que aceptaba su papel de matón de la Yakuza.

—Yo solo digo que no hay que meterse conmigo, ¿estamos? —dijo Keita—. Lo único que tengo que hacer es una llamadita a la familia, y ya se encargarán de venir a solucionarlo todo.

Keita se quedó mirando a Ohashi, hasta que este bajó la mirada y meneó la cabeza.

—Señores, creo que ya ha llegado la hora de que me vaya. Pasad una buena noche.

—No te vayas, Ohashi —le pidió entonces Shimada—. Todavía es temprano.

—Gracias, pero el trabajo me ha dejado exhausto. —Ohashi se puso los zapatos y recogió su bolsa de la compra—. Pasad una buena noche.

Conforme se alejaba de allí, todavía podía oír las voces de los hombres, que se desvanecían poco a poco en la lejanía.

—Keita, ¿por qué tienes que ponerte siempre así?

—¿Qué? ¡Si ha sido él! Es un esnob. Se cree mejor que los demás.

—Es buena persona.

—Me pone los pelos de punta. No me fío de nadie que no quiera beber.

—Ah, venga ya.

—¿Y qué pasa con ese pañuelo morado? Parece un palurdo.

Ohashi solo se quedó tranquilo cuando hubo recorrido las calles vacías, se coló de vuelta en el hotel y se metió en su cápsula. Se tapó con sus mantas y se quedó dormido.

Ohashi le dio de comer al gato y se comió su mísero desayuno de *onigiri* con té de trigo antes de salir del hotel para dar comienzo a otro día de cacería de latas.

Los momentos de andar eran una parte difícil del día para él. El acto de caminar, el ritmo que llevaba, siempre hacía que sus pensamientos pasaran de un recuerdo a otro sin parar. Escenas de su niñez se transformaban en sus días de instituto, los cuales se acababan mezclando con su vida como aprendiz de *rakugoka*.

Actuar había sido su vida; y la había perdido. ¿Qué pensaría de él el antiguo maestro que le había enseñado todo lo que sabía?

Aquellos eran los pensamientos que Ohashi trataba de evitar, pues todos los recuerdos conducían al mismo abismo. En su lugar, trató de pensar en sus amigos del campamento.

Todos ellos tenían sus historias, sus secretos. Sin embargo, la comunidad tenía un mantra: «Lo hecho, hecho está». Y ninguno hablaba de su pasado. Ya habían saldado las deudas que hubieran tenido por lo que fuera que hubieran hecho. Al vivir como marginados, las saldaban cada día. Aquel era su castigo.

Aun así, había ciertas cosas que Ohashi podía inferir de sus amigos.

Taka, bastante cristiano, dormía con una muñeca, y en ocasiones su forma de hablar propia de Tokio quedaba teñida por su acento del dialecto Kyushu. Ohashi tenía varias teorías acerca de la muñeca de Taka, aunque trataba de no pensar mucho en ellas. Shimada, el serio, no hablaba demasiado, a menos que tuviera algo importante que decir. Aquello le gustaba a Ohashi. Hori, de sonrisa fácil, provenía de Osaka y siempre lo convertía todo en una broma. Aun con todo, era una parte importante del grupo: si no se podían reír de la vida, ¿qué otra cosa podían hacer?

Y Keita… era Keita. A Ohashi no le gustaba admitirlo, pero habría preferido que Keita no estuviera allí. Tenía aquellos tatuajes y le faltaban varios dedos, por lo que todos sabían que había sido miembro de la Yakuza en algún momento de su vida. Y el móvil que llevaba a todas partes y que usaba para amenazarlos a todos era tan engorroso que hacía gracia. ¿Por qué no lo usaba, ni siquiera cuando lo atacaban los jóvenes? Pese a ello, Keita era un luchador feroz y sabía defenderse mejor que la mayoría de los otros sintecho.

Porque a veces les daban palizas.

Ya no les afectaba tanto. Unos jóvenes gamberros se pasaban por allí para echarse unas risas después de haber estado de juerga. Lo peor era que a uno lo encontraran solo, pues era entonces cuando propinaban las peores palizas. Los jovenzuelos se abalanzaban sobre un solo

45

sintecho y no dejaban de darle puñetazos y patadas hasta que se cansaban. La primera vez que le había tocado a Ohashi, se había dado cuenta conforme recibía los golpes de que estos empezaban a doler menos. Era como capear una tormenta: el viento y la lluvia se cansaban en algún momento. Algo empezaba a alejarlo del dolor, o aquellos cabrones se quedaban sin fuerzas.

Fuera como fuere, el dolor disminuía conforme seguía la paliza. Lo mejor era relajar el cuerpo y no resistirse, pues así acababa con menos huesos rotos. Lo peor era cuando lograban arrancarle un diente de una patada, porque eso complicaba la tarea de comer. Ohashi hacía todo lo posible por protegerse la cabeza de los ataques, solo que entonces un pie, un puño o un codo le daba en los testículos. Y ese era un nuevo dolor que le carcomía el estómago desde dentro.

Cada vez que Ohashi salía a buscar latas, hacía todo lo posible por admirar las calles y contemplar los lugares que lo rodeaban, por ver las cosas en aquel paisaje que a él le parecían bellas, los pequeños toques que le alegraban el día. El sol que se alzaba por la mañana y se abría paso a través de los espacios entre edificio y edificio, el cielo neblinoso que ocultaba las partes más altas de los rascacielos lejanos, las nubes que formaban patrones que parecían un montón de gatitos que se perseguían entre ellos. La vida todavía albergaba ciertas alegrías para él, por pequeñas que fuesen.

También observaba a la gente pasar por su lado. Se esforzaba por que nadie se percatara de su presencia, y la mayoría sí que apartaban la mirada cuando lo veían por la calle. También había quien se lo quedaba mirando, como si hubiera hecho algo mal, o quien musitaba «busca trabajo» entre dientes… Cosas así. Sin embargo, la mayoría de las personas que veía por la calle seguían con sus vidas solitarias en la gran ciudad. Todo ello le parecía tranquilizador.

Para las 11 a.m., Ohashi estaba en la zona de Shimbashi y ya estaba cansado. Compró una lata de café en una máquina expendedora, la abrió y se sentó en el suelo, junto a su carro, para ver pasar el mundo. Dos taxistas estaban cerca de la máquina expendedora, bebiendo café y fumando. Uno de ellos era bajito y rechoncho, y el otro, alto y delgado, pero ambos le dedicaron una sonrisa y lo saludaron. Los taxistas le recordaban a su hermano, Taro. ¿Qué estaría haciendo Taro? Otro recuerdo que lo llenó de vergüenza.

El taxista rechoncho se acercó y le dio tres latas vacías a Ohashi, quien le dio las gracias. Tras su pequeño respiro, Ohashi aplastó las cuatro latas, una vez que se hubo acabado el café, y las lanzó con las demás antes de seguir con su camino. Cuando llegó al hotel, escondió el carro en el callejón hasta el día siguiente y se fue a ver a sus amigos.

Supo que había ocurrido algo extraño cuando se acercó al campamento, pues oyó gritos.

Agazapado en un arbusto, en una postura más bien felina, observó las tiendas de campaña desde la distancia.

Había un hombre con uniforme que llevaba la muñeca de Taka bien lejos de él, agarrada por una pierna. Y había alguien más con esposas a quien se estaba llevando. Los hombres con uniforme estaban arrasando con las tiendas de campaña, arrancando las lonas azules y metiéndolas en el maletero de sus camionetas. Estaban destrozando los cartones para apilarlos en varios montones.

Pese a que algunos de los sintecho se estaban defendiendo, los hombres con uniforme eran más fuertes, estaban mejor alimentados y más sobrios y contaban con porras extensibles. Ohashi contuvo un grito cuando uno de los hombres con uniforme sacó su porra, movió la muñeca sin demasiada preocupación para extenderla y avanzó poco a poco hacia un hombre que protestaba y miraba en dirección contraria. *Pum*. Con un fuerte golpe contra la rodilla, el sintecho cayó al suelo. Uno tras otro, arrastraban a los sintecho por los restos del campamento y los metían en la parte trasera del vehículo. Aunque algo no cuadraba. No era ningún coche de policía, sino una furgoneta. Y no tenía ninguna luz que parpadeara. Ohashi entornó los ojos para ver mejor qué decía la furgoneta. LIMPIEZA A FONDO, rezaba. En letras negras y claras.

Hora de irse.

Ohashi echó a correr. Notaba cómo su panza diminuta rebotaba cada vez que pisaba la acera, además de las sacudidas que daba la carne suelta que se le había formado bajo los pezones con el paso del tiempo. Sus músculos olvidaron por un momento el dolor de un duro día de trabajo, y cada célula de su cuerpo se dedicó a alejarse todo lo posible del florecimiento a la inversa de la ciudad de lonas azules.

Conforme corría, un recuerdo extraño no dejaba de reproducirse en su mente: una clase de Biología de sus días de instituto. El profesor le había dicho a la clase que, si un hombre o una mujer daba un salto vertical, siempre que estuviera en buena forma, lo único que rebotaría serían sus órganos sexuales. Cualquier otro rebote en el cuerpo humano indicaba grasa indeseada. Todo debería tener su utilidad; todo debería ser músculo. Pensó en el campamento: ¿acaso era la grasa indeseada de la ciudad? ¿Necesitaba que alguien la extirpara, como el tejido grasoso con una liposucción? ¿La habían cortado y sacado del músculo? Para luego tirarla a la basura. Entonces lo único que se le pasó por la cabeza fueron palabras que aparecían al ritmo de su respiración: indeseado, innecesario, insignificante, inaceptable, inadmisible, inadecuado, inagradable… Bueno, esa última no era una palabra, pero le parecía que debía serlo…

—¡Eh!

Un grito de alguna parte. Echó un vistazo por encima del hombro, sin dejar de correr.

—¡Ohashi! —La misma voz una vez más, solo que en aquella ocasión estaba claro que era su nombre. Se dio la vuelta.

Un rostro sonriente que conocía muy bien se asomaba por la esquina de un callejón.

—¡Por aquí!

Ohashi se tambaleó hacia la sonrisa. Cuando se acercó, un brazo delgaducho lo metió en un callejón apartado. Y justo a tiempo, pues un coche de policía pasó a toda prisa por la calle, con su sirena que soltaba una risotada distorsionada. Como si se estuviera riendo por algún chiste del que aquellos ancianos no formaban parte y nunca iban a hacerlo.

Ohashi recobró el aliento, apoyado contra la pared mugrienta del callejón.

—¡Ohashi-san! Gracias a Dios que está bien.

El Dios de Taka estaba cuidando muy bien de él.

—¿Los demás están bien? —Ohashi se enderezó tras recobrar el aliento.

—Se han llevado a Shimada. —Hori parecía tener los ojos grises y estar más demacrado que de costumbre—. Taka estaba en la iglesia, y yo había ido a por algo de beber en la máquina. Cuando hemos vuelto, ya habían empezado a destrozar el campamento y a llevarse a la gente.

Estaba claro que el Dios de Taka no había considerado que Shimada fuera digno de salvación. Tal vez era demasiado insignificante.

—¿Qué vamos a hacer ahora? —preguntó Hori.

—Quizá podamos refugiarnos en la iglesia. —Taka los miró a los dos, lleno de esperanza. Ohashi dudó antes de soltar su propuesta.

—Tengo una idea —dijo poco a poco.

—Cuenta, cuenta. —Hori le sonrió, animado. Ohashi tragó en seco.

—Conozco un lugar en el que podemos quedarnos. Hay sitio más que suficiente.

—¿Dónde?

—Pero tenéis que prometerme que no haréis ningún ruido.

—Claro, Ohashi. Seremos discretos. Silenciosos como ratoncitos.

—Vale. Por aquí.

Ohashi esperaba que su voz no mostrara sus dudas. ¿Estaría cometiendo un error?

—¿Qué diablos es esto?

Ohashi sostuvo la ventana abierta mientras Hori y Taka se dirigían al interior.

—Tened cuidado. Quedaos ahí, cerca de la pared. Os mostraré el camino cuando haya entrado.

—Está oscuro, Ohashi. ¿Dónde nos has traído?

—Un segundo. —Se metió en el baño y cerró la ventana tras él, aunque dejó una abertura pequeña—. Esperad.

—¿No la cierras del todo? —preguntó Hori.

—Tengo un amigo que siempre me viene a ver por la mañana. Mañana os presento.

—¿Un amigo? ¿No te habrás echado novia? —se rio Hori.

—Ya lo verás mañana —respondió Ohashi con una sonrisa.

Se llevó una mano al bolsillo y sacó una pequeña linterna.

—Por aquí. —Encendió la linterna y señaló hacia la salida del baño.

—¡Madre mía! ¿Dónde estamos?

—A mí me parece un *sento*. ¿Es un baño, Ohashi?

—Un hotel cápsula abandonado.

—¡Vaya! ¿Ha estado viviendo en un hotel todo este tiempo? ¡Es como un rey, Ohashi-sama! —La voz de Taka estaba llena de respeto y asombro, más que de celos.

—¡Oye! ¿Por qué no nos habías hablado de este sitio? —Hori había alzado la voz, animado—. ¿Los baños siguen funcionando? Me encantaría darme un chapuzón.

Ohashi dirigió el haz de luz en dirección a Hori, quien parpadeó y entornó los ojos.

—¡Eh! ¡Vigila a dónde apuntas con eso!

—¡Ay, perdona! —Ohashi dirigió la luz por el baño e iluminó las baldosas grises y viejas y la pared más alejada, con su mosaico del monte Fuji rodeado de bosques, lagos y nubes. Las baldosas se habían caído en algunos lugares, lo cual había dejado un rompecabezas inacabado de una montaña—. No hay agua corriente —explicó Ohashi—. Así que me temo que nada de baños. Por aquí.

Los tres recorrieron el hotel cápsula. A Ohashi le llevó más tiempo que de costumbre, pues tenía que detenerse con cada grito ahogado de Hori y de Taka ante todos los aspectos fantasmales e interesantes del hotel abandonado: las puertas de las taquillas arrancadas de sus bisagras, el papel pintado que se desprendía de las paredes, la gruesa capa de polvo y suciedad que cubría el suelo de cada pasillo... Todo lo que Ohashi ya conocía de sobra.

Una vez que llegaron a la habitación de las cápsulas, Ohashi indicó cuál era la suya. Hori y Taka asintieron con respeto y ocuparon una cápsula a cada lado, si bien dejaron una cápsula vacía de espacio de por medio. Querían permanecer cerca, pero todo el mundo necesitaba su privacidad.

—Bueno, señores, ¿os apetece algo de cenar?

—Uuh, ¡sí, por favor! Muy amable por su parte.

—¡Mataría por algo de comer!

Los tres se sentaron con su cena sencilla de *onigiri* y té de trigo, los cuales Ohashi extrajo de su suministro personal y dividió de forma equitativa. Sentados bajo aquella luz tenue, el rostro de cada hombre se llenó de arrugas por sus expresiones pensativas.

—Bueno. —Fue Ohashi quien rompió el silencio—. ¿Cuál es el plan?

—Quizá deberíamos ir a la iglesia.

—Creo que puede ser un poco arriesgado, con las cosas como están —respondió Hori.

—El Señor proveerá…

—Lo siento, Taka-san, pero estoy de acuerdo con Hori. —Ohashi habló de forma solemne—. No sabemos si vamos a estar a salvo en la iglesia. Tal vez esté cooperando con la policía ahora. ¿Quién sabe?

—Pero ¿dónde encontraremos comida? —Taka se quedó mirando el techo.

—Puedo conseguir algo —dijo Ohashi.

—¿Suficiente para los tres? —quiso saber Hori.

—Eso creo.

—«No solo de pan vive el hombre» —citó Taka.

—Pero ¿qué dice la Biblia sobre los *onigiri*? —preguntó Hori—. Imagínate a Jesucristo intentando abrir uno de esos.

Hasta Taka se echó a reír ante el comentario.

Ohashi se excusó temprano aquella noche, pues había sido un día cargado de estrés. Se dieron las buenas noches, y cada hombre se retiró a su propia cápsula de soledad. A solas con sus pensamientos, tardaron en dormirse, mientras unas nanas agudas de preocupación y miedo tiraban de sus sueños empapados en sudor.

Unos pequeños charcos de luz entraban por las ventanas altas del hotel por la mañana. Si bien en un día nublado no era demasiada luz, cuando el sol apretaba, las cápsulas quedaban bañadas por un brillo cálido.

Durante aquellos días, el gato se dirigía a los tramos de luz y se tumbaba en el suelo.

Ohashi se despertó temprano para saludar a su amiguito peludo, tumbado en el suelo para que pudiera saltar sobre su estómago. El gato tricolor se tambaleó un poco al pisar sobre la grasa suave de Ohashi. Él le rascó con suavidad bajo la barbilla y le acarició su espalda arqueada con la otra mano. El gato soltó ronroneos de placer, como el motor de un coche al ralentí en un semáforo. Examinó la cara del animal, con su barbilla ligeramente roja y la baba que se acumulaba en una esquina de la boca. ¿Qué habrían visto aquellos ojos verdes tan bonitos? Como solía hacer, Ohashi se puso a pensar en su padre. Su padre había estado obsesionado con los gatos y siempre había tenido un montón de ellos paseándose por su estudio a cualquier hora del día. Una de las actividades favoritas de Ohashi cuando era niño había sido acurrucarse con una colección de *rakugo* en un rincón del estudio de su padre, acariciar un gato y quedarse callado.

¿Qué habrían visto aquellos ojos verdes? ¿De dónde habría salido aquel gato? Se imaginaba todos los secretos y mentiras que había conocido, todo lo que hacían los humanos cuando creían que nadie los veía.

—¿Ese es tu amigo?

El gato volvió la cabeza hacia Hori, quien salía de su cápsula. Ohashi notó que las garritas del animal se clavaban un poco mientras evaluaba la situación. ¿Debería huir de aquel hombre sonriente? ¿O acaso era otro portador de atún, como su amigo de cabeza morada?

—No tengas miedo. Este es Hori-san. Dile «hola» a Hori-san.

—Qué gatito más listo. —Hori rascó al gato entre las orejas, y Ohashi notó que este escondía las garras—. Y qué bonito. Mira los colores que tiene en el lomo. La forma me suena mucho. ¿Es un chico o...?

Un estruendo provino de la dirección de la entrada principal, seguido por el murmullo de dos voces masculinas que recorrían el pasillo hacia ellos. Ohashi nunca usaba ese pasillo. Una gran silueta se abrió paso hacia la sala, y a Ohashi le dio un vuelco el estómago. Era Keita. Taka lo seguía de cerca.

—Bribones, ¡habéis estado escondidos aquí todo este tiempo! ¡Como ratas en su madriguera!

—¡Ohashi-san! —Taka esbozaba una sonrisa incómoda—. ¡El Señor nos ha bendecido con un encuentro fortuito esta mañana!

—Por favor, señores —dijo Ohashi, poniéndose de pie y dejando al gato a un lado—, en el futuro, no uséis la entrada principal. Entrad por la ventana, como os mostré.

—Vale, vale, no te pongas así. —Keita se aposentó en una cápsula vacía y se tumbó, como Pedro por su casa.

—Lo siento, Ohashi-san —susurró Taka—. Le he pedido que me siguiera hasta el callejón, pero se ha metido por la puerta.

—No pasa nada —respondió Ohashi, también en voz baja.

—¿Qué estáis cuchicheando por ahí? —gritó Keita desde el interior de la cápsula.

Ohashi se llevó la mano a la cara.

—¿Tenéis algo de comer? Me muero de hambre —preguntó Keita, tras asomar la cabeza. Señaló al gato—. ¿De quién es esa alimaña sarnosa?

Ohashi sacó comida de sus suministros cada vez más escasos. La dividió entre ellos a partes iguales y le dio de comer al gato. Iba a tener que pedirle más comida a Makoto pronto.

Aquella noche, Ohashi volvió a casa para encontrarse con toda una escena.

Supo que algo iba mal en cuanto entró por la ventana. Oía voces y risas, hasta desde el exterior del hotel. Todo ello aumentó de volumen conforme se acercaba.

Alguien había encendido una hoguera en medio de la sala, y un gran grupo de hombres rodeaba las llamas crepitantes. Podía distinguir a Keita, quien bebía de una botella enorme de *shochu*, y también había otras personas a las que Ohashi no había visto en la vida. Todos estaban de pie alrededor del fuego y hablaban muy animados. Taka y Hori también estaban allí, riéndose. Cuando alzaron la mirada y vieron a Ohashi, sus grandes sonrisas se tornaron un gesto de vergüenza.

—Mirad quién viene por ahí. —Keita, ya borracho, miró a Ohashi.

—Señores. ¿Puedo preguntar qué está pasando? —Ohashi se dirigió a Taka y a Hori.

—Es solo una pequeña reunión de amigos, nada más —explicó Taka.

—¿A ti qué más te da? —se mofó Keita.

—Bueno, es que también es mi casa. Fue mi casa antes que la de nadie más —dijo Ohashi—. Estaría bien que se la tratara con un poco de respeto.

—Tu casa —repitió Keita, con un resoplido—. No digas sandeces. Si solo pasaste por aquí y encontraste un edificio vacío… Eso lo puede hacer cualquiera. Miradlo, con su pañuelo de pijo, como si fuera el rey del castillo, cuando su único amigo es un gato sarnoso.

El grupo estalló en carcajadas, y hasta Hori y Taka se sumaron a ellas.

—Bueno, agradecería que no hicierais mucho ruido. No nos convendría que alguien se pasara por aquí y nos encontrara. —Ohashi se dirigió a su cápsula sin mayor preámbulo.

—Venga, Ohashi, ven a beber con nosotros.

—No, gracias. Estoy agotado.

Ohashi se metió en la cápsula, cerró la cortina y se acomodó para volver a leer su ya desgastado ejemplar de *Las hermanas Makioka* mientras hacía caso omiso de todo el ruido.

—Oye, Ohashi. —Era Keita.

Ohashi bajó el libro y puso mala cara en dirección a la cortina. Si se quedaba callado, tal vez el idiota se marcharía de allí.

—Ohashi.

—¿Qué?

Keita retiró la cortina.

—Mira, lo siento. No pretendía ser maleducado. Toma. —Keita sostuvo un vaso maltrecho que contenía un líquido marrón y transparente.

—¿Qué es eso? —preguntó Ohashi, mirando a Keita con sospecha.

—Té de trigo, tu favorito. —Keita le dedicó una sonrisa—. Puedes tomártelo aquí con tu libro o puedes venir a charlar con nosotros. Como tú quieras. Solo quería hacer las paces.

—Gracias, Keita. Es muy amable por tu parte. Quizá sí que vaya con vosotros. —Ohashi salió de la cápsula a rastras y aceptó el vaso de té de Keita, tras lo cual ambos se acercaron al grupo de nuevo.

Hori estaba contando una historia graciosa sobre un samurái y un sacerdote —se acercaba al final—, por lo que Ohashi se sentó en silencio y escuchó. Pese a que la historia sí que era graciosa, la técnica de cuentacuentos de Hori no se acercaba a los estándares de Ohashi, pues no sabía encontrar el momento justo para soltar las gracias y hablaba demasiado. Hori soltó el remate de la broma por fin, y todos se echaron a reír por todo lo alto una vez más. A Ohashi le dio un vuelco el estómago por el pánico conforme el ruido resonaba y él se imaginaba la furgoneta de las letras negras dando vueltas por las calles cercanas. Se dirigió a su vaso, que casi había olvidado ya, y bebió un trago de té de trigo.

Aquel sabor…

Aunque casi se lo tragó, pudo llegar a escupirlo. Lanzó el vaso al suelo, donde se rompió en mil pedazos. Le temblaba todo el cuerpo. Y entonces la ira creció en su interior. La ira por lo que había hecho, por lo que aquel sabor le había hecho hacer. A su familia, a sí mismo, a su

56

vida. Era culpa suya. Miró a Keita, quien soltaba sus carcajadas terribles y llenas de hipo.

—Te mato —dijo Ohashi, en voz baja.

Keita no dejaba de reírse.

Ohashi se abalanzó sobre él. Hori se lanzó hacia adelante y trató de ponerle una mano en el antebrazo, pero Ohashi se lo sacudió de encima. Entonces este llevó las manos al cuello de Keita y apretó con fuerza. Por mucho que hubiera otros brazos sobre él y tiraran, no tenían la fuerza suficiente para detenerlo. Apretó y apretó con todo el odio y la desesperación que había escondido en lo más profundo de su ser. Vio cómo el rostro de Keita pasaba de rojo a azul y no dejó de aplastar y apretar.

Y habría seguido, de no haber sido por una fuerza férrea que tiró de él y le puso los brazos detrás de la espalda, y entonces algo lo apartó de Keita y vio que este respiraba con dificultad. Notó la dureza fría del metal que le aferraba las muñecas, y, cuando miró en derredor, lo único que vio fue el color azul. Uniformes azules, con personas sin rostro en su interior, agazapadas a su lado, cerniéndose sobre él, mirándolo con ojos entornados. Cuando Ohashi volvió a ver bien el rostro de sus amigos, vio miedo en ellos, pero ¿era miedo de los uniformes azules o del propio Ohashi, por lo que acababa de intentar hacer?

—Ha… Ha… ¡Ha intentado matarme! —Los labios de Keita estaban rodeados de un color morado, y sus fosas nasales estaban bien abiertas.

—Lleváoslos a todos —dijo una voz alta desde las sombras—. Y apagad esa hoguera.

Y entonces los metieron en las partes traseras de varias furgonetas a empujones, tirones y más empujones. Rebotaron por la oscuridad, mientras Ohashi tenía la mirada perdida en el color negro.

—Buenos días.

Ohashi abrió los ojos y los entornó hacia la forma borrosa que tenía delante.

—Tenga. —La silueta le estaba dando una taza de café humeante—. Beba.

—Gracias. —Ohashi aceptó la taza con cuidado y se frotó los ojos con la otra mano. El cuerpo le dolía por haber pasado la noche en el banco duro de la celda.

—Le daré un minuto para que se despeje, pero luego tengo que llevarlo a la sala de entrevistas.

Ohashi alzó la mirada y vio a un agente de policía joven en la puerta abierta de la celda. Parecía tener unos veintitantos y tenía una cara amable. Le recordaba un poco a Makoto. Ohashi se llevó la taza de café humeante a los labios y sopló un poco antes de dar un sorbo.

—¿Dónde estoy? —quiso saber Ohashi.

—En la comisaría. Solo tenemos que hacerle una pequeña entrevista, poco más que una formalidad, a decir verdad, y luego debería poder marcharse.

—Gracias.

—Vamos ya, señor. Tenemos un montón de entrevistas que hacer y queremos seguir el horario. Puede llevarse el café con usted. —El agente hizo un ademán hacia la puerta abierta.

Ohashi se puso de pie y siguió al agente de policía por el pasillo con un andar inseguro. El sonido de sus pasos resonaba por las paredes, como los golpes de su garrote contra las latas en la acera. Resonaba en el interior del estómago de Ohashi y lo hacía sentirse con ganas de vomitar.

La sala de entrevistas era bastante sencilla: paredes amarillas, una mesa en el centro, una luz fluorescente en el techo y una silla a cada lado de la mesa, una frente a la otra. El agente le indicó a Ohashi que se sentara.

—Espere aquí. Alguien vendrá a hablar con usted en un momento.

Se quedó bebiendo sorbos de su café, con la mirada clavada en la pared, mientras se preguntaba qué iba a ser de él. La puerta se abrió, lo cual lo sacó de su ensimismamiento, y un agente mayor que el anterior entró con varias hojas de papel.

—Buenos días. No, no hace falta que se levante. Me llamo Fukuyama, y tengo algunas preguntas que hacerle.

—Un gusto conocerlo, Fukuyama-san. —Ohashi le dedicó una pequeña reverencia.

El agente se sentó y sostuvo su bolígrafo por encima de un formulario, listo para escribir.

—Bueno, vayamos a ello. ¿Lleva algún tipo de identificación consigo?

Ohashi negó con la cabeza y se quedó mirando el suelo.

—No hay ningún problema. Cumplimentemos el formulario entre los dos, ¿sí? ¿Apellido?

—Ohashi.

—¿Nombre de pila?

—Ichiro.

El agente asintió y tomó nota.

—¿Edad?

—Sesenta y cuatro años.

—¿Ocupación?

—Bueno… Supongo que…

El agente alzó la mirada.

—¿Tiene algún empleo?

—Bueno, recojo latas, pero no creo que…

—Mmm… Quizás eso cuente como control de residuos. ¿Nombre de su jefe?

—Es que no tengo un jefe propiamente dicho…

—Ajá. ¿Debería poner «desempleado» y ya? Quizá sea más sencillo así.

—Sí, está bien.

—¿Dirección?

—Pues… Bueno…

—¿Duerme al raso?

—Se podría decir que sí.

—No pasa nada, Ohashi-san. Si fuera tan amable de proporcionarnos la dirección de algún familiar… Cualquier familiar sirve. Ah, y su número de teléfono también. Tendremos que llamarlos para que vengan a buscarlo.

—Vaya…

—Cualquier familiar sirve, Ohashi-san.

—No sigo en contacto con nadie.

—Mire. —El agente se quitó las gafas y se frotó los ojos—. Ohashi-san. De verdad entiendo lo difícil que puede ser todo esto para usted. Puede que haya dejado de hablar con sus familiares, puede que no quiera volver a hablar con ellos; lo entiendo perfectamente. Pero de verdad es importantísimo que nos proporcione la información, de otro modo… Bueno…

—Tengo un hermano menor.

—¡Perfecto! —El agente parecía lleno de esperanza—. ¿Y cuál es su dirección?

—Llevo años sin hablar con él.

—Pero ¿tiene su dirección?

—Creo que sí.

—Genial. Puede anotarla aquí mismo. —El agente le deslizó un bolígrafo y un trozo de papel.

Ohashi anotó la dirección de la casa en Nakano que había visitado hacía tantos años. Recordaba reuniones familiares en aquella casa, donde conoció a su cuñada y jugó con su pequeña sobrina. Su hermano, Taro, siempre estaba contento. Si bien no tenía demasiado dinero, estaba de lo más feliz con su bella esposa; su hija tan alegre, Ryoko; y el viejo cerezo que tenía en el jardín. Taro podría haber sido mucho más que un simple taxista. Escribía unos poemas maravillosos, como de ensueño, llenos de imágenes vívidas. Su padre había estado orgullosísimo de él.

Ohashi había representado *rakugo* en privado para las dos familias bajo aquel cerezo. Una lágrima se le formó en el ojo al pensar en el público: había estado su hermano, Taro; su cuñada; su sobrina, Ryoko; y la mujer y la hija de Ohashi. Recordaba sus rostros sonrientes mientras contaba sus historias. Aun así, su padre había dejado de acudir a aquellas reuniones cuando sus representaciones habían empezado a tornarse más intolerables.

Taro iba a estar muy avergonzado de él.

Le entregó el trozo de papel al agente, quien lo miró y se lo devolvió deprisa.

—¿Podría escribir su nombre completo también?

Ohashi escribió los caracteres 大橋太郎. Ohashi Taro.

—Tiene unos trazos muy bonitos, si me permite el comentario. Vale. Saldré un momentito a confirmarlo. Puede estar tranquilo, todo irá bien.

Qué forma más horrible de volver a entablar contacto con su hermano después de tantos años. Alzó la taza de café, distraído, y la inclinó hacia sus labios, aunque solo se vio recompensado con el lodo polvoriento y frío de los posos de la taza. Le dejó un sabor amargo en la boca.

Diez minutos más tarde o así, el agente volvió a la sala con un hombre trajeado. A Ohashi le cayó mal de inmediato. Le costaba saber exactamente por qué, pero había algo falso en él, a pesar de sus intentos por parecer amable. Para empezar, se ponía el pelo de punta con gomina, del modo que a Ohashi no le gustaba. Su apariencia aduladora le recordaba un poco al predicador de la iglesia que había soltado tantas cosas horribles sobre Hiroshima y Nagasaki.

—Ohashi-san, me temo que tengo malas noticias. He llamado a la dirección que me ha indicado, y siento decirle que su hermano ya no vive ahí. El propietario actual no ha sabido decirme a dónde se mudó, y no tenemos ningún modo de encontrar registros que indiquen su lugar de residencia actual.

—Ah...

—Bueno, Ohashi-san, ¿puede pensar en algún otro familiar? Cualquiera nos vale. Un tío lejano, un primo... Quien sea.

—No tengo a nadie.

—Piénselo bien, Ohashi-san. Es importante.

—Lo siento, pero no tengo a nadie más.

El agente soltó un suspiro.

—Bueno, en ese caso no tengo otra opción que declarar que «no tiene residencia fija» y pedirle que vaya con este señor, Tanaka-san.

—Es un placer conocerlo, Ohashi-san. No tema, cuidaremos de usted. —El adulador le dedicó una sonrisa condescendiente mientras miraba de Ohashi al agente de policía, como un hombre que observaba una partida de tenis entre dos niños incompetentes.

—Lo siento, Ohashi-san, no hay nada más que podamos hacer. —El agente se puso de pie y se marchó.

Ohashi se quedó con el hombre del traje, quien se sentó en la silla que el agente acababa de abandonar.

—Ohashi-san, lo vamos a llevar a nuestro centro, no muy lejos de aquí. Es un nuevo hogar maravilloso para usted...

Ohashi escuchó la explicación larga y tendida del hombre, diseñada para embaucar, pero vio lo que era en realidad. El robo de su última posesión terrenal: su libertad.

El gato recorrió a paso ligero el callejón hacia la ventana del hotel, y entonces ralentizó el andar. Había algo distinto en el ambiente, un olor... ¿a humo? Algo iba mal. La ventana del baño seguía abierta, así que se coló en el interior.

Los pasillos estaban en silencio, y aquel olor extraño era cada vez más fuerte conforme el gato los recorría deprisa. Cuando se acercó a las cápsulas, vio los restos de una hoguera apagada, y luego lo vacío que estaba todo. El silencio, roto por un maullido nervioso.

El hombre de cabeza morada no estaba en su cama. Sus pertenencias habían desaparecido, pero su aroma seguía allí.

El gato lloriqueó.

¿A dónde había ido el hombre de cabeza morada?

¿Dónde estaba el desayuno?

El gato esperó unos cuantos minutos, bostezó con la boca abierta de par en par y volvió sobre sus pasos poco a poco.

Recorrió el callejón despacio, con el estómago rugiéndole, en busca de algo de comer. Su paso era un tanto intranquilo, un indicio sutil de su rutina rota. Iba a echar de menos al hombre de cabeza morada. Sin embargo, sabía que todo iba a ir bien de un modo o de otro. La ciudad era su amiga. La ciudad proveería.

El hombre de cabeza morada ya no tenía la cabeza morada.

Le quitaron el pañuelo, lo vistieron con un mono naranja y le mostraron su nuevo hogar. Cuando cerraron la puerta tras él, se percató de que su celda era un poco más grande que la cápsula a la que ya se había acostumbrado. El suelo era de tarima de tatami, y había dos futones dispuestos sobre él. Uno de ellos ya estaba ocupado por una silueta durmiente cubierta de sábanas que roncaba de forma escandalosa. Si bien aquella cápsula estaba más limpia y era más grande que la antigua, tenía barrotes en las ventanas y candados en las puertas.

Ohashi se dejó caer sobre el futón vacío y soltó un suspiro. Cuando lo hizo, los ronquidos que salían desde debajo de las sábanas cesaron. Ohashi echó un vistazo en aquella dirección, y las sábanas se apartaron para dejar ver un ojo bizco que puso una expresión de sorpresa mientras Ohashi se echaba atrás, perplejo.

—Ah, eres tú —dijo una voz grave bajo las sábanas.

—Hola, Keita —respondió Ohashi, con un suspiro.

—Todavía no te he perdonado. —Keita se quitó la sábana de encima y se incorporó.

—Ni yo a ti. —Ohashi hablaba con la mandíbula apretada.

—Pero bueno, ¿dónde carajos estamos? ¿En la cárcel? —Keita bostezó y se frotó los ojos.

—No creo que sea una cárcel. ¿La policía no te ha puesto en libertad?

—Pues a mí me parece una cárcel.

—Vale, pero no lo es.

—Muy bien, ya veo que a ti no te pueden tomar el pelo.

Ohashi se llevó una mano a la cabeza. Como le habían quitado el pañuelo, su calva había quedado expuesta.

—Si vas a hablarme así, Keita-san, preferiría que no habláramos y ya.

—Y lo dice el hombre que intentó matarme.

—No intenté matarte, Keita.

—Que sí.

—Bueno, no deberías haber hecho lo que hiciste, ¿verdad?

—Solo era una broma. No lo habría hecho si hubiera sabido que te ibas a poner así.

—Mira, Keita. No quiero estar en esta sala contigo, y supongo que tú tampoco, pero no tenemos otra opción. ¿Qué te parece si lo olvidamos y pasamos página?

—Por mí, bien.

Ohashi cerró los ojos.

—Mataría por algo de sake —murmuró Keita.

Ohashi pensó sobre ello. No le dijo a Keita que estaba bastante seguro de que no les iban a dar nada de sake. Los dos se quedaron tumbados en silencio, acostumbrándose a su nuevo hogar, extraño y estéril.

—Arg.

Ohashi miró hacia el montón de sábanas del otro futón. Keita se estaba retorciendo, incómodo, y sus sábanas estaban húmedas por el sudor.

Era de noche, justo antes de que fueran a apagar las luces, y Ohashi oía el rechinar de las botas de cuero del guardia en el pasillo. Aquel lugar no era una cárcel, pues los familiares podían ir a recoger a los residentes en cualquier momento, pero, tal como el alcaide Tanaka anunciaba cada noche con su traje y su voz remilgada antes de que se sentaran a cenar: «Es un lugar mejor para ustedes que la calle, aquí están a salvo».

Aunque solo habían transcurrido unos pocos días, ya sabían que la comida era horrible, peor que la bazofia que servían en la iglesia. Si el alcaide pescaba a alguien removiéndola en su plato, se ganaba una mirada con el ceño fruncido, o lo que era peor, una sanción, lo cual arrebataba privilegios como el acceso al patio lleno de guijarros del centro. Pese a que Ohashi había buscado a Taka y a Hori durante las comidas y a la hora de salir al patio, no los había visto por ninguna parte. Tal vez estaban en otro piso, pues parecía haber una rotación para usar las instalaciones. Todas las ventanas contaban con barrotes, lo cual solo conseguía que Ohashi recordara cuando jugaba con el gato en los charcos de luz que entraban por las ventanas mugrientas del hotel abandonado.

¿Dónde estaría el gatito en aquellos momentos? Lo echaba de menos. La noche siempre era un alivio, porque entonces podía olvidar dónde estaba, aunque fuera por un momento. Sin embargo, Keita había vuelto a empezar con sus gemidos.

—¿Estás bien? —le preguntó Ohashi.

—¡Déjame en paz!

—¿Qué te pasa?

—¿Cómo puede ser que no tengan nada de alcohol en esta pocilga?

—Toma, bebe esto. —Ohashi le extendió un vaso de agua.

—Que te den. No necesito tu ayuda.

—Bébetelo. Te sentirás mejor pronto.

—¿Qué sabrás tú? Don No Bebo, Muchas Gracias.

—Antes bebía, Keita. Mucho más que tú. Y lo superé.

Keita se quitó las sábanas de encima y miró a Ohashi, lleno de sospecha. Tenía unas gotas de sudor que le cubrían la frente.

—¿Estás seguro de que mejoraré?

—Seguro. Lleva varios días, y es horrible, lo sé. Pero pronto estarás mucho mejor. Hasta entonces, tienes que mantenerte hidratado.

Keita estiró una mano temblorosa y trató de agarrar el vaso que Ohashi le ofrecía.

—Mierda. —Casi se le cayó.

—Deja que te ayude. —Ohashi llevó el vaso poco a poco hacia los labios de Keita, quien parecía un niño pequeño, bebiendo el agua de forma lastimosa.

—Duerme un rato.

Apagaron las luces, lo cual dejó tan solo un brillo tenue en la sala.

Ohashi casi se estaba quedando dormido cuando Keita lo volvió a despertar.

—Oye.

—¿Qué?

—¿Estás despierto?

—¿A ti qué te parece?

—Perdona. ¿Te he despertado?

—Vete a dormir, Keita.

—No puedo.

—¿Qué pasa?

—No puedo dejar de pensar en todo.

—Bueno, pues para —respondió Ohashi, con un gruñido.

—No puedo.

—¿Y no puedes pensar en silencio?

—Perdona. —Keita se quedó callado durante unos segundos—. Pero ¿a ti no te pasa nunca?

—¿El qué? —Ohashi se incorporó y se destapó un poco.

—El no poder dejar de pensar. Repasas todas las decisiones que has tomado en la vida y lo único que ves son todos los errores que has cometido. Todo lo que has hecho que te ha llevado hasta donde estás. —Keita tenía la mirada perdida, como si estuviera viendo algo que a Ohashi le pasaba inadvertido—. Y piensas que, si hubieras hecho alguna cosa diferente, si hubieras tomado mejores decisiones, ahora estarías en un lugar mejor.

Ohashi se dejó caer una vez más, se giró para mirar al otro lado y no dijo nada.

—O quizá —continuó Keita— solo tuvimos mala suerte.

—Sé que eso no fue lo que me pasó a mí.

—¿Por qué?

—En otros tiempos fui el hombre más afortunado del mundo.

—¿En qué sentido? —Keita se incorporó un poco.

—Tuve una buena infancia, una madre que me quería y un padre que me inspiraba. —Ohashi tragó en seco—. Y luego tuve una mujer bella, una hija encantadora y el trabajo con el que siempre había soñado.

—¿Y qué pasó?

—Da igual.

—¿Fue por la bebida?

—No quiero hablar de ello.

—Como veas. —Keita se quedó callado un rato, aunque luego continuó—: Sé que he cometido errores. Mis padres me dijeron que no me uniera a la Yakuza, pero era joven y estúpido por aquel entonces. Lo único en lo que pensaba era en parecer guay y mojar. Recuerdo haber ido a Asakusa a que me tatuaran. Solo quería impresionar a una chica, y pensé que, si me hacía miembro de la Yakuza, conseguiría el dinero y la posición social. Ella acabó con otro hombre de todos modos, me dijo que él era más «respetable». Nunca se puede ganar en esta vida. —Keita soltó un suspiro—. Tendría que haberles hecho caso a mis padres. La Yakuza no cuidó de mí como dijeron que lo iban a hacer. Lo único que hizo falta fueron un par de errores. Dos dedos. Me echaron. Nadie me ha querido en su familia nunca.

—Eso no es cierto, Keita.

—Claro que lo es. Sé que soy maleducado y molesto. A nadie le gusta que esté cerca.

Ohashi cambió de posición en su futón y miró en dirección a la silueta oscura del cuerpo robusto de Keita.

—Eres uno de nosotros, Keita. Shimada, Taka, Hori y yo. Nosotros somos tu familia.

La silueta de la cabeza de Keita se volvió para mirar a Ohashi.

—¿De verdad? ¿Lo dices en serio?

—Pues claro. —No, pero Ohashi habría dicho cualquier cosa con tal de irse a dormir.

—Gracias.

—No es nada, Keita. Descansa un poco.

Se produjo un breve silencio, y entonces Keita habló en voz baja, medio dormido.

—Estoy seguro de que tu mujer y tu hija te siguen queriendo, Ohashi-san.

Ohashi tragó en seco para deshacer el nudo que se le había formado en la garganta de repente.

—Buenas noches, Keita.

Aquella noche, al igual que muchas otras, soñó con Tokio.

Solo que era diferente. Caminaba con su carro, sí, pero el cielo era morado y naranja. Las calles estaban vacías, pues no había ninguna persona alrededor. Caminaba entre los rascacielos que se desmoronaban, cubiertos de una pátina, y veía que los edificios del horizonte, cerca de la bahía, se hundían en el suelo. La tierra se sacudió, y los edificios se derrumbaron y desaparecieron. Licuefacción, así se llamaba. Entonces el temblor se detuvo, y todo se quedó quieto una vez más.

Los trenes estaban vacíos y oxidados sobre sus vías. Los supermercados parecían haber sido saqueados; aunque la comida caía de las estanterías y hacia la calle, todo estaba podrido, incomible. Latas de café vacías estaban apiladas como montañas, y había basura y restos por doquier. Pero ninguna persona.

Siguió caminando hasta que se encontró con su viejo amigo, el gato.

—Sígueme —dijo el gato, y saltó sobre un muro alto—. Venga.

—No puedo.

—Claro que puedes. Prueba con cuatro patas en lugar de con dos. Funciona mejor así.

Se puso a cuatro patas en el suelo y, sí, empezó a dar pasos más ligeros y ágiles. Se subió al muro junto al gato, que había puesto una expresión de superioridad. Vio su propio reflejo en los ojos del animal:

él también se había transformado en un gato, y no tenían que hablar para comunicarse.

Escalaron tejados juntos, hasta los puntos más altos de los rascacielos medio derrumbados. Treparon por árboles, se colaron en espacios pequeños, persiguieron ratones y corrieron a través de las calles vacías.

La ciudad era suya.

—¿Y qué les pasó?

—¿A quiénes?

—A tu mujer y a tu hija.

Ohashi hizo caso omiso de la pregunta.

—Me dijiste que tuviste una niña, ¿verdad? —insistió Keita.

Ohashi lo miró de reojo. Si bien no había notado nada de malicia en la pregunta, aquello no hizo que esta fuera más bienvenida.

—¿No podemos hablar de otra cosa?

—¿Por qué siempre lo evitas?

—¿Qué es lo que evito?

—Hablar de tu pasado.

—Porque no es asunto tuyo, Keita.

—No me extraña que te dejaran.

—¿Cómo dices?

—Que no me extraña que te dejaran.

—Cómo te atreves.

—¿Qué? Nunca hablas de nada. Solo eres un viejo estirado que se cree mejor que todo el mundo. Ya no lo soporto más, aquí encerrado con un capullo pomposo.

—Y aquí estoy yo, atrapado con un llorica al que la Yakuza echó.

—Que te parta un rayo, viejo.

Alguien llamó a la puerta y la abrió al mismo tiempo.

—¿Qué sentido tiene llamar si vas a entrar sin más de todos modos? —se quejó Keita.

—¡Keita, calla! —exclamó Ohashi.

Un hombre de expresión lúgubre se quedó en la puerta, con el gesto torcido.

—¿Quién ha dicho eso?

—Él. —Keita señaló a Ohashi.

El guardia posó la mirada sobre Ohashi.

—Cuidado con lo que dices, listillo.

—No he…

—Ahórrate las excusas. Una sanción para los dos: mañana no saldréis de la habitación. —Cerró la puerta con fuerza, y todo se quedó en silencio una vez más.

—Capullo —susurró Keita.

Ohashi se dio media vuelta, pero estaba demasiado enfadado como para poder dormir.

Tras un rato, se incorporó y ocupó la posición de siempre.

—Vale, Keita. ¿Quieres que te cuente una historia? Pues te la voy a contar. Había una vez un hombre llamado Ohashi, quien lo tenía todo, pero lo echó a perder…

Ohashi estaba sentado con elegancia en su cama, con las rodillas bajo él y las manos al frente, en la pose orgullosa del *rakugoka* que había sido y que siempre sería.

Aquello, al menos, era algo que nunca le podrían arrebatar.

STREET FIGHTER II (TURBO)

**Escenario de Guile / Sonic Boom / Tiger Uppercut /
Yoga Flame / Yoga Fire / Spinning Bird Kick / Hadouken /
Dragon Punch / Round One / Start**

—¿No crees que es clavadito a Dhalsim? —Kyoko se inclinó hacia mí para susurrarme al oído.

Noté su aliento cálido en el cuello y pude oler su perfume por encima del olor a tabaco y alcohol barato que impregnaba la sala de karaoke. Era lo primero que me había dicho alguna vez. Llevábamos una temporada trabajando en la misma oficina de la empresa de relaciones públicas, pero no habíamos intercambiado ni una sola palabra en todo aquel tiempo. En la oficina, siempre miraba a través de mí, y yo tampoco había reparado en ella. Era como si, hasta aquel momento, hubiéramos sido invisibles el uno para el otro.

Volví la mirada en dirección al hombre del que me estaba hablando, quien sostenía una copa de *shochu* con una de sus manos esqueléticas y un micrófono en la otra.

—¿Disculpa? —Aunque la había oído bien, no me creía que lo hubiera dicho.

—¡Ah, venga ya, Makoto-kun! ¡Dhalsim! Ya sabes, de Street...

—De Street Fighter II. Ya pensaba que habías dicho eso.

—¿No te parece? —volvió a preguntar, aquella vez con una risita.

Volví a mirarlo. Movía su cabeza calva de un lado a otro mientras arrastraba las palabras de la canción, y de vez en cuando salpicaba de *shochu* a la chica que se había quedado dormida a su lado. Al verlo de aquel modo, sí que se parecía. Su expresión era la misma que ponía Dhalsim, igualita. Era la cara que ponía después de recibir un gancho y echarse atrás, antes de quedarse aturdido.

—Yoga Flame —dije, y a ella se le escapó la bebida por la nariz de la risa.

—¡Para!

—No sabía que te gustaba jugar. —No había pretendido decirlo así. Había esperado sonar sorprendido de un modo amistoso, pero soné como un idiota.

—Bueno, no. —Dio un sorbo a su bebida y echó un vistazo a la letra que recorría la pantalla de karaoke—. Salvo Street Fighter II. —Esbozó una sonrisa torcida—. Uno de mis placeres culpables.

—¿Cuál de ellos? Porque hicieron unos cuantos. —Me enderecé un poco.

—Turbo.

Me acerqué un poco más a ella.

—¿Cuándo lo jugaste?

—Mi hermano mayor tenía una Super Nintendo. Solíamos jugar cuando éramos pequeños. —Sus ojos reflejaron la luz del televisor y mostraron un brillo húmedo.

—¡Eh! ¿Qué estáis cuchicheando por ahí? —Ryu, nuestro superior, se agachó para abrirse paso por el lado de Dhalsim y se sentó entre nosotros. Olía como si llevara una semana con el mismo traje y tenía una mancha de salsa de soja en la camisa, como de costumbre. Se volvió hacia mí—. Makoto, ¿la estás molestando? —me preguntó, arrastrando las palabras, antes de rodear a Kyoko con el brazo—. ¡Kyoko-chan! Pon una canción. No has cantado nada en toda la noche. Una chica guapa como tú debe tener una voz angelical.

—Ay, Ryu-kun, ya sabes que no me gusta cantar. —Sirvió más cerveza de una botella helada de Kirin en la copa vacía de él y luego se secó la condensación de las manos con cuidado con una toalla que sacó de su bolso—. Tienes una voz tan… varonil. ¿Por qué no nos cantas algo a nosotros?

Me encendí un cigarrillo y aparté la mirada.

Aquellas salidas de trabajo eran un muermo. Habría estado muy bien haberme podido escaquear como Flo, la traductora estadounidense. Ella decía que no se encontraba bien, y los demás la dejaban en paz. ¿Por qué no podía hacer yo eso? Respuesta, triste pero cierta: porque soy japonés. Y al clavo que se sale de su sitio se lo aporrea a martillazos.

Sin embargo, en aquellas salidas nadie podía hablar con nadie ni conocerse. Lo único que hacíamos era emborracharnos y cantar karaoke. Y luego teníamos que escuchar a los jefes hablar sin parar sobre lo buenos que eran, sobre cómo todo había sido más difícil en la época en la que habían entrado en la empresa, sobre que nosotros lo teníamos muy fácil y bla, bla, bla. Según lo veía yo, quienes lo habían tenido fácil habían sido ellos, durante la burbuja. Mi generación era la que estaba jodida desde el principio.

Jefazo estaba con el micrófono. Cantaba a gritos una versión pésima de *London Calling*, de The Clash, o, mejor dicho, la estaba destrozando. Parecía un bebé demasiado grande, con unos pequeños mechones que caían y se movían sobre su cuero cabelludo calvo. Ni siquiera sonaba a inglés. Me quedé allí sentado, asintiendo, sonriendo y echándome a reír cuando era apropiado. Bebiendo hasta no pensar en nada. Lo que de verdad quería era salir de allí y meterme en el sobre. Solo que, en aquel momento no pude dejar de pensar en lo que me acababa de decir Kyoko. Que había jugado Street Fighter II cuando era pequeña.

Y el Turbo, además.

Lo que de verdad quería hacer era echar una partida de Street Fighter II Turbo.

La noche transcurrió como una frase enrevesada, puntuada con alitas de pollo, patatas fritas, *onigiri*, cerveza y *kimchi*. *Shochu* mezclado con hielo, *shochu* mezclado con té *wulong*, *shochu* mezclado con agua, *shochu* mezclado con *shochu* mezclado con más *shochu*. Un capullo se quitó los pantalones, se subió a un tambor y lo aporreó con tal fuerza junto a mi oreja durante *Hey Jude* que noté que desarrollaba un pitido en los oídos al ritmo de la música.

No pude evitar echarle miradas furtivas a Kyoko. Llevaba un jersey rosa con cuello, pantalones color crema y el cabello suelto. ¿Lo solía llevar atado en una coleta? ¿Era eso lo que había cambiado? ¿Me estaba emborrachando? Es decir, era guapa. Demasiado guapa para alguien como yo. Siempre había pensado en ella como la típica Chica de Oficina, quien se juntaba con las demás chicas de oficina a la hora de la comida para hablar de compras, maquillaje o de lo que fuera que hablaran las chicas. No era que los chicos habláramos de cosas mucho más interesantes precisamente, pues todos hablaban de cosas como beisbol o *kyabakura*. No lo soporto, el hablar de cosas de las que uno cree que debe hablar solo para no parecer un rarito.

Debió haber sido el comentario sobre Street Fighter II, porque en aquel momento lo único en lo que podía pensar era en jugar contra ella.

Y en darle una paliza. En el juego, claro.

Mientras la observaba dar un sorbo a su bebida y mecer la cabeza al ritmo de la versión de Jefazo de *With or Without You*, de U2, empecé a fantasear con jugar contra ella.

Tal vez ella escogería a Chun Li como su personaje. Y yo a Ken, claro. Iríamos al escenario de Guile en Estados Unidos, porque es el que tiene la mejor música, con el caza de combate en el fondo y el espectador que parece que se está haciendo una paja. La música empezaría (esa que pega con todo), el comentarista diría «Round one. ¡Fight!», y el temporizador iniciaría su cuenta regresiva.

Quizás ella ejecutaría el primer movimiento, rápida como un rayo, una bola de fuego directa hacia mí, y yo no dejaría de lanzarle *hadoukens* a ella. Soy un jugador paciente. Estaría encantado de seguir lanzando ondas de energía, a la espera de que ella cometiera el error que todo el mundo cometía en algún momento. Se cansaría y decidiría que había llegado el momento de atacar de verdad. Saltaría y apuntaría una patada fuerte directa a la cabeza. Y cualquiera que estuviera viendo el combate pensaría: *Vale, aquí acaba todo para Ken. Game over. Le va a arrancar la cabeza de una patada.*

Y no se equivocaría mucho al pensarlo. Hasta un aficionado de Street Fighter se preocuparía por que yo hubiera esperado demasiado, pensaría que debía haber contraatacado, bloqueado o esquivado el ataque. Pero eso era porque siempre se me ha dado muy bien una cosa (porque a todo el mundo se le da muy bien una cosa en concreto, ¿verdad?). Siempre he sido capaz de usar la técnica más fuerte de Ken más deprisa que cualquier otra persona contra la que haya jugado. Tal vez si hubiera nacido mucho tiempo atrás habría sido famoso como alguna especie de samurái que desenvainaba su *katana* a toda velocidad (como Toshiro Mifune en la película *Yojimbo*), o, si hubiera nacido en Estados Unidos durante el Lejano Oeste, habría sido como Butch Cassidy (¿o el Sundance Kid era más rápido…?).

Así que allí estaría ella, volando y apuntando a mi cabeza, y entonces yo movería los pulgares a tal velocidad que solo se oiría el sonido del mando (porque los ojos no son capaces de captar un movimiento tan rápido), pero esto es lo que pasaría:

→↘ ↓ ↘ → + Puñetazo fuerte

Entonces Ken saltaría (se desplaza lateralmente un poco más lejos que Ryu, por eso lo escojo siempre), con el puño envuelto en llamas. El puñetazo le daría en el muslo, y ella saldría volando de espaldas y caería de culo. Entonces saltaría con una patada voladora fuerte, la derribaría y usaría un barrido de pierna fuerte (justo mientras ella se ponía de pie), lo cual la derribaría una vez más. Ella se pondría de pie, aturdida y confusa, con las estrellitas (o pájaros) dándole vueltas por la cabeza, y entonces yo haría el lanzamiento de Ken para tirarla por los aires. Chun Li se deslizaría por el suelo y levantaría el polvo hasta que se quedara quieta, y la pantalla entera temblaría mientras el tiempo se ralentizaba. Y entonces Ken alzaría el puño en un gesto triunfal, y mis puntos sonarían por la pantalla —los 30 000 que eran—, y el acento estadounidense del comentarista exclamaría: «You win! Perfect!».

No sé qué conseguiría con ello. Ella no iba a quedarse impresionada ni nada. Sé que no es así como se hacen los amigos.

Le dediqué otra mirada furtiva. Había despertado mi interés de verdad.

¿Qué clase de perdedora sería? ¿Sería del tipo que se enfada, lanza el mando al suelo y se va con un mohín? ¿Intentaría distraerme en el siguiente combate para ganarme? Tal vez era una buena perdedora. Quizás ella acabaría incordiándome a mí al quedarse tranquila y tomárselo todo a buenas.

Aun con todo, sí que estaba seguro de una cosa: ella nunca iba a ganar. A menos que la dejara.

Bueno, pasara lo que pasara, sabía que tenía que jugar contra ella.

El final de aquellas fiestas de karaoke casi siempre es peor aún que la fiesta en sí.

La noche era joven, pero nosotros éramos demasiado mayores para Shibuya. De pie en un círculo en el exterior del karaoke Manekineko, nos quedamos esperando, incómodos, a ver qué pasaba a continuación. Era aquel momento en el que nadie era sincero sobre lo que quería hacer. Aunque algunos querían escabullirse a casa, no querían que los demás supieran que aquello era lo que querían hacer. Otros intentaban hacer todo lo posible por no mostrar las ganas que tenían de seguir bebiendo, de ir a la segunda fiesta *nijikai*; tal vez pensaban que, si mostraban las ganas que tenían, y el viento prevaleciente no coincidía, aquello sería un reflejo de su popularidad dentro del grupo. Quién sabe.

Yo tenía otras cosas en las que pensar. Me había colocado junto a Kyoko y estaba intentando encontrar el momento perfecto para captar su atención sin que nadie se diera cuenta. La palmada *tejime* que iba a dar por concluida la reunión estaba cada vez más cerca, y yo tenía que hablar con ella de algún modo.

—Gracias a todos por haber venido esta noche. —Dhalsim cumplía el papel de organizador de la fiesta en esa ocasión, y su calva reflejaba las luces de neón de Shibuya mientras agitaba sus extremidades, entusiasmado—. Estoy seguro de que todos estamos de acuerdo en que ha sido una velada fantástica. Si sois tan amables de acompañarme para despedir la noche…

—¡Aaaaaaaaarrrrrggggg! —Todos nos volvimos para ver a Jefazo, con los brazos abiertos, que soltaba un aullido animalístico hacia el cielo nocturno—. ¡Aaaaaaaaarrrrrggggg! —Se golpeó el pecho como Donkey Kong.

—¿Jefazo, está bien? —Dhalsim extendió un brazo para apoyar una mano sobre su hombro.

—*Baka yaro!* —Jefazo se lo sacudió de encima.

—¡Jefazo! —lo llamaron los demás, y todas las miradas se posaban en la escena que se estaba desarrollando. Decidí aprovechar la oportunidad.

—¡Kyoko! —susurré.

Volvió la mirada poco a poco de lo que estaba sucediendo y me miró, medio aturdida.

—Kyoko, me preguntaba si... —Me solté el cuello de la camisa—. Si quieres, y entiendo perfectamente que no...

—¿Sí? —Me dedicó una mirada cargada de sospecha.

Tenía que darme prisa. Jefazo había sujetado a una de las chicas nuevas por los hombros y le estaba dando rodillazos suaves en el trasero, pretendiendo que le propinaba una paliza. Todos estaban intentando detenerlo (sin usurpar su autoridad), y unos gritos llenos de preocupación que decían «¡Jefazo! ¡Pare, por favor!» sonaban de forma intermitente. Mientras tanto, la chica nueva se había quedado perpleja mientras el director de la empresa le daba rodillazos en el culo sin parar y gritaba tonterías a los cuatro vientos.

—Kyoko, ¿te gustaría jugar a Street Fighter II conmigo?

—¿Dónde? —Alzó una ceja.

—En un salón recreativo. Seguro que hay alguno cerca.

Oí una tos, y ella apartó la mirada y señaló con la barbilla hacia Dhalsim, quien había conseguido poner fin al caos. Jefazo se había calmado de forma milagrosa, y todos se habían puesto en un círculo de nuevo, con las manos estiradas. Me miraban, a la expectativa.

—Ay, lo siento. —Estiré las manos, y todos dimos la palmada *tejime*.

Así que aquello era todo.

Nada de Street Fighter II aquella noche.

Si bien quería irme a casa después de que se hubiera roto el círculo, cuando vi que Kyoko se quedaba para el *nijikai*, decidí quedarme también. Estábamos de camino a no sé qué bar del que nuestro *senpai* no dejaba de hablar. Caminaba a solas, fumando un cigarrillo, cuando noté que alguien tiraba de mi hombro y me empujaba al hueco de una entrada.

—Pero ¿qué...? —Me di la vuelta para ver a Kyoko con un dedo en los labios, y entonces me puso una mano sobre la boca.

Los dos nos quedamos mirando desde aquella entrada cómo los demás pasaban en fila, charlando y cuchicheando animados, de camino al bar. Cuando el último de ellos se hubo marchado, Kyoko me quitó la mano de la boca.

—Vamos.

—¿A dónde?

—Aquí. —Se acercó a las puertas dobles que teníamos detrás, y estas se deslizaron automáticamente.

Conforme se abrían las puertas, empecé a oír los sonidos de zombis explotando, poderes conseguidos, megasaltos, hiperdeslizamientos y disparos de bláster. Seguí a Kyoko al interior, hacia la sobrecogedora luz fluorescente del salón recreativo. Un arcoíris de píxeles multicolor destellaba a nuestro alrededor y nos bañaba en distintos tonos verdes, rojos y azules. Por encima de los efectos de sonido a todo volumen había una banda sonora constante más alta aún, de Kyary Pamyu Pamyu, que sonaba por los altavoces enormes que había en lo alto de las paredes. Recorrimos los pasillos de tambores *taiko* y guitarras que marcaban un ritmo sólido para toda la locura del baile y los juegos de disparos en primera persona por los que pasamos. Parecía que Kyoko ya había estado allí antes, pues se dirigió, decidida, hacia una vieja máquina a monedas situada en la pared más alejada.

—Esta —dijo, tras detenerse frente a ella.

—¡Vaya! Qué clásica. —Llevé una mano al monedero y saqué dos monedas de cien yenes.

—No. —Alzó una mano—. Hay que sacar fichas de por allí. —Señaló hacia una máquina que había en la pared.

—Sin problema. —Caminé hacia donde me había dicho como un pez gordo, metí un billete de mil yenes y saqué un puñado de fichas—. Debería ser suficiente, ¿no? —Se las entregué.

—Más que de sobra. —Dejó las fichas en el borde de la máquina, tomó dos de ellas, se agachó y las introdujo una a una en la ranura.

La máquina soltó aquel sonido triunfante que tanto me sonaba e indicó dos créditos. La dejé ponerse en el lado izquierdo, mientras que yo ocupé el derecho. Estábamos muy cerca, y no estaba seguro de si me lo estaba imaginando o no, pero me pareció que partes de nosotros casi se rozaban. Me invadió una extraña sensación de alegría, casi como si la electricidad estuviera pasando del uno al otro.

—¿Listo? —Me miró, con la mano flotando por encima del botón *start* del jugador uno.

—Claro. —Puse la mía sobre el botón del jugador dos; estaba un tanto pegajoso.

—A la de tres. —Respiró hondo—. Uno, dos, ¡tres!

Ambos pulsamos los botones al mismo tiempo.

La pantalla se congeló, se puso en blanco y luego mostró dos palabras.

Game over.

—¿¡Cómo!? —Di un golpe a un costado de la máquina con el puño—. ¡Venga ya!

—No pasa nada —dijo ella en voz baja—. Debe estar rota.

—Mierda. ¿Hay alguien con quien podamos hablar?

—No que yo sepa.

—Arg. Tenía ganas de jugar.

—Da igual.

—¿Qué vamos a hacer con todas estas fichas ahora?

—Podríamos jugar alguna otra cosa —respondió ella, animada.

—Pero quería jugar Street Fighter… —Sonaba como un niño malcriado.

Se apartó un poco una manga de su jersey rosa para echar un vistazo a su pequeño reloj de pulsera plateado.

—Se está haciendo tarde.

—Ya. Quizá deberíamos dejarlo aquí. —Me sentía derrotado.

El sonido del salón recreativo y los vítores y gritos de los jugadores me invadieron los oídos, y de repente me dio la sensación de que iba a ponerme a vomitar. Las luces brillantes y parpadeantes y la música irritante eran demasiado.

—¿Podemos salir un segundo? —Empecé a alejarme.

—¿Y qué pasa con las fichas? —me preguntó.

—Déjalas. —Le resté importancia con un gesto de la mano y seguí caminando.

En el exterior, me apoyé contra la pared y respiré hondo varias veces.

—¿Estás bien? —Las puertas correderas se cerraron detrás de Kyoko, quien se quedó plantada delante de ellas, con su chaqueta doblada con elegancia sobre su brazo.

—Sí, todo bien. Solo necesitaba un poco de aire. —Traté de ocultar mi decepción.

—Bueno… —dijo.

—Bueno… —respondí.

—¿Estás cansado? —me preguntó.

—No exactamente. —Me encendí un cigarrillo.

—Porque, bueno, sé que es una locura, y puede que esté un poco lejos, pero… —Se mordió el labio.

—¿Sí? —Di una calada y solté una nube de humo en dirección contraria a ella, hacia las ajetreadas calles de neón.

—Conozco un bar… Bueno, de hecho, es el bar de un amigo.

—¿Sí?

—Es un bar de temática Street Fighter.

—¡No jodas!

—Sí, se llama Yoga Flame. Está decorado con montones de miniaturas y figuras de Street Fighter II y tiene una tele gigante con una

Super Nintendo conectada. Los clientes pueden jugar todo lo que quieran, siempre que paguen por sus bebidas.

—Perfecto, ¡vamos!

—Me alegro de que te guste la idea. El problema es que… —Se rascó la cabeza.

—¿Sí?

—Está en Chiba.

—¿En Chiba?

—Sí, demasiado lejos, ¿verdad? Dejémoslo estar. Quizás otro día.

—No, podemos ir hoy. Chiba no está *tan* lejos.

—¿De verdad? —Se le iluminó la mirada—. ¿No te molesta?

—Claro que no. Siempre que tengan Street Fighter II, claro.

—Perfecto. —Dio una palmada—. Bueno, el último tren sale pronto. Vamos al *konbini*. Podemos comprar cerveza y algo para picar por el camino.

Nos sentamos en el tren con las bolsas de polietileno del súper llenas de latas de cerveza frías, *onigiri* de cerdo *kimchi* (con las algas saladas *nori* de edición limitada) para mí, y un paquete de sándwiches de pan de molde (sin corteza, llenos de mantequilla de cacahuete) para ella.

Tuvimos que hacer transbordo en la ciudad un par de veces, pero me limité a seguir a Kyoko. A juzgar por la velocidad a la que iba de un tren a otro, estaba claro que solía usar aquella ruta. En las estaciones y en los andenes, se abría paso entre los borrachos que deambulaban en busca de sus últimos trenes. Cuando por fin nos sentamos en el tren *kaisoku* que nos llevaba directamente a Chiba, nos pudimos relajar y abrir las cervezas. Sostenía la bolsa del súper en una mano. Solté una tos nerviosa y le hablé a Kyoko sobre el trabajo a media jornada en el supermercado Lawson que tuve mientras acababa de estudiar Derecho.

A ella se le iluminó el rostro, y me dijo en inglés:

—Debió haber sido un trabajo… súper. —Y entonces cambió a japonés de nuevo—. ¿Lo captas? ¡Un trabajo súper!

Se produjo un silencio incómodo, y se puso roja como un tomate. Debía haberme estado riendo. ¿Por qué no me reía? Por mucho que hubiera sido un buen chiste, me había tomado por sorpresa lo buena que era su pronunciación en inglés. Tenía un acento perfecto. Mi inglés era pasable, pues había aprobado el *eiken* y el TOEIC y sabía un montón de gramática y vocabulario enrevesados, pero estaba cargado de acento japonés. No había podido desprenderme de la pronunciación *katakana* que había aprendido en la escuela. De todos modos, ¿por qué la había dejado así? Debería haber estado riéndome por su chiste.

—Qué gracioso —dije, como un palurdo.

—No tienes por qué aparentar —me dijo, dándome un golpecito con el puño.

—No, lo digo de verdad. —Dios, sonaba como un capullo.

—Entonces, también trabajaste en un súper, ¿eh? —Soltó una risita—. Todavía tengo pesadillas sobre reponer estanterías.

—Odiaba tener que abrir estas. —Le indiqué la bolsa que sostenía antes de atarla con un nudo y llevármela al bolsillo. Intenté hacerla reír con historias agotadoras sobre mi etapa de dependiente, historias sobre todas las personas graciosas y raras que iban a comprar cada día, sobre todas aquellas vidas: la chica de los ojos verdes extraños y el tatuaje que daba miedo, el taxista que siempre compraba un *bento* para comer. ¿Alguno de ellos se habría dado cuenta de que había dejado el trabajo y ya no estaba más por allí? ¿Se habrían dado cuenta de mi presencia o solo habría sido un robot trabajador más para ellos? ¿Y qué le habría pasado a aquel buen hombre con el pañuelo morado? Solía encontrarme con él fuera de la tienda para darle la comida que estábamos a punto de tirar. Pobre hombre. Había dejado de pasarse por allí incluso antes de que dejara el trabajo.

—*Kanpai!* —exclamó, haciendo chocar su lata de Asahi con la mía, lo cual me devolvió al presente. Puso adrede su lata más abajo que la mía, lo cual me molestó un poco. Casi fue como si se me hubiera adelantado.

—*Kanpai.* —Bebí un gran trago de mi cerveza e hice tronar los labios.

—Bueno... —dijo.

—Bueno... —respondí.

—Supongo que no lo hemos dicho de verdad antes, pero *yoroshiku onegai shimasu.* —Inclinó la cabeza.

—*Kochira koso, yoroshiku onegai itashimasu.* —Me incliné más que ella y la saludé de un modo más formal. Con suerte, aquello compensaría el haber perdido el combate del brindis.

—Qué formal eres. —Sacó su toalla de mano del bolso y envolvió la lata con ella.

—Bueno, y ¿cómo es que sabes tanto sobre los trenes que van a Chiba? —Me abalancé con mi patada voladora.

—Porque vivo ahí. —Me bloqueó.

—¿Por qué vives tan lejos? —Un barrido con una patada baja.

—El alquiler es más barato. —Saltó por encima de mi pierna—. ¿Dónde vives tú? —Me dio una patada en la cara.

—Eh... —Estaba aturdido.

—Perdona, estoy siendo una cotilla. —Saltó con agilidad hacia su mitad de la pantalla, con la barra de vida al máximo . ¿Cuándo empezaste a jugar a Street Fighter?

Me sentía con más confianza lidiando con aquel tipo de preguntas.

—Cuando era pequeño. Solía jugar con mis hermanos.

—¿Mayores o menores?

—Los dos. Soy el del medio.

—El del medio, ¿eh? Yo también. ¿Y a quién se le daba mejor el juego?

—Bueno… Es una pregunta complicada.

—¿Por qué? —Bebió un sorbo de su cerveza y le dio unos bocaditos al sándwich.

—Cuando éramos pequeños era mi hermano mayor. Nos daba palizas todos los días.

—¿Y qué pasó?

—No sé, pero, un día, le gané.

—Oh, vaya. Bien hecho.

—No… No fue un muy buen día. —Volví a pensar en lo que había pasado el día que le había ganado. En lo feliz que había estado mi hermano menor al haberme visto ganar, tanto que se había echado a reír. Mi hermano mayor había perdido los papeles. Había temblado de la ira y, en lugar de atacarme a mí, se había aferrado a mi hermano menor y había empezado a darle puñetazos en la cara. Yo me había quedado mirándolo, aterrado, sin saber qué hacer—. Pero bueno, ¿y tú y tu hermano mayor? Antes me has dicho que jugabas contra él. ¿A quién se le daba mejor?

—A mí, claro.

—¿Y dónde está él ahora?

—Murió. —Miró por la ventana.

—Ah… Lo siento muchísimo. Qué horrible.

Clavó la mirada en su sándwich e hizo un mohín.

—No, yo lo siento.

—¿Qué quieres decir?

—Arg. —Meneó la cabeza y se llevó la mano a la frente—. No está muerto de verdad, no sé por qué he dicho eso. Lo siento. Ha sido una tontería.

—Ah… —Di un largo trago a mi cerveza. ¿Estaría loca?

Me puso una mano en el brazo.

—Mira, no sé por qué he dicho eso. ¿Puedes olvidar que lo he dicho?

Tragué mi cerveza.

—Vale.

—Mi hermano mayor no está muerto. Y no es que hayamos dejado de hablar ni nada tampoco, nos llevamos bien. Vive en Gunma, está casado con una mujer encantadora y tiene dos hijos preciosos. Voy a verlos bastante seguido, pero... —Volvió a quedarse mirando por la ventana, hacia la oscuridad. En algún lugar de por allí, las olas surcaban el horizonte poco a poco, aunque no las veíamos. Quizá todos podíamos notar su movimiento desde el tren que se mecía.

—¿Pero?

—Pero... No sé. Es algo estúpido. ¿No te da la sensación de que todo cambia? O sea, incluso si no pasa nada dramático ni horrible en tu vida; el simple hecho de hacerse mayor es un trauma horrible de todos modos. Cuando recuerdo estar sentada en el tatami con mi hermano mayor cuando éramos niños, noto una sensación superdolorosa al pensar en haber perdido ese momento. Una oleada de nostalgia que nos recuerda que nunca podremos volver a casa, que esos niños sentados en el suelo, tan jóvenes y felices, se han ido para siempre. Nunca van a volver. Y no me hagas hablar de mi hermano menor, que es *mucho* más menor... Ha dejado de ir a clase y ahora no habla con nadie. Y no puedo hacer nada por ayudarlo. Solía ser un niño muy feliz, pero es como si el hecho de hacerse mayor lo estuviera matando poco a poco...

No sabía qué decirle, así que me quedé callado. No me creía que me estuviera contando cosas tan personales.

—Lo siento, no sé qué estoy diciendo. —Soltó un suspiro.

—No, tiene sentido. Lo entiendo. La familia es un tema complicado. —Arg. Soné como un capullo otra vez.

—Gracias. —Se dio media vuelta y me dedicó una sonrisa mientras metía una mano en la bolsa para sacar el *onigiri* de cerdo *kimchi* y dármelo—. Se te da bien escuchar, ¿sabes?

—Que aproveche. —Cuando agarré el *onigiri*, nuestros dedos se rozaron un poco, y sus ojos se alzaron con rapidez hacia los míos. Me apresuré a decir cualquier cosa—: Bueno, ¿y cuál es tu personaje de Street Fighter favorito?

—Ken —respondió, sin pensárselo ni un segundo—. ¿Y el tuyo?

¿Por qué había asumido que era Chun Li? Qué machista que soy.

—Ken.

—La elección de un verdadero jugador. —Sonrió.

—¿Activas el truco de velocidad cuando juegas? —Decidí ponerla a prueba.

—Pues claro.

—¿Recuerdas cómo se hace? Porque a veces se me olvida…

—Abajo, R, Arriba, L, Y, B. Y tienes que hacerlo en el mando dos.

Vaya. Sí que sabía de lo que hablaba.

—¿Has oído esa historia de que M. Bison…?

—¿Sobre que Balrog el boxeador iba a llamarse M. Bison en Estados Unidos porque lo habían basado en Mike Tyson, pero luego a Capcom le preocupó que Tyson fuera a demandarlos, así que intercambiaron el nombre entre los dos personajes?

—¿Hay algo que no sepas de Street Fighter? —Estaba impresionado de verdad.

—¿Cómo voy a saber si lo hay o no? —contestó, con una risita.

—¿Puedo confesarte algo? —pregunté.

—Claro.

—Hay dos técnicas que nunca he podido hacer en el juego.

—¿De verdad?

—Sí. Nunca pude con el Yoga Teleport de Dhalsim ni con el Spinning Piledriver de Zangief. Me da un poco de miedo preguntártelo, pero ¿tú puedes?

—Me llevó un montón de práctica. Son técnicas complicadas.

Había subestimado a aquella chica.

—¿Te molesta que me eche una siesta? —me preguntó.

—Para nada —respondí.

—¿Sería de mala educación que apoyara la cabeza en tu hombro?

—No, adelante.

Apoyó la cabeza sobre mi hombro, y noté la suavidad de su cabello cuando me rozó el cuello.

—Despiértame cuando lleguemos.

—Vale.

El número de pasajeros disminuía a medida que nos alejábamos de Tokio, y el vagón había quedado casi vacío. Seguíamos sentados uno al lado del otro, de cara a las ventanas oscuras, aunque la luz brillante hacía que fuera imposible ver lo que había al otro lado. Me quedé pensando. Sabía que nunca iba a poder ganarle a Kyoko en Street Fighter II. En cuanto aquel tren llegara a la estación Chiba, estaba seguro de que me iba a dar una paliza.

Mientras pensaba en ello, nos detuvimos en otra estación en la que no subió nadie. Sonó el pitido de siempre que indicaba que las puertas estaban a punto de cerrarse, y entonces un pequeño gato tricolor entró por el hueco cada vez más pequeño de las puertas del tren y saltó hasta el asiento opuesto al mío.

—¡Anda! —se me escapó. Kyoko se movió un poco, pero no se despertó. Me llevé la mano izquierda al bolsillo poco a poco, con tanto cuidado como pude, para sacar el teléfono y hacerle una foto a aquel gato viajero.

Sentado recto, el gato me miró directamente.

En sus ojos luminosos vi algo. Algo caótico. Una ciudad que se reflejaba en sus iris. Era como si el gato nos viera a todos movernos, y, del mismo modo que la imagen de la ciudad rebotaba en sus ojos, él rechazaba todo tipo de forma o control humano. Aquel gato no tenía dueño, y me daba envidia.

Kyoko seguía con la cabeza apoyada en mi hombro, y su respiración lenta hacía que el pecho se le alzara y cayera con un ritmo constante. Todavía tenía los dedos en el bolsillo para sacar el teléfono, pero, mientras lo hacía, el tren paró en la siguiente estación. Las puertas se abrieron, y, como si nada, como si supiera exactamente a dónde iba, el gato saltó y se bajó del tren. Miré la foto que había tomado: una porquería borrosa y temblorosa. El gato era una bola de color indistinguible que salía del tren. Le di al icono de la papelera en el teléfono, y la escena desapareció en medio de la nada. Alcé la mirada de la pantalla, y, a través de la ventana del tren, vi al gato alejándose por el andén, con la cola en alto. Conforme el tren arrancaba de nuevo, me acomodé y cerré los ojos.

A veces me da la sensación de que toda la ciudad es un organismo enorme. Es como un ser humano del que todos formamos parte, solo que estamos restringidos por las carreteras, los canales, los túneles y los trenes. Es como si nuestros respectivos caminos estuvieran dispuestos delante de nosotros y no hubiera ningún modo de desviarnos de ellos. Eso es lo que hace que el gato sea distinto a nosotros. Puede subir y bajar de los trenes cuando le viene en gana, mientras que nosotros, los humanos, estamos atados al destino de la ciudad, y nadie puede escapar de su agarre. Me gustaría hacer las maletas e irme a vivir al campo, pero no puedo. Estoy atrapado. Parvulario, primaria, instituto, bachillerato, universidad, prácticas, de las prácticas a un trabajo fijo, del trabajo fijo a la jubilación, y de la jubilación a la muerte. Esa es mi vida, ya establecida delante de mí. De mí y de todos esos millones de personas a las que veo cada día. La ciudad nos necesita, y nosotros a ella. Una simbiosis de lo más jodida.

Voy a pulsar «pausa» por un momento.

Bueno, hasta ahora, puede que hayas notado que he estado hablando de todo en pasado, y puede que te estés preguntando «¿qué pasó al final?». Pues la verdad es que estoy contando mi historia ahora mismo. Y ahora mismo es a bordo de este tren con Kyoko. El gato acaba de subir y bajar del tren y me ha hecho pensar en todo lo que ha pasado esta noche.

Me pregunto si alguna vez habrás notado esta sensación de anticipación, como si supieras lo que va a suceder. Es como este tren en el que viajo: no hay ningún modo de desviarnos de las vías. Aquí sentado, creo que sé exactamente cómo va a transcurrir la noche. De hecho, estoy seguro. Esto es lo que pasará:

Vamos a llegar a Chiba. Kyoko y yo estaremos animados al llegar.

Nos iremos al bar de su amigo y por el camino charlaremos sobre las ganas que tenemos de jugar.

Decidiremos cuántas estrellas debería tener cada uno, en qué escenario deberíamos luchar y todo eso.

Nos acercaremos más al bar y veremos el cartel de letras grandes por encima de la puerta que dice YOGA FLAME. Pero entonces posaremos la mirada en el papel blanco pegado a la puerta y nos quedaremos callados.

Sabremos antes de leerlo incluso que dice algo como: CERRADO DEBIDO A EMERGENCIA FAMILIAR. DISCULPEN LAS MOLESTIAS.

Y entonces daremos una vuelta para tratar de pensar en algo que hacer. Tal vez iremos a un bar a por algo de beber mientras decidimos qué hacer a continuación. Y después quizá suelte una tontería sin pensar como:

—¡Ya sé! ¡Podemos ir a un hotel del amor!

Y ella me mirará con cara de asco y dirá:

—¿Qué clase de chica crees que soy?

Y yo me daré cuenta de que no me había explicado bien y diré:

—No, no. Es que a veces hay hoteles del amor que tienen consolas. Podemos buscar en internet alguno de Chiba que tenga una Super Nintendo. Así podremos jugar a Street Fighter.

Ella seguirá molesta por el comentario y dirá algo en plan:

—No soy una furcia, ¿sabes?

Y yo me pondré incómodo y me quedaré callado porque no era eso lo que había querido decir.

Discutiremos, y ella se dará cuenta de que no había querido decir lo que había entendido. Y yo tendré aspecto lastimero y rechazado. Ella se disculpará también y dirá algo como:

—No vivo muy lejos de aquí. Puedes quedarte a dormir si quieres.

—¿Tienes Street Fighter II? —diré yo.

—No, pero… —contestará.

—No pasa nada —seguiré—. Volveré a casa.

—Pero ya no hay más trenes hasta por la mañana —dirá ella.

—No me molesta esperar.

—Bueno, puedo hacerte compañía —propondrá.

—No, no hace falta. Puedes irte a casa —diré yo.

Y nos quedaremos callados.

—Vale —dirá—. Adiós.

—Adiós —contestaré.

Nos daremos media vuelta y caminaremos en direcciones opuestas.

Y, cuando la vuelva a ver el lunes por la mañana, me mirará como si fuera invisible.

Nada de eso ha pasado aún. Sigo en el tren, imaginándome el futuro, pero ¿por qué me parece que ya ha ocurrido? Como si hubiera pasado miles de veces ya, como si estuviera escrito que debía pasar, como una grabación de seguridad de la ciudad que no deja de repetirse. Sigue con la cabeza apoyada en mi hombro, y lo único en lo que puedo pensar es en si tenemos algún tipo de control sobre nuestras vidas. ¿Cómo puedo cambiar el futuro? Porque ¿qué es el destino sino ese momento en el que juegas a dificultad máxima, casi se te ha acabado la vida y cometes un único error? Ese momento doloroso que parece una eternidad antes de que llegue el golpe final. Sabes que la has cagado y que no hay vuelta atrás. Puedes pausar el juego todo lo que quieras, pero eso no va a detener lo que está a punto de suceder.

Ha llegado el momento de pulsar *start* una vez más, de quitar la pausa en el juego y dejar que transcurra hasta el final.

Kyoko alza la cabeza y abre los ojos.

—¿Hemos llegado ya?

FLORES DE CEREZO

—A Ueno, por favor —dice ella, agachando la cabeza mientras se mete en el asiento de atrás.

Asiento y tiro de la palanca que hay bajo el volante, la cual cierra las puertas traseras de forma automática. Emprendemos la marcha en silencio. Ella viste un kimono rosa con un patrón de flores de cerezo de lo más sutil. A juzgar por el peinado tradicional que lleva, diría que no es de la ciudad, porque las mujeres de Tokio ya no usan el pelo de ese modo. Imagino que es de alguna ciudad con cierta historia, de algún lugar como Kioto. Rica, de una familia con dinero. No me gustaría tratar de adivinar la edad que tiene, porque eso no sería de caballeros. A veces, si me aburro y el día se me está haciendo largo, intento averiguar qué tipo de persona es mi pasajero. Es bueno sopesar a alguien cuando entra, intentar adivinar quién es, a qué se dedica y a dónde va. Aun así, no tengo el hábito de meterme en las vidas de los demás. La mayor parte del tiempo me concentro en la carretera e intento no husmear. La vida de cada persona es asunto suyo.

—Qué día de primavera más bonito, ¿verdad? —comenta.

—Sin duda —respondo.

—Hacía años que no veía los cerezos en flor en Tokio. —Suspira.

—¿Viene desde muy lejos?

—Kanazawa. No suelo venir a Tokio, este es un día especial para mí.

—Bueno, espero que disfrute de su estancia.

—Gracias. —A través del espejo retrovisor, veo su sonrisa—. He venido a ver a mi amiga estadounidense, de Portland, Oregón. Antes vivía en Kanazawa, pero se mudó aquí para ser traductora.

Sonrío. Los de fuera de la ciudad me fascinan: ningún tokiota hablaría tanto de sí mismo durante un primer encuentro. Nos quedamos en silencio durante un momento, aunque luego continúa con la conversación.

—¿Alguna vez ha estado en Kanazawa?

—No —respondo—. No suelo viajar.

—Supongo que debe trabajar mucho.

—Bastante, sí.

—¿Tiene hijos?

Vaya. Qué pregunta más personal.

—Sí, una hija.

—¿Y dónde vive?

—En Nueva York.

—¡Anda! ¿A qué se dedica allí?

Tengo que frenar un poco porque el semáforo se ha puesto en rojo.

—Se casó con un estadounidense llamado Erik. Es un buen hombre, le gusta beber. Le encanta su cerveza y su *shochu*. Se lo pasó en grande cuando vinieron de visita para Año Nuevo. Siempre me pongo triste al ver que se vuelven a ir. Van a tener un hijo pronto. ¿Quién lo iba a decir? ¡Yo, abuelo!

—No parece lo suficientemente mayor para tener nietos. ¿Cuántos años tiene?

—Sesenta.

—¿Irá con su mujer a Nueva York cuando nazca el bebé?

No sé muy bien qué decirle, pues no quiero aguar la fiesta.

—Eso espero.

—Se lo pasarán muy bien.

Se lo habría pasado pipa, sí.

—Eso espero.

Cuando llegamos a Ueno, saca unos billetes tersos de su bolso y me da las gracias mientras paga. Le entrego el cambio y tiro de la palanca para abrir la puerta trasera. Muy útil eso de las puertas automáticas. Seguro que no lo tienen en esos taxis amarillos de Nueva York. La mujer inclina la cabeza en mi dirección, y yo le devuelvo la reverencia. Se pone una mano bajo el kimono con mucha pericia conforme baja del taxi, y entonces sale a la calle y se encuentra con otras tres mujeres vestidas con kimonos de colores primaverales. Veo a la amiga estadounidense que me ha mencionado, rubia y de ojos azules. El kimono que lleva le queda muy bien. Empiezan a hablar todas, muy animadas, y veo que la chica estadounidense tiene muy buen nivel de japonés. Luego se dirigen al parque, y la conversación se desvanece mientras yo me alejo.

Parece que todos los fiesteros han salido hoy. Se sientan bajo los árboles en flor, beben cerveza, comen su *bento* y se pasan entre ellos los envases de plástico llenos de pollo frito del súper. Algunos de los hombres mayores ya están borrachos, dormidos sobre lonas azules desplegadas por el suelo. Todos han alineado sus zapatos junto a las lonas. Cientos y cientos de ellos: la gran mayoría son los zapatos negros típicos de los asalariados, pero también hay sandalias, tacones y deportivas. Me pregunto cuántas personas los perderán durante el caos del *hanami*.

Me gustaría poder acompañarlos y ponerme a beber bajo los árboles, pero tengo que ir a por algo de comer y echarme una siestecilla rápida. Las siestas breves son el único modo que tengo para sobrevivir al turno largo, desde las 08 a.m. hasta las 04 a.m. del día siguiente. Casi no paso tiempo en casa, aunque eso me viene bien. No me gusta estar solo en casa, pues los espacios vacíos son el peor recordatorio de lo que antes estaba allí. El espacio negativo. El hueco en la cama; la silla vacía; el par de palillos que se quedan en el cajón, sin usar; el cuenco de arroz que reposa en la estantería, junto al de sopa, llenos de polvo. Me hace gracia pensarlo: incluso después de haberme mudado a la casa nueva, lejos de la que teníamos en Nakano, sigo sin ser capaz de tirar sus cosas a la basura.

Paso por el mismo supermercado Lawson al que suelo ir todos los días para comprar un *bento* y una botella de té verde. Saludo con la cabeza y sonrío al cajero nuevo. Los empleados del supermercado parecen variar día sí y día también, pues los trabajadores van cambiando de puesto. Últimamente me he percatado de que muchos de los trabajadores son de otros países asiáticos, como Vietnam y China. Deben de ser estudiantes, y me alegro de verlos venir a Japón para aprender japonés. Todos los envases de comida y bebida de la tienda están decorados con flores de cerezo, y me tientan los diseños rosados de las latas de cerveza. Pero no, tengo que trabajar.

Suelo comer en el coche, porque así puedo escuchar música un rato. Tengo un CD de Cat Stevens en el reproductor ahora mismo. A veces lo pongo mientras conduzco, solo que algunos de los clientes se quejan. Mejor escuchar música durante los descansos, o cuando conduzco a solas.

Conforme recorro una calle lateral, encuentro el lugar idóneo para detenerme a comer: bajo un cerezo que sobresale por la carretera y arroja algo de sombra. Me quedo en el coche, pongo la canción «Father and Son», me como mi *bento* y me bebo el té mientras admiro el cerezo en flor. Mi propio *hanami* particular.

Después de comer, echo el asiento atrás y me estiro con las manos detrás de la cabeza mientras sigo contemplando las flores. Una fuerte ráfaga de viento golpea los pétalos y estos empiezan a caer sobre el parabrisas, como una ventisca de copos de nieve rosa. Cierro los ojos y casi puedo notar cómo los pétalos me caen en el rostro.

Estoy soñando. Sé que es un sueño porque estoy en el estudio de mi padre, y él sigue vivo. Lo veo escribir sus historias. Usa la pluma que me dio antes de morir. Traza con cuidado los *kanji*, los caracteres chinos, con una tinta azul brillante en hojas de escribir cuadradas. Alza la mirada cuando entro en el estudio y me sonríe. Hay pilas de papeles ordenadas por todas partes, listas para enviarlas a editores y editoriales. Libros en montones tambaleantes. La esquina inferior de su estantería está llena de los libros sobre *rakugo* que mi hermano mayor, Ichiro, no podía parar de leer. De hecho, está hecho un ovillo en el suelo, leyendo, un niño pequeño de nuevo.

Todavía tengo la pluma que me dio mi padre, aunque ahora está guardada en un cajón y no la he usado desde hace años. Le prometí que iba a escribir más poemas, solo que no lo hice, no desde que la conocí a ella. En cuanto la conocí, no tuve necesidad de seguir escribiendo. Y, cuando nació Ryoko, lo único que quería hacer era trabajar, ganar dinero para ellas. Hacerlas felices.

Cuando vuelvo a mirar al rostro de mi padre, se ha transformado en mi hermano. Está sentado en la posición *seiza* y lleva un kimono, con las manos estiradas delante de él, como si estuviera a punto de comenzar una representación de *rakugo*.

Ichiro siempre había sido el cuentacuentos, el famoso.

Y ahora se ha ido también.

Ni siquiera pude llamarlo para contarle que ella había muerto.

La alarma de mi teléfono me despierta. El sol brilla a través de la ventana del taxi, y estoy sudando. La espalda me duele horrores. Abro la guantera y busco mi bote de pastillas. Saco con dificultad el tapón y noto que me cuesta agarrar una. Me la pongo en la lengua; sabe amarga. La trago con los restos de mi té. Me pongo un nuevo par de guantes de conducir blancos, me coloco bien el sombrero, compruebo mi aspecto en el retrovisor y sigo conduciendo.

Cuando paso por la estación de Ueno, me llama un tipo de aspecto extraño y unos treinta y tantos años. Lleva el cabello largo y desgreñado y va sin afeitar. A juzgar por su ropa y su apariencia, parece ser un obrero en su día libre. Se sube en silencio, y ambos emprendemos la marcha.

—¿A dónde quiere ir?

—A Akihabara —contesta, mirando por la ventana.

En el exterior, los edificios serpentean y se ciernen sobre nosotros. El sol brilla en lo alto, y el calor del mediodía hace hervir el asfalto. Unas ondas de calor flotan en el aire. Enciendo el aire acondicionado. Los rascacielos de cristal del distrito eléctrico reflejan el azul del cielo, con manchitas de nubes blancas y esponjosas sobre las ventanas de cajas de hormigón gris. Si tuviera mi pluma a mano, lo anotaría. A mi padre le habría gustado.

Cuando pasamos por delante de un montón de turistas extranjeros en la acera, el tipo suelta:

—¿Soy yo o la ciudad está llena de *gaijin* últimamente? —Se hace crujir los nudillos, y a mí me da un escalofrío.

—Sí, me enorgullece…

—Qué asco. —No me está escuchando.

—¿Por qué lo dice?

—Vienen aquí y le faltan el respeto a nuestra cultura… Ni siquiera hablan japonés —responde con un resoplido.

—¿De verdad?

—Vienen aquí a pisotear nuestros templos, santuarios y tumbas, sin ningún respeto por nuestra historia, por nuestra cultura. Van a bares, beben demasiado y manosean a nuestras mujeres. Nos tratan como si fuéramos idiotas.

—Lo siento, Kyaku-sama, puede que solo sea yo, pero creía que venían porque les interesaba nuestra cultura...

—¿Eso cree, eh? —Hace un sonido gutural extraño, como si lo que acababa de decir hubiera sido lo más tonto del mundo—. Los estadounidenses nos lanzaron bombas, nos castraron y nos hicieron aceptar su paz. No nuestra paz, sino la suya. Y ahora tenemos que quedarnos de brazos cruzados mientras los chinos nos quitan las islas Senkaku y los coreanos intentan robarnos la isla Takeshima. Somos el hazmerreír de Asia, porque dejamos que todo el mundo nos pisotee. Los *gaijin* no respetan Japón ni nuestra cultura. Me da asco.

Menuda tontería, pienso entonces, aunque no puedo decirle eso a un cliente.

—Ya veo —es lo que sí digo.

—Gracias. Me bajaré aquí.

Aparco, y él me paga por el viaje. Mientras le doy el cambio, me pasa una tarjeta.

—Por si le interesa.

Le echo un vistazo a la tarjeta mientras se marcha. Impresas sobre un papel desgastado y baratucho están las palabras ¡No seas otra hormiga más! ¿Qué es eso? Uyoku Dantai... ¿Un grupo político derechista? Miro por la ventana y lo veo desaparecer en una de las «cafeterías» en las que las chicas extranjeras ofrecen sus servicios. Meneo la cabeza y meto la tarjeta en la pequeña bolsa de basura que tengo debajo del asiento.

A lo largo de las siguientes horas, recojo a unos cuantos pasajeros aquí y allá: un grupo de chicas de instituto que van al karaoke, una pareja de luchadores de sumo que hacen que el coche cruja y se incline hacia atrás un poco, un anciano profesor amistoso con un montón de novelas de segunda mano que ha comprado en las librerías de Jinbocho. Cerca del anochecer, me dirijo a la zona alrededor de la estación de Tokio. Los bloques de oficinas de Marunouchi se están quedando vacíos conforme el día laboral va llegando a su fin. La mayoría de los trabajadores veteranos han pasado el día bebiendo bajo los cerezos, pero ahora son los más jóvenes quienes salen de la oficina para sumarse a la fiesta a toda prisa. Llevo a un joven desde la fila de taxis que espera fuera de la estación, de camino a Shimbashi. Parece que ha estado bebiendo un poco en el tren ya. Seguramente esté de viaje de negocios desde fuera de la ciudad.

—Perdone, ¿podría ir un poco más despacio? —me pide, entre toses.

—Por supuesto, señor. Lo siento.

—No pasa nada. Es que… Es que…

—¿Está bien? —Ya estoy intentando aparcar.

—Tengo que… —Suelta una arcada y se cubre la boca con la mano.

Saco una bolsa vacía del compartimento de la puerta y se la paso lo más rápido que puedo. Aparto la mirada mientras vomita. Oigo el salpicar de aquella sustancia líquida y sólida contra la base de papel de la bolsa. El olor amargo ya me ha llegado a las fosas nasales, por lo que me tapo la nariz discretamente y abro la ventana un poco.

—Lo siento —dice.

—No pasa nada, señor, son cosas que ocurren. No tiene por qué disculparse. —Le dedico una sonrisa y veo un largo hilillo de saliva que une sus labios al borde de la bolsa. Le paso uno de los pañuelos que tengo en el compartimento de la puerta para casos como ese.

—Gracias. —Se limpia la cara.

—¿Puede continuar? —le pregunto.

—Eso creo. Pero ¿podemos ir más despacio?

—Por supuesto. ¿Le gusta Cat Stevens?

—Me encanta. —Sonríe.

Enciendo el reproductor de CD.

La ciudad se vuelve más rápida por la noche. De día va a trompicones, toda llena de tráfico, pero por la noche hay menos coches, y mi taxi avanza de un cliente a otro sin problema. El asfalto entona una canción silenciosa bajo las ruedas. Es como si toda la ciudad estuviera suspendida sobre una bola de metal y se moviera a mi alrededor, mientras yo soy el centro que lo mantiene todo equilibrado. Me gusta esa sensación. Me recuerda a algo en lo que siempre pienso antes de irme a dormir, desde que era pequeño. Mi futón se convierte en una alfombra mágica y puedo volar por las calles tumbado. Los demás me miran y me señalan cuando paso volando por encima de ellos, y a veces me detengo para charlar un rato.

Me tomo otra pastilla porque las lumbares me están torturando de nuevo y me detengo en un aparcamiento para taxis a por un café. Wada y Yamazaki fuman cerca de la máquina expendedora. Wada ha ganado más peso aún, y Yamazaki está más delgado que nunca. Desde lejos, parecen ese par de criaturas graciosas de aquella película de Disney sobre el león que solía ver con Ryoko cuando era pequeña. ¿Cómo se llamaban? Uno era un jabalí, y el otro, una rata chistosa o algo así.

—¡Ah, mira quién está por aquí! ¡Taro-san! ¿Cómo estás?

—Ahí vamos, Yamazaki-san. ¿Y tú?

—Trabajando como un condenado, pero no me puedo quejar.

Pongo 120 yenes en la máquina expendedora y saco una lata de café frío. La abro y suelto un suspiro de alivio.

—Taro-san, ¿un cigarrito? —Wada sacude su cajetilla con su mano rechoncha.

—*Arigato*. Te lo debo. —Tomo uno, y Yamazaki ya está extendiendo uno de sus largos brazos, con el mechero encendido.

—Tonterías, siempre le estás dando cigarros a Wada. Es un gorrón. —Yamazaki esboza una sonrisa que deja ver sus dientes manchados de amarillo. Wada parece ofendido.

—Hablando de gorrones, ¿cómo está tu hijo, Yamazaki? —Wada me guiña un ojo, mientras que Yamazaki los pone en blanco.

—Ah, no me saques el tema. Ya tengo suficiente con mi mujer echándome la culpa en casa, no necesito que me recordéis mis problemas. La verdad, me alegro de tener un trabajo que me hace pasar el día fuera de casa, así me puedo alejar de mi familia.

—¿Cómo está tu familia, Taro-san? —Wada se vuelve hacia mí.

Yamazaki le dedica una mirada cargada de significado a Wada, y yo miro hacia otro lado, como si quisiera soltar el humo en dirección opuesta a ellos. No quiero que Wada pase vergüenza; tal vez no se ha enterado de lo de mi mujer, así que cambio de tema.

—¿Alguien sabe el resultado de los Giants? —pregunto.

—¿Crees que tenemos tiempo para beisbol? —contesta Yamazaki, aunque parece aliviado por que haya cambiado de tema.

—Esta temporada, no quiero ni pensarlo. Los Toyo Carp me deprimen. —Wada es de Hiroshima, y está bien orgulloso de serlo—. Oye, ¿por qué no te vienes a beber con nosotros algún día, Taro-san?

—Ah, no sé yo —respondo.

—¡Vente! Nos lo pasaremos bien —insiste Yamazaki.

—Conozco un buen restaurante de *okonomiyaki*, lo regenta un amigo —dice Wada.

—Wada —lo llama Yamazaki—. Taro-san es un tokiota empedernido. Es sofisticado. ¿Crees que querrá comer esa bazofia de pueblo?

Wada le da una colleja suave en la nuca, y nos echamos a reír. Nos quedamos charlando y fumando, y me piden el número de teléfono para organizar algo y salir a beber todos juntos pronto. Luego se produce ese silencio incómodo, el reconocimiento mutuo de que, por mucho que me gustaría quedarme allí bebiendo café y fumando, el tiempo es oro. Me excuso, y Wada acepta mi lata vacía con su mano rechoncha, como siempre. Inclino la cabeza y vuelvo a mi taxi. Mientras me alejo, los veo encenderse otro cigarro y no puedo evitar echarme a reír. ¿Cuándo trabajan? Menudo par.

La noche acaba de comenzar, y el cielo sin estrellas arroja su oscuridad sobre el caos de neones de la ciudad. Las calles se mezclan y se retuercen en pasos a nivel llenos de curvas y túneles que se adentran en la tierra. Todo se une y se entrelaza, como fideos gruesos y blancos en un cuenco de *udon*. Y, conforme avanza la noche, la ciudad empieza a sudar y a apestar. El humo de los puestos de pinchitos *yakitori* debajo de las vías de la estación de Shimbashi flota entre lámparas de colores brillantes y los pósteres de cine amarillentos de la era Showa se pelan de las paredes. En el exterior, los oficinistas se sientan sobre cajas de cerveza vacías y colocadas bocabajo a modo de taburetes baratos. Fuman mientras conversan, comen *yakitori* y bajan la comida con vasos de cerveza helada.

A medida que sigue avanzando la noche, los borrachos empiezan a hacer más ruido y a quedarse más solos. Veo a un grupo de trabajadores que se rodean los hombros con los brazos mutuamente y entonan canciones a gritos hacia el ambiente nocturno. Luego a un joven que mea desde un puente, hacia la carretera que hay más abajo, mientras sus amigos lo animan. No puedo evitar echarme a reír. Tienen que desfogarse: se pasan el día atados a su escritorio, encerrados en su cubículo, siendo los siervos de la empresa. Pobres. Nunca podría haber hecho algo así, por eso decidí ser taxista. Aquí, yo soy mi propio jefe. Nadie me dice qué hacer ni a dónde ir. Todo depende de mí.

Más tarde, recojo a unos clientes en Roppongi, dos chicos y una chica. Los chicos van vestidos con traje negro y camisa blanca: oficinistas. La chica es un poco diferente. Lleva un jersey rosa de cuello alto y pantalones color crema. El jersey me recuerda a la señora que he llevado por la mañana, con sus flores de cerezo en el kimono. Sin embargo, esta chica es más joven y tiene el cabello recogido en una coleta. El primer chico y la chica entran en silencio; él lleva la chaqueta puesta y parece buen chico, listo, con un peinado discreto, no en punta como lo llevan todos los jóvenes últimamente. El otro chico tarda más en entrar porque está discutiendo con alguien más allá en la carretera. Cuando entra por fin, veo que se ha quitado la chaqueta y que lleva la camisa fuera de los pantalones. Tiene una mancha de salsa de soja justo por debajo del bolsillo de la camisa. La pobre chica está atrapada en el asiento del medio.

—¡Shibuya! —exclama el desaliñado.

—Yo creo que no —dice el otro hombre—. Lo siento, Ryu, pero yo paso. No quiero beber más por hoy. Me voy a casa.

—¡Venga ya, Makoto! ¡No seas tan muermo! Kyoko, tú sí quieres seguir bebiendo, ¿verdad?

—Bueno, es que ya hemos bebido bastante… —responde la chica.

—¡Tonterías! La noche es joven. ¡Conductor! ¡A Shibuya!

—De acuerdo.

Pongo rumbo a Shibuya, aunque algo me dice que este viaje va a ser complicado. Cuando se lleva a tres borrachos en un taxi, suelen producirse disputas.

—¿A qué bar vamos? —pregunta el borracho, Ryu.

—Me estoy quedando sin efectivo —contesta el otro, Makoto.

—Conductor, ¿acepta tarjetas de crédito? —me pregunta Ryu.

—Sí —respondo—, pero, si tienen efectivo, lo prefiero. La empresa me obliga a pagar la tasa por tarjetas de crédito.

—No hay problema. ¿Puede llevarnos a un cajero? Tengo que sacar dinero de todos modos.

—Por supuesto.

Nos paramos frente a un cajero, y Ryu sale del taxi, con la tarjeta de crédito en la mano. Los otros dos se quedan sentados en el asiento de atrás y se susurran discretamente entre ellos.

—¿Cómo nos vamos a deshacer de él? —pregunta Makoto.

—Ay, Dios —dice la chica, Kyoko—. No sé. Es un incordio cuando se emborracha.

—¿Y si nos bajáramos antes, en una estación de metro? Así podríamos ir a otro sitio. Quizá podríamos volver a Chiba.

—Perfecto.

—Disculpe, ¿puede dejarnos a nosotros dos primero en una estación de metro antes de llevar a nuestro amigo a Shibuya? —me pregunta Kyoko, en voz más alta.

—Claro, sin problema.

No puedo evitar notar los problemas que se ciernen sobre ellos por eso, el peligro inminente. Una parte de mí quiere decirles que crezcan, que se comuniquen mejor, que dejen más claro lo que quieren. Quizás en Nueva York, donde está Ryoko, los taxistas puedan alzar la voz y decir algo, pero aquí en Japón siempre decimos que el cliente es un dios. Y ¿cómo se le dice a un dios lo que debe o no debe hacer?

Ryu vuelve al taxi mientras se mete con cierta dificultad un fajo de billetes de 10.000 yenes en la cartera.

—¡Vale! ¡A la fiesta!

Conforme nos acercamos a la estación de metro, los miro por el espejo retrovisor. Makoto se ha llevado una mano al bolsillo y está sacando más billetes.

—Toma, esto debería ser suficiente —dice, y le da los billetes a Ryu.

—¿Para qué es esto? —pregunta él.

—Nos bajamos aquí —responde Makoto.

—¿Qué dices? ¿A dónde vais?

Detengo el taxi en la estación de metro y abro la puerta del lado de Makoto. Él es el primero en salir, seguido de Kyoko, quien se queda cerca del chico, aunque sin llegar a tocarse.

—¿A dónde vais? —repite Ryu.

—A casa —contesta Kyoko.

—Pensaba que ibais a beber algo en Shibuya. —Su voz suena quejumbrosa.

—Lo siento, Ryu, pero estamos cansados. Ve sin nosotros.

—¿No podemos ir a por una bebida más antes de que os vayáis? Conductor, muchas gracias, yo también me bajaré aquí. —Ryu extiende el dinero en mi dirección, y yo medio estiro la mano para aceptarlo, aunque luego aparto la mirada.

—No, Ryu —dice Makoto—. Vete a casa.

—Vale. —Le pasa el dinero a Makoto—. Aquí tienes. No lo quiero.

—No seas tonto, quédatelo. Vete a Shibuya a por algo de beber y luego vuelve a casa.

—No me hace falta. Ya tengo mi dinero.

—Bueno, como quieras. —Makoto acepta el dinero. Ryu tiene cara de mal humor.

—Nos vemos mañana —dice Kyoko, con una sonrisa, y se despide de él con la mano.

—Ya, ya —dice él.

Entonces cierro la puerta del taxi y ponemos rumbo a Shibuya.

—Menudos gilipollas —musita Ryu para sí mismo en el asiento de atrás—. Cabrones traidores.

Me quedo callado. Tengo mucha experiencia tratando con borrachos, y no solo en el trabajo, sino también en casa. Lidié con Ichiro en sus peores momentos, así que puedo con este tipo.

—Joder.

Pongo a Cat Stevens con la esperanza de que se anime un poco.

—Apaga esa mierda.

—Lo siento, señor. —Lo apago.

—Cabrones. Todo se ha ido a la mierda.

—¿Todavía quiere ir a Shibuya, señor?

—¡Claro que sí! ¿Qué preguntas son esas?

—Lo siento, señor. —Me llevo una mano al sombrero e inclino la cabeza—. Solo quería asegurarme. Mis disculpas.

—Limítate a hacer tu trabajo. Conduce y no te metas en la vida de los demás.

—Lo siento, señor.

Se queda mirando por la ventana, meneando la cabeza. Estamos llegando a la intersección en diagonal de Shibuya. Es medianoche, y los jóvenes han salido a beber por allí hasta bien entrada la madrugada.

—Aparca.

—Sí, señor.

—Toma. —Me da una tarjeta de crédito.

—Señor, ¿le importaría pagar en efectivo? Es que…

—¿Me estás diciendo lo que tengo que hacer?

—No, señor. Es solo que…

—Pues a mí me parece que quieres decirme lo que tengo que hacer. ¿Cómo te llamas?

—Si mira detrás de mi respaldo, señor, encontrará mi nombre y mi número en…

—No es eso lo que he preguntado. Es una pregunta bien sencilla: ¿cómo te llamas?

—Ohashi Taro.

—Pues mira, Taro. —Se me ha acercado tanto que le noto el alcohol en el aliento—. ¿Sabes quién soy, a qué me dedico y quién es mi padre? Podría hacer que te despidieran. Cabronazo. —Me acuerdo de Ichiro y de algunas de las cosas horribles que nos dijo. Aquel día, bajo el cerezo del jardín.

—Lo siento, señor —digo en voz baja—. No pretendía faltarle al respeto.

—Ya. Pues harás bien en acordarte. Yo soy el cliente, no tú.

—Sí, señor.

Paso su tarjeta de crédito tan deprisa como puedo y le abro la puerta para que se pueda marchar.

—Vete a la mierda, Taro. Taxista pelagatos. —Sale del taxi.

—Gracias, señor. Que pase una bonita velada. —Cierro la puerta y me alejo de allí.

Por la noche, mientras conduzco, a veces miro por la ventana y veo un rostro que se mueve a la misma velocidad que yo. En ese momento, es como si los dos estuviéramos quietos, dos rostros espectrales que flotan en el aire. A veces me mira, mientras que en otras ocasiones se queda mirando algo invisible en el horizonte. El rostro flota en la oscuridad, como un reflejo. Sin embargo, en cuanto lo veo, empieza a alejarse poco a poco. El rostro asciende por un paso a nivel, y yo me meto en un túnel. Y así, sin más, nos separamos.

Es la 01 a.m. ya. Me paro en el McDonald's de Shibuya, donde voy siempre que estoy por la zona a estas horas. Los demás pensarían que soy raro si les dijera por qué siempre voy a este, y hasta se me hace difícil admitirlo ante mí mismo, pero es para ver a una de las chicas que trabaja por la noche. Hoy también trabaja, como siempre. Hago cola y dejo pasar a unos cuantos por delante de mí para que sea ella quien me atienda.

—¡Ah, hola de nuevo! ¿Cómo está? —me pregunta.

—*Genki* —respondo—. Para estar tan viejo.

Ella se echa a reír, y sus ojos verdes relucen.

—¿Qué quiere pedir?

—Un café solo, gracias.

—¿Algo más?

—Quizá unos de esos *núguets*.

—¿Quiere decir *nuggets*? —me corrige con una risita.

—Sí, eso mismo.

La veo ir a por mi pedido, le sonrío y le doy las gracias cuando me pasa la bandeja. Su tatuaje se asoma por debajo de las mangas cuando estira los brazos para entregarme la bandeja, pero intento no mirar hacia allí. En su lugar, miro su chapa de empleada como siempre y estudio la N, la A, la O, la M, la I y la falta de estrellas junto a su nombre. Me siento cerca del mostrador, de cara a la ventana, para poder ver su reflejo sin que vea que la estoy mirando. Siempre me sonríe, y a veces me pregunta cómo estoy. Aun así, últimamente me da vergüenza que me reconozca, y me hace preguntarme si pensará que soy un bicho raro por venir aquí solo para verla. Tiene los mismos pómulos marcados y la misma sonrisa con hoyuelos que tenía Sonoko, mi sobrina. Sonoko falleció hace mucho tiempo, cuando era pequeña, pero, si hubiera vivido más y hubiera llegado a los veinte años, me gusta pensar que se parecería a la chica que trabaja aquí. Me bebo el café y me como media cajita de *núguets*, y ella se despide de mí con la mano cuando ve que me marcho. Le devuelvo el saludo. Vuelvo a mi taxi y me dirijo a una calle de Shibuya más tranquila, lejos de los bares. Aparco y me tomo un par de analgésicos antes de echarme otra breve siesta.

Hay un cerezo. Siempre lo hay. Solo un cerezo, como el que había en nuestro antiguo jardín. Ichiro solía actuar a su sombra, antes de que empezara a emborracharse tanto que ni siquiera era capaz de contar sus historias. Una vez tuve que llevarlo a casa a la fuerza delante de Sonoko y de Ryoko, mientras él me escupía y me insultaba.

Ha florecido del todo, y no puedo apartar la mirada de la extraña coloración de las flores: son blancas, manchadas de rojo sangre.

Los pétalos empiezan a caer poco a poco del árbol. Caen al suelo como en una cascada, como pañuelos cubiertos de sangre. Parpadeo, y, cuando vuelvo a mirar, todas las flores han desaparecido. Lo único que queda es el árbol, viejo y solitario, con los pétalos pudriéndose en su base.

El icono que indica que tengo un mensaje de voz parpadea en mi teléfono. Es un número de Tokio. La llamada ha sido al principio de la noche. Debe ser Wada o Yamazaki, que me ha llamado para lo de la cena. Pulso el icono y escucho.

—*Buenas, soy el sargento Fukuyama, de la Policía Metropolitana de Tokio. Estoy intentando ponerme en contacto con Ohashi Taro-san. He recibido el número de teléfono de la empresa de taxis. Ahora estoy a punto de salir de la oficina, pero, si fuera tan amable, ¿podría devolverme la llamada a este número? Si no, lo volveré a llamar mañana. Gracias.* —El mensaje acaba.

¿Qué diablos puede haber pasado? Estoy demasiado cansado para ponerme a pensar. Tengo que volver a casa, darme una ducha y dormir.

Las carreteras están vacías, y las filas de farolas de luz amarilla se ciernen sobre mí mientras me dirijo a las afueras, al oeste de la ciudad. A lo lejos, una de las farolas parpadea, y, mientras me acerco, los ojos me empiezan a llorar. Por mucho que pestañee y me frote los ojos, la luz sigue parpadeando. Y distrayéndome. Lo más seguro es que necesite que le cambien la bombilla. Me froto los ojos una vez más, y entonces veo un movimiento súbito. Una silueta pequeña se mete en la carretera y se detiene en seco justo delante de mí. Sus ojos se reflejan en los haces de luz del taxi y flotan en el aire como un rostro espectral del inframundo. No se mueve, y se me acaba el tiempo. ¿Por qué no se aparta? Estoy frenando, pero no tengo tiempo, voy a atropellarlo. No quiero. No quiero llevarme una vida por delante. Así que giro el volante. El gato se queda quieto, pero las ruedas del taxi se han bloqueado y chirrían, y ahora, en lugar de contra un gato, me dirijo a toda velocidad hacia un coche aparcado, y el coche aparcado está cada vez más cerca, pero no puedo parar, y sé que aquí terminará todo. La leche de la nevera se cortará, la basura se quedará sin tirar, alguien llamará a Ryoko a Nueva York para hacérselo saber, no podré ir a por *okonomiyaki* con Wada y Yamizaki... Aunque quizá sea para mejor, quizá pueda volverla a ver.

Y entonces se produce el golpe, el chirrido y el estruendo del cristal roto, además del dolor en la cabeza cuando choco de nariz contra un globo blanco que florece del volante, y el sonido horrible del metal al arrancarse, golpearse y aplastarse y, y, y, y... nada más que silencio y niebla. Y un dolor abrasador en la pierna.

—¿Hola?

Intento alzar la cabeza del volante y me miro mis guantes de conducir blancos. Hay una mancha roja, grande y redonda en la parte trasera de uno que lo hace parecer la bandera Hinomaru. En lo único en lo que puedo pensar es en que han quedado arruinados y voy a tener que comprarme otros. Tengo el teléfono tirado en el asiento de al lado, hecho pedazos.

—¿Está bien?

Levanto la cabeza un poco y veo un rostro fantasmal que flota en el aire. Levita junto a mí, muy cerca, y veo su preocupación, su lástima, su calidez y su compasión y todas las demás emociones que en otros tiempos conocí tan bien. Y me preocupa que el rostro y yo nos empecemos a separar poco a poco, que desaparezca y me vuelva a dejar solo, flotando en mi futón transformado en alfombra mágica, lejos de la ciudad y hacia la oscuridad que hay por encima de la bahía. Parpadeo, y, a través de la sangre, veo la silueta de una mujer occidental rubia que pasea un perro. ¿Será un ángel? ¿Habré muerto? Está echando un vistazo a través del cristal roto. Intento hablar, aunque no me sale ninguna palabra.

—No se mueva, voy a llamar a una ambulancia —dice con un japonés con bastante acento.

Y entonces todo se torna blanco, manchado de rojo.

DETECTIVE ISHIKAWA:

NOTAS DEL CASO 1

E l día que vinieron a mi oficina por primera vez estaba jugando *shogi*, ajedrez japonés, en mi portátil, con un viejo amigo de la universidad. Era bastante tarde, y el trabajo avanzaba a paso de tortuga.

Los únicos casos en los que había estado trabajando últimamente, más allá del flujo constante de casos de infidelidad, eran sobre gatos desaparecidos. Tal vez había cambiado algo en el agua, pero se había producido un aumento desmesurado de gatos que desaparecían de la calle. Hasta un niño se había pasado por mi oficina con unos dibujos de su gato desaparecido que había hecho. Le pregunté si tenía alguna foto, pero lo único de lo que disponía eran sus dibujos. Era un niño extraño. Pese a que los gatos y perros desaparecidos son la base de los detectives de Tokio, el gran número de ellos que estaba desapareciendo aquellos días no era para nada ordinario. Aunque decían por ahí que los estaban quitando de en medio para los Juegos Olímpicos, al igual que con la mayoría de los rumores, uno nunca podía estar seguro de cuánta verdad contenían, si es que había algo de cierto en ellos.

Tampoco había mucho que pudiera hacer yo, más allá de recorrer las afueras y pegar unos cuantos carteles por aquí y por allá. De hecho, la mayoría de las personas ni siquiera los miraban al pasar por delante de ellos por la calle. Si alguna vez encontraba alguna mascota, se la daba a Taeko para que se la llevara a casa durante unos días. Así podía cobrar al cliente un poco más, al haber estado más tiempo con su caso. Y bueno, ellos siempre estaban encantados de pagar, pues, al fin y al cabo, les había devuelto a su querido bebé.

Estaba considerando mi siguiente jugada cuando Taeko me llamó por el intercomunicador.

—*Ishikawa-san*.

—¿Sí?

—*Tenemos clientes. Un hombre y una mujer. ¿Se los mando?*

—*Vale.* —Seguí estudiando el tablero de *shogi* en mi pantalla hasta que los dos entraron por la puerta, tras lo cual cerré el portátil.

Se suele hablar de casos fáciles de resolver. La verdad es que no existen muchos de esos. La mayoría de los casos siguen abiertos, y muchos de ellos se quedan abiertos para siempre. Ahora mismo tengo un montón de casos abiertos, casos que no tengo cómo saber si voy a poder cerrar en algún momento. Todos los casos requieren algo de tiempo y suerte. Suerte, en su mayoría. Y algunas personas no tienen ni uno ni lo otro. Aquella pareja que acababa de entrar en mi oficina parecía la más desafortunada del mundo. Si los hubiera trasladado a una mansión llena de dinero, en menos de una semana habrían acabado en la calle, aferrados el uno al otro.

Ella tenía aspecto nervioso y no dejaba de juguetear con las manos. Cuando no se las estaba estrujando delante de ella, se colocaba el cabello desgreñado (y grasiento) detrás de las orejas en un gesto cargado de nervios. Me di cuenta de que había escogido su mejor atuendo para ir a la oficina, aunque este parecía desgastado y raído. Estaba claro que no tenía muchas prendas de entre las que elegir.

Y lo mismo con su marido. No había tenido mucho entre lo que escoger en aquel sentido tampoco.

La camisa de él estaba llena de manchas. Ramen del almuerzo, seguramente. Le faltaban algunos dientes y tenía el pelo despeinado. Qué desastre. Aun así, no era nada pequeñito. Su físico gozaba de cierta corpulencia, aunque estaba desapareciendo conforme pasaban los años. Iba encorvado, como si le avergonzara su altura.

—Por favor. —Hice un gesto hacia las sillas delante de mi escritorio—. Siéntense.

Se sentaron, incómodos, al tener que depositar grandes traseros en asientos estrechos.

Esperé a que uno de ellos se decidiera a hablar.

—Detective. —Fue ella quien habló primero, y alzó la mirada de sus manos al hacerlo—. Necesitamos su ayuda.

—Vaya, menuda sorpresa. —Necesitaba fumar algo.

—Sí… —continuó—. Es que… bueno… ¿Por dónde empezar? —Se estrujó las manos con tanta fuerza que se le quedaron blancas. Pensé que se le iban a caer.

—¿P… Puede…? —El marido se inclinó hacia delante en su silla mientras se frotaba su frente sudorosa con un pañuelo—. ¿Puede ayudarnos a… a encontrar a nuestro… hijo?

Genial. Iba a ser una cita larguísima.

—Antes de que entremos en materia, debería hacerles saber mi tarifa.

La experiencia me había enseñado que lo mejor era ser directo con el dinero. No había nada peor que tener que escuchar un largo drama sentimentaloide solo para que el cliente descubriera después cuánto iba a tener que gastarse. Entonces sí que se echaban a llorar.

—Sí, sí. Sería buena idea. —La mujer había pasado a clavarse una uña en la muñeca.

—Tengan. —Les pasé mi lista de precios.

El marido fue el primero en echarle un vistazo, y vi que abría mucho los ojos. Se quedó un poco con la boca abierta, y la mujer le quitó la tarjeta. La volvió a dejar sobre la mesa, sacó un pañuelo blanco y se frotó la muñeca. Vi unas gotitas rojas cuando se lo volvió a meter en el bolso.

—De… Detective Ishikawa —empezó a decir él—. ¿Hay algún modo de…?

—¿ … de que podamos pagarlo a plazos? —terminó ella por su marido.

—Quizá podamos llegar a un acuerdo —dije con un suspiro.

Aunque el resto de la cita fue bien, vi que tenían la mirada un poco perdida. Me dieron unas fotos de su hijo (¿por qué será que las personas desaparecidas de las fotos siempre parece que están a punto de desaparecer?), nos despedimos y les dije que haría todo lo que estuviera en mis manos.

Aun así, supe que seguían pensando en el dinero.

No hay nada peor que aceptar un caso de personas que no se lo pueden permitir. No suele ocurrir que venga alguien que no se pueda permitir mi tarifa, así que, cuando sí ocurre, me pone un poco incómodo. Mi caso estándar suele ir así:

—Detective Ishikawa, me alegro de conocerlo.

—Lo mismo digo. Por favor, siéntese.

Le hago un ademán con la cabeza a Taeko, aunque ella ya sabe que debe traernos café.

Nos dedicamos una reverencia e intercambiamos tarjetas de presentación.

Nos sentamos, y, mientras nos acomodamos y colocamos el meishi de cada uno en la mesa frente a nosotros, y tengo un breve momento para ver bien su tarjeta.

Su tarjeta de presentación es cara, totalmente blanca, con unas letras negras y simples, y todo está escrito en inglés. Es bastante escueta, sin ningún correo electrónico ni dirección postal, y solo muestra un nombre («Sugihara Hiroko», digamos) y un número de teléfono. Nada de nombre de empresa ni descripción de trabajo.

—Es un bar que regento. —La clienta me mira con unos ojos inteligentes—. Un bar exclusivo, y nuestra clientela requiere la más estricta discreción. Por eso no hay ninguna dirección anotada. Mis disculpas.

Por su parte, ella ni siquiera le echa un vistazo a mi meishi.

Saca una caja plateada del bolsillo de su chaqueta.

—¿Le importa que fume?

—Para nada, ningún problema. —Busco un cenicero en el cajón inferior del escritorio y lo coloco delante de ella.

Taeko entra con los cafés en una bandeja y los coloca con cuidado sobre la mesa. Nos dedica una reverencia mientras se marcha y cierra la puerta tras ella.

—¿Quiere uno? —Me muestra la caja abierta. No distingo la marca, pero sí me doy cuenta de que ella tiene autocontrol, pues en la caja solo caben siete cigarrillos.

—No, gracias —respondo—. Lo estoy dejando. Por favor, adelante.

Se enciende el cigarro, y yo me arrepiento de no haber aceptado uno de inmediato. Sus labios rozan el filtro con delicadeza, y veo un placer eléctrico que le ilumina la mirada mientras inhala. Me mira desde el otro lado del escritorio, directamente a los ojos.

—Detective Ishikawa, iré al grano. No soy el tipo de mujer que pierde el tiempo hablando de cosas sin importancia, y sé que el tiempo es oro para usted y para mí.

—Como prefiera.

—Mi marido está teniendo una aventura, y me gustaría sorprenderlo para conseguir un mejor acuerdo de divorcio.

Dejo que su frase flote en el aire durante unos momentos.

—¿Está segura de que está teniendo una aventura?

—Sí.

—¿Ha mostrado algún cambio reciente en su comportamiento?

—No.

—¿No hay nada sospechoso que pueda indicarme?

—No exactamente, no.

—Según he visto, una persona con una aventura extramatrimonial suele mostrar algún cambio en su comportamiento, normalmente para mejor. ¿Su marido ha empezado a vestirse de otro modo?

—No.

—Ya veo. ¿Le parece más contento? ¿La ha tratado mejor durante los últimos días? ¿Le ha hecho regalos?

—No, nada de eso.

—Ya veo —repito, antes de hacer una pausa—. Bueno, con todo el respeto del mundo, Sugihara-san... ¿Cómo está tan segura de que la está engañando?

Ella da una larga calada a su cigarro, sacude la ceniza y exhala un dragón de humo en el aire. Este flota por encima del escritorio en mi dirección y se mete en mis fosas nasales.

—Detective Ishikawa, mi marido es un mentiroso.

—Lo siento, pero...

Alza una mano para callarme.

—Mi marido es mentiroso por vocación. Su trabajo es mentir. Me ha estado mintiendo desde que lo conocí; es en lo que se basa nuestra relación: mentirnos el uno al otro sin que nos enteremos. Aun así, una mujer sabe cuando su marido la está engañando. No tengo ninguna prueba de ello, porque es demasiado listo como para ir dejando pruebas por ahí. Pero sé a ciencia cierta que mi marido me está engañando. Lo único que necesito es que encuentre alguna prueba. Eso es todo.

Me quedo callado y la dejo calmarse.

—Detective Ishikawa, es libre de rechazar el caso. Desde luego, no es el primer detective que he ido a ver en Shinjuku hoy. Sin embargo, tal como les he dicho a los demás, lo compensaré con creces. Estaba pensando en esta cifra, más gastos.

Me entrega un papel doblado. Lo despliego y miro los ceros. Lo vuelvo a doblar y se lo entrego.

—Vale, lo acepto.

Y así es como me gano la vida. Atrapo a personas casadas que se ponen los cuernos y recabo pruebas. A veces no estoy seguro de quién es la peor persona de todo el meollo, pero al menos a mí me pagan al final.

Después de que se fuera la pareja, le dije a Taeko que podía salir antes de hora, me encargué de un poco de papeleo pendiente y cerré la oficina.

Llovía, por lo que abrí mi paraguas y me sumé al grupo de trabajadores con traje que recorrían las calles de Shinjuku hacia la estación de tren. Tenía el mismo aspecto que todos ellos, pues ese era mi don: mezclarme entre los demás, no destacar. *Deru kui wa utareru*: al clavo que se sale de su sitio se lo aporrea a martillazos.

Shinjuku. La cloaca de Tokio. No es donde habría elegido abrir una oficina. Aunque yo soy de Osaka de nacimiento, Shinjuku es la parte más sucia y sexy de la ciudad, por lo que toda la acción se encuentra ahí. Es perfecta para un *tantei* como yo. Ahí es donde está la sordidez; el barrio gay Ni-chome; los bares de *nyuhafu*, o transexuales; los burdeles; los prostíbulos; los hoteles del amor; la infidelidad.

Es la parte de la ciudad en la que Tokio esconde sus vicios a simple vista. Y yo los conozco todos. Los he observado con mis chaquetas reversibles, mis sombreros y gafas falsas, mi minicámara escondida en un bolígrafo. Hombres con mujer e hijos que los esperaban en casa. Nadie sabía lo bien que estaba hasta que se encontraba al otro lado de un caso de divorcio y se dejaba el sueldo en la manutención.

Aquella noche, el tren estaba más lleno que de costumbre. Alguien se había lanzado a las vías en la línea Chuo, por lo que ya iba tarde, además de lleno a más no poder. La lluvia hacía que el vagón estuviera más cálido y pegajoso. Me metí como pude y contuve la respiración conforme salíamos al oeste, hacia las afueras. Me quedé dormido de pie y casi me pasé de parada.

Mientras salía a duras penas del tren en mi parada, me percaté de que no había comido nada desde el desayuno, por lo que me dirigí a un restaurante de ramen y pedí un *miso* ramen con extra *chashu*, además de una cerveza. No tardaron en traerme el pedido, y tenía tanta hambre que, en cuanto acabé, pedí otra cerveza y un plato de *gyozas*. Mientras sorbía las últimas gotas del ramen, miré los patrones de grasa roja que caían por los lados del cuenco blanco. Parecían peces *koi* que nadaban en grupo en un estanque, ansiosos por llegar a comer algo en la superficie, con sus bocas abiertas y estúpidas. Igual que en Tokio: todo el mundo peleándose por unas miserables migajas. Tal vez la cerveza me había puesto sentimental. Tenía que beber algo más.

La siguiente parada fue un restaurante de *okonomiyaki* de camino a casa, donde bebí bastante *shochu* de una botella que había dejado antes detrás de la barra. El propietario es un buen hombre de Hiroshima con quien me gusta charlar. Discutimos un poco sobre qué *okonomiyaki* era mejor, si el de Osaka o el de Hiroshima (el de Osaka, claro). A todos los clientes les gusta sumarse a la discusión, así que nos echamos unas risas y bromeamos entre nosotros, por eso me gusta ir ahí. Me trae recuerdos de mi hogar. Había dos personajes a los que no conocía de nada, unos taxistas, y menudo par. Estábamos charlando y bromeando, y me contaron una historia un poco tonta sobre una chica que se había convertido en gato hacía un tiempo, en aquel restaurante. Era bastante disparatada, en mi opinión, pero hasta el viejo Tencho se puso blanco como la nieve y asintió mientras contaban la historia. Acabé bebiendo demasiado alcohol y marchándome demasiado tarde.

Podría haber sido el *shochu*, pero terminé comprando una cajetilla de cigarros tricolor de Tencho y me fumé unos cuantos.

A la mañana siguiente, me desperté con resaca y la garganta ronca, lleno de arrepentimiento por haber comprado —y fumado— los cigarrillos. Arrugué lo que quedaba de la cajetilla y los tiré a la basura. Abrí las cortinas de mi piso diminuto, miré al exterior y vi un pequeño gato tricolor que acechaba por el callejón. Si bien estaba bastante lejos, lo reconocí de inmediato: era el gato del crío, el que lo había dibujado. Estaba seguro. Menudo talento tenía el niño… Había captado algo de aquel gato, no cabía duda. Aunque estuve a punto de salir corriendo de casa para intentar atraparlo, este desapareció en un segundo debajo de unos setos. No había ninguna posibilidad de encontrar a un gatito diminuto en aquella ciudad grande y vieja. Pobre niño.

Fue entonces que noté una sensación extraña en el estómago. Me embargó con tanta fuerza que me llevé las manos a la cabeza y me tembló todo el cuerpo. Podría haber sido el alcohol de la noche anterior, pero no me pareció como ninguna resaca que hubiera tenido en alguna otra ocasión. Era diferente, algo más profundo.

La sensación desapareció. Fui a la cocina, me serví un vaso de agua y di un sorbo. Lo llevé a mi vieja butaca y lo coloqué sobre un posavasos en la estantería. En el estómago todavía notaba los restos de aquella sensación de vacío, la ausencia de lo que se acababa de apoderar de mí. Me senté, saqué el teléfono y la cartera. Marqué el número de la tarjeta que la pareja me había dado.

El marido respondió al teléfono de inmediato.

—¿M… *Moshi moshi?*

—Soy Ishikawa.

—*¡Ah! Eh… Hola, detective.*

—Shh. Escuche. Lo haré gratis, pero no se lo puede contar a nadie, ¿vale?

CARACTERES CHINOS

El hombre que se apretujaba contra ella en el vagón estaba incomodando a Flo, así que decidió bajarse en la estación de Shinjuku y avanzar algunos vagones más, hasta meterse en el que era exclusivo para mujeres. Recorrió la plataforma mientras esquivaba a los trabajadores que salían del tren y evitaba las largas colas de aquellos que querían entrar.

La línea Yamanote siempre estaba abarrotada por las mañanas, y el vagón solo para mujeres solía ser el más lleno de todo el tren. Por ello, Flo intentaba evitarlo si le era posible, y hacía tiempo que no sufría un incidente como aquel. Mientras hacía cola detrás de las otras mujeres que esperaban para subir, oyó las grabaciones de los sonidos artificiales de pájaros que provenían del andén, además del timbre de la estación Shinjuku que tan bien conocía. La alarma sonó para indicar que el tren estaba a punto de marcharse, y se abrió paso para ingresar junto a la masa de cuerpos femeninos. Mientras entraba con las demás pasajeras, una oleada de aire acondicionado frío la golpeó, y le dio una arcada por la dura mezcla de perfumes y aroma a champú que se mezclaba en el oxígeno limitado por encima de todas aquellas cabezas. Trató de no recordar la vez que se había desmayado en el tren poco después de haberse mudado a Tokio. Qué vergüenza había pasado aquel día.

Con el rostro medio aplastado contra la ventana de cristal, echó un vistazo por el andén. Vio el póster pequeño que ya conocía de muchas otras estaciones de Tokio: mostraba la silueta de una niña a la que se le había caído el sombrero a las vías, junto a un miembro del equipo que se lo pescaba con un aparato largo; bajo él, en japonés, rezaba: «Si a alguien se le cae algo a la vía, se debe informar a algún encargado de la estación». Aquello siempre la hacía sonreír. La mayoría de los otros carteles anunciaban cosas que no se podía permitir o que no necesitaba: viajes, crema de afeitar, aparatos electrónicos varios, membresías de gimnasios o cerveza. Entonces se percató de un cartel rojo y amarillo en las paredes de la estación que mostraba un dibujo de un hombre que manoseaba a una mujer en el tren. La viñeta acababa con el hombre tratando de huir de los guardias de seguridad o de la policía. Junto a él decía:

痴漢は犯罪です!

¡*Chikan* es un delito!

Era espeluznante que la empresa ferroviaria tuviera que gastarse el dinero con unos carteles para informar a sus pasajeros de que el *chikan* —manosear a una mujer— era un delito. ¿Acaso no era lógico? Flo volvió a mirar los caracteres que conformaban la palabra *chikan*. La parte *chi* 痴 significaba *estúpido*, mientras que la parte *kan* 漢 significaba *chino*. Era el mismo *kan* 漢 que el de la palabra para referirse a los caracteres chinos, *kanji* 漢字. Cuanto más pensaba en ello, más extraña le parecía la palabra: ¿qué tenían que ver los chinos con el hecho de que los hombres japoneses manosearan a las mujeres en el tren? ¿Acaso la palabra quería decir que los manoseadores en sí eran lo mismo que los chinos estúpidos? Todo le parecía de lo más raro, además de bastante racista.

Bueno, al menos la frase tenía algo con lo que todo el mundo podía estar de acuerdo: manosear a las mujeres en el tren era un delito.

La estación empezó a moverse delante de ella. Su mirada se posó en los ojos de uno de los revisores que trabajaban en el andén mientras el tren se alejaba poco a poco con su traqueteo. Se percató de que el hombre se sorprendió un poco, aunque le dedicó una sonrisa, y él se la devolvió con una reverencia, mientras se llevaba sus manos con guantes contra sus pantalones grises y bien planchados. Lo habría saludado con la mano si hubiera tenido espacio suficiente para mover los brazos, pero a veces lo único que hacía falta era una sonrisa.

Notó el sudor de las demás pasajeras que le humedecía sus piernas y brazos expuestos, además de la sensación que le dejaba cuando el aire acondicionado le enfriaba el líquido sobre la piel. Cerró los ojos y trató de pensar en algo mejor.

Recurrió al truco que siempre usaba para lidiar con los viajes como aquel, el cual había robado de una charla a la que había ido, en la que un hombre se había colocado delante de todos y les había pedido que se imaginaran un momento en sus vidas en el que hubieran sido muy felices. Le había pedido a la clase que se aferraran a aquel recuerdo en su mente cada vez que se estresaran, estuvieran enfadados o deprimidos, que lo volvieran a vivir. Flo decidió recordar la mañana en la que había el visto el amanecer desde la cima del monte Fuji, el modo en que aquel orbe rojo y ovalado había surgido poco a poco por encima de las nubes, los suspiros colectivos de los escaladores al notar que el calor volvía a invadirles sus extremidades congeladas. Flo había subido la montaña demasiado deprisa y había pasado varias horas arrebujada solita junto a una pared antigua. Se había sentido como una idiota por no haber llevado el equipamiento apropiado para la escalada, y se había quedado allí sentada, tiritando, hasta que una mujer muy amable le había ofrecido un poco de té verde. Si su recuerdo para sobrellevar los malos tiempos era el sol alzándose desde la cima del monte Fuji, ¿qué podría haber usado para pasar por todo lo malo que le había ocurrido antes de aquel momento?

El altavoz anunció la llegada a su estación. Abrió los ojos y salió del tren junto a los demás pasajeros, rumbo a su oficina, sumida en

aquel estado como de zombi que compartía con todos los demás oficinistas. Era una de las primeras cosas que había aprendido después de
haberse mudado a Tokio.

—¿Flo-san?

—¿Sí, Kyoko-san? —Incluso antes de darse la vuelta, Flo ya sabía
quién la había llamado.

—Ah, Flo-san. —Kyoko miró a Flo de arriba abajo. Kyoko, con su
jersey de cuello alto rosa y sus pantalones color crema inmaculados,
llevaba un atuendo similar cada día, como si de un uniforme se tratase.
Su armario debía tener filas y filas de perchas para aquellos jerséis
prístinos y sus pantalones crema perfectamente planchados. Kyoko tenía un don para hacer que Flo sintiera que, fuera lo que fuere lo que
hubiera llevado aquel día al trabajo, le pareciera inaceptable—. ¿Has
visto mi nota?

—¿Tu nota? —Flo ya se imaginaba por dónde iban los tiros.

—Sí, la nota que te he dejado en el escritorio.

—Ah, no, acabo de llegar ahora mismo. Iré a leerla. —Flo le dedicó una reverencia.

Cualquier persona se lo habría tomado como el fin de la conversación.

Cualquier persona menos Kyoko.

Esta siguió a Flo a través de los pasillos de cubículos de la oficina
abierta hasta su escritorio y no dejó de hablar por todo el camino.

—Hay cinco tareas que necesito que completes. En primer lugar…

Kyoko empezó a listar dichas tareas. Cuando llegó a la segunda,
Flo ya había llegado a su escritorio, había tomado el folio A4 impreso
que Kyoko había dejado allí y lo estaba leyendo. Le estaba recitando la
nota palabra por palabra. A Flo le gustaba jugar a un juego consigo

misma en el que seguía las palabras de la página y las contrastaba con lo que le decía Kyoko, y ese día tuvo una puntuación perfecta: no se desvió de la nota ni en una sola palabra.

—Los Juegos Olímpicos están cada vez más cerca, Flo-san. De verdad te estamos muy agradecidos por todo tu trabajo: tus traducciones son de un valor inestimable para la ciudad. —Kyoko ladeó la cabeza y le dedicó una mirada preocupada a Flo—. ¿Tienes alguna pregunta?

—No, todo está muy claro —respondió Flo—. Muchísimas gracias, Kyoko-san.

—*Yoroshiku onegai shimasu*. —Kyoko le dedicó una reverencia con respeto.

—*Yoroshiku onegai shimasu*. —Ella le devolvió el gesto.

Le sonrió a Kyoko hasta que esta se marchó, tras lo cual giró en su silla y encendió su ordenador. Aquel ordenador zarrapastroso necesitaba bastante tiempo para encenderse del todo, por lo que fue a por una lata de café frío de la máquina expendedora. Para cuando volvió, la pantalla de inicio de sesión ya la estaba esperando. Inició sesión y accedió a su cuenta de correo electrónico del trabajo.

Veinte correos por leer. Uno de ellos, de Kyoko, era una réplica exacta de la nota/charla que acababa de recibir. Traduce esto. Traduce aquello otro. Cumplimenta este cuestionario sobre las opiniones que tienen los extranjeros sobre el teatro kabuki. Llena este informe sobre sumo. Fechas de entrega. Más fechas de entrega. Flo soltó un suspiro.

Abrió su cuenta de correo electrónico personal en otra ventana del navegador. Tenía dos mensajes nuevos: uno de Ogawa-sensei y otro de su madre. Con solo poner el cursor por encima del correo de su madre ya pudo ver las primeras líneas del correo, escritas en las letras rígidas del alfabeto latino: «Hace muchísimo que no sé nada de ti, cariño. ¿Cuándo vendrás a Portland?». Flo meneó la cabeza y optó por los caracteres japoneses, más suaves, de parte de Ogawa. Abrió el correo y lo leyó un par de veces.

Querida Flo-san:

¿Qué tal el tiempo por Tokio? Imagino que hace calor. Por favor, cuídate mucho este verano. Espero que puedas encontrar buenas sandías en Tokio. Quizá pueda llevarte algunas de Kanazawa cuando visite la ciudad.

Kanazawa está como siempre; nos estamos preparando para el festival del verano. Sakakibara-san y los demás de la clase de conversación no dejan de preguntar por ti. Quieren saber cómo vas con tu nuevo empleo en Tokio. Les he contado que empezaste a trabajar en una empresa de relaciones públicas y que ya no traduces videojuegos. Les sentó mal enterarse de que no habías estado bien en la empresa de videojuegos, pero a todos nos parece que tu nuevo trabajo suena mucho mejor. Sakakibara-san se quedó de lo más impresionado: ¡nuestra Flo va a traducir material para los Juegos Olímpicos de 2020! Estamos orgullosísimos de ti.

Todo nos recuerda a cuando llegaste a Kanazawa hace tantos años. Recién salida del avión de Estados Unidos, sin hablar ni una sola palabra en japonés. ¡Y mira dónde estás ahora! Traduciendo para los Juegos Olímpicos. ¡A ti sí que deberían darte una medalla de oro!

¿Sigues practicando shodo? Espero que no lo hayas dejado, tienes un talento inmenso. Echo mucho de menos nuestras clases de caligrafía.

Bueno, ya está bien de cháchara. Tengo muchas ganas de verte por Tokio pronto. Podemos ir a por un café el sábado por la mañana, aunque luego, por desgracia, tengo una reunión por la tarde. Hazme saber dónde y a qué hora te gustaría quedar. ¡Qué ganas tengo!

Cuídate,
Ogawa.

PD: Tengo un nuevo carácter chino para que lo aprendas. ¿Lo conoces?

Flo se quedó mirando el carácter y se lo pensó un rato. Estaba bastante segura de que se trataba de *neko*, gato, pero tenía que comprobarlo. Sacó su desgastado diccionario de *kanji* de una estantería de su escritorio y pasó las páginas a toda prisa. Sí, allí estaba: *neko*, gato. Solo que era distinto a como se escribía normalmente. El modo común de escribir el carácter era 猫, con el radical 犭 a la izquierda. El carácter que Ogawa le había enviado tenía 豸 a la izquierda. Aquel era el radical para *tanuki*. Debía tratarse de una versión más antigua que relacionaba los gatos con otros animales cambiaformas como el tejón, el zorro y el *tanuki*. Flo sabía que en la antigüedad los japoneses creían en unos seres llamados *bakeneko*, unos gatos que podían transformarse en humanos y aterrorizaban a la gente de distintos modos. Sin embargo, aquella versión del carácter ya no se empleaba. Ogawa solía enseñarle caracteres que iban mucho más allá del uso práctico que tenían en la vida cotidiana, pero aquello era lo que le gustaba a Flo de ella.

Flo vio cómo la coleta de Kyoko rebotaba por encima del cubículo. Cerró la ventana con su correo personal y se sumió de lleno en su trabajo. No mucho después, el pitido que indicaba la hora de comer empezó a sonar. Buscó su bolso y se fue de la oficina rumbo a la cafetería a la que solía ir.

Tenía una hora.

Flo pidió un menú de pasta con un café helado y se sentó a una mesa de la esquina. Sacó un libro de su bolso, escrito en japonés, y un lápiz. Se detuvo por un momento, y, tras pensárselo mejor, sacó un pequeño manuscrito en inglés titulado *Copy Cat*. Lo colocó en el asiento a su lado y volvió su atención al libro escrito en japonés. Entre bocados de espaguetis, sostenía el libro plano contra la mesa con una mano para leer con los ojos muy abiertos, y de vez en cuando dejaba el tenedor para hacer alguna anotación al margen o subrayar frases.

Flo acabó su plato de pasta y se quedó absorta con su libro hasta que sonó la alarma de su teléfono, lo cual la avisó de que solo le quedaban diez minutos hasta que tuviera que regresar a la oficina. Volvió a meter el libro y el lápiz en su bolso y le dedicó una sonrisa al camarero cuando este le retiró su bandeja de pasta. Todavía le quedaba algo de su café helado, por lo que se reclinó en su asiento y bebió poco a poco, con la mirada perdida en la distancia.

Una chica japonesa guapa de pelo corto y un hombre extranjero que parecía británico acababan de pedir un café y fueron a sentarse a la mesa que tenía al lado. Flo estaba absorta en sus pensamientos, pero les devolvió una sonrisa ante el presumido ademán con la cabeza del hombre y el desinteresado gesto con la mano de la chica mientras se sentaban. Los dos empezaron a hablar en voz bien alta, y Flo no fue capaz de bloquear su conversación. El hombre estaba haciendo todo lo posible por hablar en japonés en un tono de voz que indicaba que lo estaba haciendo más que nada por Flo, mientras que la chica respondía en un japonés lento y condescendiente o pasaba a un inglés estadounidense cargado de acento. No hablaban de nada importante, y Flo estaba haciendo todo lo posible por no escucharlos y disfrutar de los últimos minutos de su descanso.

—*Kono café kawaii ne* —dijo la chica.

A Flo le dio vergüenza ajena. *Kawaii*, mono, era una de las palabras de las que más se abusaba en japonés (aunque tenía que admitir que en particular lo hacían las chicas), y se empleaba para casi cualquier cosa, por lo que prácticamente había dejado de tener significado en sí. No era nada más que una palabra que se usaba para llenar un silencio. Aquella cafetería no tenía nada que resultara mono.

—¡Anoche! ¡Tantos *brrrum brrrum*! —dijo el hombre, con un japonés propio de un bebé. Hizo unos gestos con la mano para acompañar los sonidos que soltaba.

—¿Qué quieres decir con *brrrum brrrum*? —le preguntó la chica, con un japonés condescendiente.

—¡Tormenta! —respondió el hombre.

—Sí, anoche hubo tormenta —asintió la chica—. ¿Y qué?

—¡Destellos! —dijo el hombre.

—Sí, con truenos. —La chica habló en inglés, y, al hacerlo, miró a Flo en busca de apoyo. Flo cerró los ojos.

—¡No, trueno no! ¡Destellos! —insistió el hombre, con su japonés chapurreado.

—Ay, George. ¿Por qué no dejas de decir eso? —La chica soltó un pequeño resoplido. El hombre suspiró y cambió a un inglés de acento británico.

—A ver, Mari, ¿cómo se dice *relámpago* en japonés?

—*Kaminari* —dijo la chica.

—No, eso es *trueno* —respondió él—. ¿Cómo se dice *relámpago*?

—No entiendo lo que me preguntas —repuso ella.

Flo se puso de pie para marcharse. Dio un solo paso, se lo pensó mejor y volvió a la mesa.

La pareja la miró.

—*Inazuma* —explicó Flo, y entonces se dio la vuelta deprisa y se dirigió a la puerta.

Oyó que el hombre preguntaba «¿Qué es lo que ha dicho?» mientras se abrían las puertas.

Flo salió de la cafetería y no oyó la respuesta de la chica ni al hombre que gritaba «¡Espere! ¡Señorita!», pues se había ruborizado y se había arrepentido al instante de haber hablado con ellos. Volvió a su oficina con tanta prisa que el hombre que corría detrás de ella con su manuscrito de *Copy Cat* tuvo que rendirse y volver a la cafetería, solo para recibir una reprimenda por parte de su compañera.

Tras un par de horas extra en la oficina, Flo estaba lista para marcharse. Rechazó con educación las invitaciones para salir a beber con algunos de sus compañeros al valerse de la excusa de que no se encontraba bien. Sacó su libro durante el viaje en tren hasta casa, pero notó que cabeceaba, por lo que se permitió echarse una breve siesta.

De camino a casa desde la estación, pasó por un supermercado Lawson y se compró una ensalada, aunque sin ninguna salsa, pues tenía una botella grande de aliño de sésamo en la nevera.

Tras cerrar la puerta de su piso, se quitó los zapatos en el *genkan*, y, mientras lo hacía, pensó para sí misma lo que hacía todas las noches: que era imposible traducir la palabra *genkan*. Pese a que se podía traducir como «entrada» o «recibidor», no era ninguna de esas cosas exactamente. El objetivo que tenía el *genkan* en un hogar japonés era ser un espacio que indicaba dónde terminaba el exterior y dónde empezaba el interior.

Se metió en el piso y abrió una ventana, ya que el ambiente estaba cargado. Flo no tenía aire acondicionado porque era demasiado caro, pero sí que tenía un montón de libros. Sus estanterías estaban llenas de ellos, de modo que todo su espacio estaba ocupado ya. Ver sus libros la tranquilizaba, la hacía entrar en calma. Si bien había leído la mayoría de ellos, muchos la seguían esperando, lo cual la animaba y conjuraba una de sus palabras japonesas favoritas, *tsundoku*, una palabra que necesitaba toda una frase para traducirla: el hecho de comprar libros y apilarlos en una estantería sin leerlos. Encendió un ventilador y se dirigió a la cocina con la ensalada que acababa de comprar en el súper.

Sacó el aliño de sésamo de la nevera, echó un poco en la ensalada y la mezcló con un par de palillos. Llevó la ensalada y los palillos a su escritorio y se sentó a comer frente a su ordenador, el cual encendió para ver a algunos de sus *youtubers* japoneses favoritos.

Mientras comía, pensó por enésima vez en lo fácil que era comer ensalada con palillos en lugar de con cuchillo y tenedor. Podía pescar los tomates pequeños con suma facilidad y comérselos enteros, mientras que con un tenedor le costaba pincharlos, y a veces acababan saliendo por los aires y caían al suelo.

Flo tenía cientos de aquellos pensamientos que nadaban por su cabeza a lo largo del día, aunque no tenía a nadie con quien compartirlos. Aun así, siempre se decía: *¿Quién necesita amigos si tiene libros?* Sus estanterías no solo estaban llenas de sus libros de ficción favoritos, sino que también contenían volúmenes de libros de texto lingüísticos, diccionarios y libros de referencia, todos ellos sobre el japonés y la cultura del país. Se consideraba a sí misma una niponóloga, en lugar de una niponófila. Según lo veía, había una gran diferencia entre ambos términos. Los niponófilos eran personas a las que les encantaba Japón y no hacían ninguna pregunta, personas que creían que en Japón no ocurría nada malo, que vivían en un mundo de fantasía de *anime* y *manga*.

Flo prefería identificarse con el bando de los niponólogos. Respetaba el idioma y la cultura del mismo modo que creía que debían respetarse todos los idiomas y culturas, pero reconocía que había una gran necesidad de ir al fondo de todas las preguntas que tenía. Una búsqueda de conocimientos sobre Japón. De aprender, estudiar y absorber.

Mientras comía, sacó un pesado diccionario de caracteres chinos de su estantería y pasó las páginas hasta que encontró el carácter *kan* 漢 de la palabra *chikan* o *kanji*. La pregunta que se había formulado en el tren por la mañana sobre aquel carácter seguía dándole vueltas por la cabeza. Encontró la entrada del carácter, leyó la definición mientras masticaba su ensalada y descubrió que sí que significaba «chino de etnia *han*», aunque también podía significar «hombre, tipo, varón». Seguramente era eso a lo que se refería el carácter en la palabra *chikan*. Así que no era un estereotipo racista de las personas chinas como manoseadores en el metro, después de todo, sino que *chikan* solo significaba «hombre estúpido».

Recogió los restos de su cena y, mientras estaba en la cocina, abrió la nevera y sacó una jarra de café helado. Fue a por un vaso de la alacena y se detuvo con la jarra encima del vaso. Miró el reloj, negó con la cabeza y volvió a meter la jarra en la nevera. Llenó el vaso con agua del grifo y se lo llevó al escritorio.

Tras sentarse para trabajar, admiró por un momento la caligrafía que Ogawa le había regalado como obsequio de despedida cuando se había mudado a Tokio. Ogawa había escrito el carácter chino que significaba *gato*, solo que, con mucha habilidad, había dibujado el carácter en forma de un gato de verdad. A Ogawa y a Flo les gustaban mucho los mininos, y la caligrafía en sí contaba la historia de su amistad. Junto a la caligrafía enmarcada había una foto de Flo, Ogawa y un par de amigas suyas. Todas ellas iban vestidas con kimono, y Ogawa había escogido uno rosa muy bonito para cuando había visitado Tokio para ir a ver los cerezos en flor durante la primavera. Flo recordaba aquel día, lo bien que se lo habían pasado. Habían ido al parque Ueno y se habían sentado bajo los cerezos mientras comían *bento* y bebían té verde.

En aquellos momentos ya era verano y hacía calor.

Flo sacó del bolso el libro con el que había estado trabajando, abrió un documento de Word y empezó a transcribir la parte que había revisado durante la comida. Llevaba varios meses traduciendo aquella novela de uno de sus autores japoneses favoritos, y ya se acercaba al final. Como de costumbre, se quedó absorta con el libro y se sorprendió al volver a mirar el reloj y ver que ya eran las 02 a.m.

Se frotó los ojos, se metió en la cama, y su alarma volvió a sonar en un abrir y cerrar de ojos.

Los días laborales de Flo siempre eran casi idénticos. La única diferencia aquella semana era que tenía algo que le hacía ilusión durante el fin de semana: Ogawa iba a ir de visita. Además, Flo casi había terminado su traducción de la novela en la que había estado trabajando todos aquellos meses. Había planeado tener un borrador pulido listo para imprimir y dárselo a Ogawa cuando se encontraran para tomar un café el fin de semana y se alegró al ver que todo iba según lo planeado.

Había sido la propia Ogawa quien le había mostrado al autor al que estaba traduciendo. Le había dado a Flo uno de sus relatos cortos de ciencia ficción para niños escrito en japonés. La historia se titulaba *Copy Cat*, y el pseudónimo del autor era Nishi Furuni (nombre real: Ohashi Gen'ichiro). A Flo le había encantado el autor y le había sorprendido que nadie lo hubiera traducido ya al inglés. Ogawa había estado encantada de contarle todo lo que sabía sobre él.

Furuni había escrito un montón de obras, si bien era un tanto excéntrico: estaba obsesionado con los gatos y los caracteres chinos. Había empezado a escribir una colección de historias cuando a su nieta le diagnosticaron cáncer, y le había escrito un relato corto cada día. El hijo mayor de Furuni, el padre de su nieta, había sido un *rakugoka* famoso, pero su alcoholismo había podido más que él. Por ello, el cuidado de la nieta en cuestión había recaído sobre Furuni, quien escribía un relato cada día y luego se lo contaba a ella cada noche antes de que se fuera a dormir. No dejó de hacerlo hasta que su nieta murió. *Copy Cat* era uno de esos relatos cortos y había formado parte de una larga colección de trescientas historias que el autor había escrito para su nieta. Flo se las había leído todas y hasta había traducido *Copy Cat*, la cual le había regalado a Ogawa. Planeaba presentarla a alguna revista literaria, aunque no tenía ni idea de a cuáles podría enviarla.

Sin embargo, la novela que Flo estaba traduciendo era un proyecto más personal.

Orillas desoladas era la obra maestra de Furuni. La novela que había escrito antes de quitarse la vida. La muerte de su nieta había afectado al estilo y la filosofía de vida de Furuni en gran medida: el autor, siempre sobrio, había recaído en el alcohol y había empezado a consumir drogas alucinógenas. *Orillas desoladas* era la obra maestra confusa de un genio perturbado, y Flo la había leído de cabo a rabo diez veces. Durante aquel tiempo, Furuni se había obsesionado con los *kanji*, los caracteres chinos que se usaban para escribir algunas palabras en japonés. Había empezado a sufrir alucinaciones y había creído que, si escribía un carácter, este podía cobrar vida. Evitó usar ciertos caracteres mientras escribía *Orillas desoladas*, por miedo a que salieran de la página y se convirtieran en monstruos del mundo real que lo atacaran mientras dormía. Por ejemplo, se negó a escribir las palabras *rata* o *cucaracha* en su novela, y por la noche escribía el carácter chino de *gato* con tiza, una y otra vez, en una larga cadena alrededor de su futón, pues creía que, mientras dormía, los caracteres iban a cobrar vida y a convertirse en gatos reales que lo protegerían.

Tras acabar el manuscrito de *Orillas desoladas*, Furuni se lo había enviado a su agente literario y luego se había tragado un bote entero de pastillas para dormir con vodka.

El autor se había convertido en una especie de obsesión mutua para las dos. Hablaban largo y tendido sobre su vida y su obra, y Flo escuchaba con atención a Ogawa quejarse del hecho de que nadie lo hubiera traducido al inglés. Flo planeaba rectificar ese fallo.

El fin de semana no tardó en llegar, y Flo le envió a Ogawa un mensaje de texto para hacerle saber en qué estación de tren debían encontrarse. Flo había escogido una cafetería de gatos en las afueras del oeste de la ciudad y planeaba darle una sorpresa al llevarla allí. No había ningún *cat café* en Kanazawa, por lo que iba a ser un gran día para Ogawa.

Flo llegó a la estación de tren con media hora de antelación para encontrarse con Ogawa, por lo que fue a dar una vuelta por el parque para hacer tiempo. Cuando volvió a la estación, Ogawa ya la estaba esperando en el exterior. Distinguió su cabello bien estilizado desde lejos, entre la multitud. Aquel día, Ogawa llevaba un kimono blanco con un patrón floral de narcisos y se resguardaba del sol con un parasol también blanco. Tenía su diario abierto y lo estaba leyendo con atención. Flo apresuró el paso conforme se acercaba, pues quería hacerlo con sigilo y darle una sorpresa.

Flo se acercó por la espalda de Ogawa y le dio un golpecito con el dedo en el hombro. Ogawa dio un pequeño respingo y se volvió para mirar a Flo, y su sorpresa no tardó en transformarse en una carcajada. Ambas se aferraron a los codos de la otra y se echaron un bailecito. Algunos de los transeúntes se las quedaron mirando, claramente sorprendidos al ver a una señora tan tradicional bailando con una joven extranjera.

—¡Flo-chan!

—¡Ogawa-sensei!

—¡Ay, no me llames «sensei»!

—Siempre serás mi sensei —dijo Flo, con una sonrisa.

—¡Pero si solo soy una vieja patosa! —se rio Ogawa.

—Bueno. ¿Vamos a la cafetería, Vieja Patosa-sensei?

Ambas se echaron a reír y recorrieron las calles tomadas del brazo hasta el *cat café*.

Se llevaron una sorpresa al ver que la cafetería, llamada Café Neko, estaba tranquila: había más gatos que clientes. Ogawa había adivinado qué tipo de cafetería era antes de que entraran y había soltado un gritito de emoción cuando Flo se lo había confirmado. En aquel momento estaban admirando las mesas, radiantes. Un hombre que parecía ser el propietario se acercó a ellas y les ofreció una mesa baja con algunos cojines. Les explicó el sistema de precios y les tomó el pedido. Mientras tanto, Ogawa acariciaba a un gato atigrado que había ido a verlas a la mesa.

En las paredes había grandes fotos, todas del mismo gato tricolor callejero. Todas estaban tomadas en la misma zona suburbana de Tokio, aunque mostraban estaciones diferentes: la nieve del invierno, el festival de verano, las hojas de otoño y los árboles de cerezo de primavera. Flo se puso de pie para ver la foto de primavera, pues aquella le había llamado más la atención. El gatito estaba sentado recto y miraba a la cámara con desafío. Parecía un miembro de la realeza, rodeado de pétalos caídos, y los cerezos del fondo se tornaban borrosos, unos *bokeh* rosados. En comparación con los gatos mansos que recorrían la cafetería y jugaban con los clientes, aquel gato parecía distinto. Contenía cierto desafío: su rostro contaba una historia, que no tenía dueño ni hogar, que era un verdadero gato de ciudad. Flo miró más de cerca los ojos del gato y vio algo reflejado en ellos: la silueta oscura del fotógrafo agazapado para tomar la foto. Se preguntó quién podría ser.

Volvió a la mesa para sentarse con Ogawa, quien había pasado a rascar a un gato anaranjado regordete debajo de la barbilla. El gato babeaba un poco.

—Qué fotos más bonitas, ¿verdad? Me pregunto quién las habrá hecho —dijo Ogawa.

—Sí, justo estaba pensando lo mismo —comentó Flo.

—Bueno, ¿cómo te va todo?

Flo estaba a punto de contestar cuando el hombre volvió con su café helado.

—Gracias. —Ogawa inclinó la cabeza con respeto hacia el hombre mientras este colocaba las bebidas sobre la mesa—. Nos estábamos preguntando quién hizo esas fotos tan bonitas.

—Ah, un hombre extranjero. —Miró a Flo mientras hablaba—. Se llama George, es del Reino Unido. ¿De dónde es usted? —Luego miró a Ogawa antes de que Flo pudiera contestar—. ¿Habla japonés?

Ogawa no contestó, sino que se limitó a señalar a Flo con la barbilla para que lo hiciera ella.

—Soy de Portland, Oregón. Soy estadounidense —respondió Flo. El hombre dio un ligero respingo.

—¡Ay! ¡Su japonés es increíble! —El hombre abrió mucho los ojos—. ¡Hasta suena japonesa! —Ogawa esbozó una sonrisa.

—Bueno, es que tuve a la mejor profesora del mundo. —Flo señaló a Ogawa con la cabeza, quien hizo un gesto con la mano para restarle importancia.

—Impresionante. —El hombre les dedicó una sonrisa a las dos—. Bueno, todas estas fotos están a la venta; si les interesa alguna, háganmelo saber. —Hizo una reverencia y las dejó para que charlaran y jugaran con los gatos, que entraban y salían de su conversación cuando les venía en gana.

Mientras hablaban, Flo se sintió rejuvenecer. Recordaron los viejos tiempos en los que ella había vivido en Kanazawa. Ogawa le habló de todos sus amigos y de los estudiantes de allí. Flo se había mudado a Kanazawa tras graduarse en artes liberales en la universidad Reed de Portland. No le había interesado Japón en particular, sino que solo había querido huir a un lugar distinto. Le habían ofrecido un empleo en el programa JET de intercambio y enseñanza para dar clases de inglés en los institutos de Kanazawa, y había decidido aceptarlo. Cinco años después, ya hablaba japonés de forma fluida y se dirigía a la capital para trabajar como traductora en una empresa de videojuegos.

Sin embargo, no se había sentido descansada como lo había hecho en Kanazawa. Tokio resultaba agotadora. Tokio era una rutina que no tenía fin. En ocasiones le parecía demasiado grande e impersonal, como si la ciudad fuera a tragársela sin que nadie se percatara de ello. Mientras hablaba con Ogawa, se dio cuenta de cuánto echaba de menos Kanazawa. Ogawa bebía sorbos de su café y charlaba sobre este estudiante y aquel otro, sobre quién se iba a casar, quién había tenido un hijo, quién había provocado un escándalo al emborracharse en el tren. Flo escuchó con paciencia y luego no pudo evitar volver a contarle a Ogawa cómo una de sus primeras lecciones de japonés con caracteres chinos había empezado a tener sentido en su cabeza. La lección había sido así:

Flo siempre había estado nerviosa al sentarse frente a Ogawa en el centro comunitario, en aquella mesa plegable, mientras las sillas desvencijadas crujían y chirriaban cada vez que cambiaba de posición. El centro proporcionaba pantuflas a los asistentes, y en verano, cuando no llevaba calcetines, notaba el sudor en las plantas de los pies que la hacían quedarse pegada al plástico del calzado.

Mordió su lápiz, nerviosa, mientras Ogawa abría el cuaderno muy tranquila, rodeadas de los sonidos de las conversaciones de los demás profesores y alumnos. El australiano arrogante del rincón que llevaba más tiempo que nadie allí y que hablaba en voz muy alta para hacerse oír por encima de los demás. Flo hizo todo lo posible por bloquearlo todo y centrarse en Ogawa, quien hablaba despacio y con claridad mientras trazaba los caracteres uno a uno y se los explicaba.

—Los caracteres chinos son muy simples, Flo-chan. Muchos ven los caracteres complicados y creen que no se los van a aprender nunca, que son demasiado difíciles. Pero, como con todo, si empezamos por los sencillos y los aprendemos bien, nos daremos cuenta de que los complicados están formados a partir de los simples y que cuentan una historia.

人 + 木 = 休

—A la izquierda tenemos *persona*, y, si la sumamos a *árbol*, nos sale *descansar*. Imagina una persona en un campo, apoyada contra un árbol, *descansando*. Los caracteres cambian de significado cuando se colocan uno al lado de otro, así que es importante que nos centremos en las relaciones que existen entre ellos. Ningún carácter existe de verdad de forma aislada, y siempre hay una historia, hasta para los caracteres más complicados o los más simples. Recuérdalo bien, Flo-chan.

Qué rápido había pasado el tiempo desde aquella lección. En aquel momento estaban sentadas en un *cat café* de Tokio, y Flo tenía el primer borrador de un manuscrito traducido de una novela en el bolso, listo para dárselo a su exprofesora. Se moría de ganas.

—Ah, Ogawa-sensei, antes de que se me olvide... —Llevó una mano al bolso.

—¡No! Yo primera. —Ogawa ya había abierto su bolsa y estaba sacando un paquete—. Toma. Te dije que te traería algo de sandía de Kanazawa. —Le entregó el paquete a Flo, quien lo aceptó con ambas manos.

—Muchas gracias, Ogawa-sensei. —Inclinó la cabeza.

—¡No es nada! —respondió Ogawa. Y entonces, con una sonrisa más traviesa, sacó otro paquete—. Toma esto también.

Flo aceptó el paquete: parecía un libro de tapa dura.

—¿Qué es?

—¡Ábrelo! —Ogawa estaba sonriendo.

Flo quitó el celo que cerraba el paquete y sacó el libro. El corazón le dio un vuelco al ver el título.

Orillas desoladas.

En inglés. Traducido por William H. Schneider.

—¡Lo acaban de traducir al inglés! Pensé que te gustaría leerlo en inglés también.

141

Las manos de Flo dejaron unas marcas de sudor en la cubierta.

—Gracias. —Le costó sonar entusiasmada.

—¿Qué pasa, Flo-chan? ¿Estás bien?

—Sí, no pasa nada. Lo siento, no me encuentro bien.

—¿Quieres algo de agua? —Llamó al hombre de antes—. ¿Puede traernos un poco de agua, por favor?

El hombre asintió y fue a por una jarra y un par de vasos.

—¿Seguro que estás bien, Flo-chan?

—Sí, estoy bien. De verdad.

Ogawa estiró una mano por encima de la mesa para ponerla sobre la de Flo.

—Ya sabes que puedes contarme lo que sea...

Flo, llena de aquella soledad tan intensa, había querido que otra persona la tocara con aquella ternura desde hacía meses, pero en aquel momento no sintió nada.

El hombre volvió con el agua, y Ogawa retiró el brazo.

—¿Desean algo más? —preguntó el hombre.

—Sí —respondió Ogawa, animada—. ¿Cuánto cuesta esa foto del gato en primavera? ¿Puede ir a comprobarlo?

—Por supuesto. —El hombre fue a echar un vistazo detrás del mostrador.

—Te gusta esa, ¿verdad? —le preguntó su amiga.

—Sí —dijo Flo. El hombre volvió a la mesa.

—Diez mil yenes. ¿La quieren?

—¿La quieres, Flo-chan? —Ogawa le dedicó una sonrisa—. Será un regalo de mi parte.

—No, no hace falta. —Flo estaba incómoda.

—¿Estás segura? —insistió Ogawa—. No te preocupes por el precio, tengo demasiado dinero que gastar. —Se echó a reír.

—Sí, no pasa nada. —Tenía los ojos llorosos—. Pero muchas gracias.

Ogawa miró al hombre.

—Solo la cuenta, entonces. —Se dirigió a Flo—: Pago yo.

Ogawa pagó la cuenta y fue al baño. Mientras estaba en el baño, el hombre de la cafetería se acercó a Flo y le pidió el número de teléfono. Flo mintió y dijo que no tenía móvil, y se quedó más tranquila cuando Ogawa salió del baño y dejaron atrás la cafetería para ir a la estación de tren en silencio.

—Siento no poder pasar más tiempo solo contigo, Flo, pero ya sabes lo exigente que es Suzuki-san. ¿Quieres acompañarnos? Eres más que bienvenida. Estoy segura de que Suzuki-san también se alegrará de verte. —Estaban frente a la estación.

Flo tenía muchas ganas de decir que sí, aunque también sabía que sería incapaz de mantener una conversación en aquel momento, y mucho menos en un grupo más grande. Había tenido que esforzarse mucho por ocultarle lo que sentía a Ogawa, y sabía que no iba a poder mantener aquella máscara durante mucho más tiempo.

—Gracias, pero tengo trabajo que hacer.

—Eres una chica muy ocupada últimamente —sonrió Ogawa—. Estoy muy orgullosa de ti.

Flo creyó que iba a echarse a llorar, así que se mordió el labio.

—¿Estás bien aquí, Flo-chan? —Ogawa le tocó un brazo.

—Sí, estoy bien.

—Lamento no haber tenido mucho tiempo para charlar hoy, pero ya sabes que siempre puedes pasarte por Kanazawa si necesitas salir de aquí algún día.

—Gracias, Ogawa-sensei.

—Cuídate, Flo-chan.

—Adiós.

Se abrazaron, y Flo contuvo la respiración para no dejar escapar sus emociones.

Se despidieron con la mano, y Ogawa pasó el torniquete para ir a su tren. Miró atrás y volvió a despedirse una vez más antes de subir por la escalera mecánica que conducía hasta el andén.

Flo caminó hasta su casa despacio, intentando no llorar, consciente de las hojas A4 que no había llegado a regalar y del libro de tapa dura nuevo que pesaban en su bolso.

La alarma de Flo la despertó el lunes por la mañana, y, como siempre, no quiso ir a trabajar.

Subió a los trenes abarrotados con la mirada perdida, sin ningún libro ni música que la distrajera de la realidad del vagón de tren caldeado. En su lugar, se aferró a la anilla que colgaba de la zona de equipaje, como todos los demás pasajeros, dejó caer la cabeza sobre el brazo y cerró los ojos para intentar dormir un rato, a pesar del terrible hedor corporal del vagón.

Estaba a punto de quedarse dormida cuando notó que una mano le tocaba un pecho.

Se volvió a toda prisa y miró en derredor, en busca de la persona que la había tocado, pero, con toda la confusión de lo abarrotado que estaba, no tenía cómo saber de dónde había venido la mano. El hedor corporal era peor que antes.

Entonces una mano le tocó las nalgas, unos dedos huesudos que le hicieron daño al pellizcarla.

Aunque podría haber gritado *chikan!* como hacían las japonesas, Flo quería atrapar a aquella persona con las manos en la masa. Pretendió quedarse dormida una vez más al apoyar la cabeza contra la curva de su brazo, por mucho que en su pecho el corazón le latiera a mil por hora.

Flo agarró la mano en cuanto entró en contacto con su pecho y retorció el brazo. El hombre responsable soltó un gemido de dolor. Ella apretó la mandíbula y habló entre dientes en inglés mientras seguía retorciéndole el brazo al hombre, hasta que pensó que se lo iba a partir.

—¡Serás cerdo! ¡Cerdo asqueroso!

Los demás pasajeros estaban mirando en derredor para ver qué estaba causando tanto alboroto. Flo, sin soltar al hombre, le dio tres puñetazos con fuerza en una oreja.

—¡Eh! ¡No puedes hacer eso! ¡Esto es Japón! —gritó otro hombre en japonés. Flo se volvió hacia él.

—*Chikan*! —le respondió en japonés y a gritos—. ¡Ha hecho *chikan*!

Las puertas se abrieron, y ella huyó del tren, entre sollozos. Corrió por las escaleras mecánicas tan deprisa como pudo para tratar de alejarse del lugar. No quería meterse en ningún lío.

Seguía temblando mientras subía en el ascensor hasta su oficina. En un par de ocasiones tuvo que cubrirse la boca para evitar ponerse a llorar otra vez. Uno de sus compañeros la saludó con la barbilla, un chico agradable del Departamento Legal llamado Makoto. La miró con una expresión preocupada, y ella se alegró de que no pudiera hablarle ni hacerle ninguna pregunta en el ascensor, tal como indicaba el protocolo japonés.

Seguía tratando de dirigirse a su escritorio cuando oyó una voz que la llamaba.

—¡Flo-san!

Siguió caminando.

—¡Flo-san! Buenos días. —Kyoko había corrido tras ella por el pasillo y estaba jadeando un poco—. ¿No me has oído? Te estaba llamando.

—Lo siento —se disculpó Flo.

—¿Has leído mi nota?

Flo negó con la cabeza.

—Ah, vale. Hoy tengo siete tareas para ti...

Flo notó que temblaba un poco conforme intentaba contener más lágrimas.

—¿Flo-san? ¿Estás bien? —Kyoko bajó el papel del que estaba leyendo para mirarla a los ojos.

—No. La verdad es que no.

Kyoko echó un vistazo a su alrededor para ver si alguien las estaba mirando, y entonces le susurró:

—Sígueme.

No dijeron nada más mientras Kyoko sacaba a Flo de la oficina y la llevaba al baño de mujeres. Una vez en el interior, Kyoko se volvió hacia ella.

—¿Qué ha pasado?

—Un hombre... en el tren... —Le estaba costando hablar.

—*Chikan*?

—Es que... es tan... —Flo rompió a llorar y empezó a hablar en inglés. Y, una vez que hubo empezado, no pudo parar—. Es demasiado. No lo soporto. Joder, es que ya no lo soporto más, Kyoko. Trabajo y trabajo y trabajo y todo para nada. Para que pase lo mismo día sí y día también, sin color, sin luz, sin esperanza. Esta ciudad me come desde dentro. Es demasiado grande y demasiado fría, sin ningún sentimiento. Un hombre me puede hacer eso y a todo el mundo le importa un comino. Nadie se preocupa, nadie lo detiene, solo miran cómo pasa, dejan que pase, son cómplices. Todas esas personas, con todas sus vidas... Y están demasiado absortas en sí mismas. No se dan cuenta de que hay otras personas que necesitan ayuda... Quién sabe, quizá todos ellos están sufriendo también, no debería juzgarlos. —Sollozó un poco. Kyoko no dejaba de mirarla. Trató de respirar hondo y volvió a hablar en un japonés más comedido—. Es que... me siento muy sola.

Se tapó la cara con las manos. Kyoko puso una mano sobre el hombro de Flo y le habló en un inglés perfecto.

—Flo, mírame.

Flo la miró a través de sus lágrimas.

—No estás sola. Puede que a veces te lo parezca, pero no lo estás.

Le moqueaba la nariz, y trató de ocultarlo con los dedos.

—La ciudad es demasiado grande, hay demasiadas personas y demasiadas locuras que pasan desapercibidas o que se pasan por alto adrede. Recuerdo cuando empecé a trabajar aquí y me mudé de casa de mi familia a mi propio piso en Chiba y tenía que ir en tren cada día; lo perdida y sobrepasada que estaba. No sabía cómo lidiar con el viaje. Y es peor aún cuando ocurren cosas horribles como esa.

—¿No eres de aquí? —preguntó Flo, tras sorberse la nariz.

—Eso es lo peor, Flo. Sí que soy de Tokio, nací aquí mismo. No muchos lo son... Aunque a veces los demás me hacen sentir como si no debiera estar aquí. —Kyoko se mordió el labio.

—¿Qué quieres decir?

—Nada... Bueno..., ya que estamos..., que les den. Yo también soy extranjera. Solo soy medio japonesa. Mi madre es coreana. No he dicho nada nunca porque quería encajar. —Kyoko pareció asustada de repente—. Por favor, no se lo cuentes a nadie, Flo. Por Dios, ni siquiera se lo he contado a mi novio aún.

—No te preocupes, Kyoko. No se lo contaré a nadie. —Flo frunció el ceño—. Pero eres tan... japonesa. Perdona, no quería que sonara así.

—Ah, pero tú también lo eres, Flo —respondió Kyoko, tras echarse a reír—. Solo que tenemos que intentar encajar todavía más, ¿verdad?

Se miraron en el espejo un rato, en silencio, y entonces Kyoko volvió a hablar.

—Puede que te sorprenda saberlo, pero no muchos de los que trabajan aquí son de Tokio de verdad, a diferencia de mí. Muchos vienen de otros lares, en busca de la felicidad. Solo que lo que encuentran aquí... Bueno, digamos que no es tan bonito como lo pintan. —Dejó de hablar para ir a una cabina y sacar algo de papel higiénico para dárselo a Flo—. ¿Qué haces este finde?

Flo se sonó la nariz.

—No sé, encargarme de mi traducción, supongo.

—¿Qué estás traduciendo?

—Bueno…, estaba trabajando en una novela, pero…

—¿De quién?

—Nishi Furuni.

—¡Ah! —A Kyoko se le iluminó la mirada—. ¡Me encantan sus relatos de ciencia ficción!

—A mí también. —Flo dobló el papel higiénico.

—Mira, Flo, puede que te parezca una pregunta extraña, pero a ti te gustan los *kanji*, los caracteres chinos, ¿verdad?

Flo asintió.

—¿Has hecho caligrafía alguna vez?

—Me encanta.

—¿Te apetece ir a una clase de caligrafía conmigo? Llevo tiempo buscando a alguien que me acompañe… No quiero ir sola.

—Suena genial —respondió Flo, tras sonreírle.

—Perfecto. —Kyoko le devolvió la sonrisa—. He encontrado una en Chiba; está un poco lejos de Tokio, pero…

—Ningún problema. Me encantaría ir.

—¡Genial!

—Gracias, Kyoko.

Ambas se retocaron en el espejo para volver a salir a la insípida oficina abierta. Flo se limpió el rímel de las mejillas y se volvió a poner el lápiz de ojos. Kyoko se acomodó la coleta y esperó tranquilamente a Flo.

Cuando estuvo lista, le hizo un ademán con la cabeza a Kyoko.

Kyoko la sujetó de la muñeca antes de salir por la puerta y le habló en voz baja.

—Es una ciudad dura, pero no estás sola, Flo. Que no se te olvide.

Le dio un par de apretones en la muñeca antes de soltarla, y ambas volvieron a sus respectivos escritorios, a sabiendas de que iban a separarse una vez más. Sin embargo, durante aquellos pocos pasos, recorrieron el pasillo entre los cubículos una al lado de la otra. Juntas.

Flo volvió a sentarse a su escritorio y movió un poco el ratón.

Soltó un suspiro y sonrió.

HOJAS DE OTOÑO

—Q uiero que me des una bofetada y que me obligues a chupártela —le susurró Mari en inglés—. Que me la metas de verdad.

George no estaba muy seguro de qué responder, por lo que, cuando lo intentó, solo le salió un leve gruñido.

—¿Vale? —Alzó la mirada de su café para mirarlo directo a los ojos—. ¿Harías eso por mí? Cuando lo hagamos la próxima vez.

—Pero ¿por qué? —George cambió de posición, incómodo.

—Porque te lo he pedido. Por eso.

—Pero te quiero. ¿Por qué te iba a tratar así?

—Si me quieres, haz lo que te pido —contestó ella, con los ojos entornados.

—Pero ¿por qué?

—Porque eso me haría feliz.

Los dos estaban sentados en el Mister Donut de Koenji y bebían café solo de tazas rojas. George, de cuarenta y pico años, y Mari, de algo más de treinta, se encontraban en la planta superior de la tienda de dónuts, con vistas a la estación de tren. Los trenes traqueteaban al pasar, y los sonidos de la estación, con sus pitidos y anuncios del andén, flotaban con su ritmo propio. El sol brillaba, y la cafetería se estaba caldeando bastante, para ser que era una mañana de otoño. El cielo era bien azul, y, en el interior, el aire acondicionado siseaba al activarse. Soltó unos chasquidos tras haber pasado un largo verano enfriando a los clientes. Había otros pocos clientes a su alrededor: un anciano con un bastón que estaba sentado solo; tres estudiantes de instituto que no dejaban de soltar risitas; y un grupo de madres jóvenes, con la mirada perdida en sus respectivos móviles, que mecían a sus bebés, distraídas, y les hacían soniditos si gritaban o lloraban.

Mari echó un vistazo a los bebés en sus cochecitos y luego miró a George, sentado al otro lado de la mesa. Comió unos bocaditos de un dónut que había pedido, distraída. George sacó un cigarro y se lo encendió. Ella suspiró y sacó una copia desgastada de *El guardián entre el centeno* y siguió leyendo, lo cual concluyó la conversación de golpe.

George sacó su bolígrafo y continuó garabateando en su cuaderno, mientras su cigarro colgaba de sus labios.

La vio en otoño,
en el parque más grande;
hojas de fuego.

Estaba ebrio;
ella, sobria y serena;
un día otoñal.

Bebió sin cesar,
toda la noche y más, [*¿Sílabas?*]
hasta que salió el sol.

Año tras año,
una hoja recogía
para su libro.

Páginas sin fin;
catálogo de color;
hojas de historia;

Él la saludó…
Ella se llevó un susto…
Su voz, trémula.

—¿Qué estás haciendo?
—Nada. Recojo hojas.
—¿No quieres esta?

—También me vale.
[*Nota: debo acabar esta estrofa*]

—¿Quieres un café?
—¿Qué? ¿Contigo? ¿Ahora?
—¿Por qué no? —dijo.

George hizo una pausa. Era muy difícil escribirlo todo en el formato de los *haiku*. La estricta estructura silábica 5-7-5 le hacía doler la cabeza. Se consideraba a sí mismo un purista. No le gustaba cuando los occidentales traducían los *haiku* y perdían la estructura silábica del poema. Había estado leyendo muchas traducciones de obras de Matsuo Basho, y le molestaba percatarse de que había una sílaba extra en un verso o de que faltaban una o dos. ¿Por qué no podían respetar la forma y ya? ¿Por qué llamarlo *haiku* si carecía de la estructura que lo caracterizaba? Ansiaba poder leer los poemas en su idioma original. Paso a paso, como en el *haiku* de Kobayashi Issa:

蝸牛　　　　　　　　　Al Fuji subes

そろそろ登れ　　　　despacio, pero subes,

富士の山　　　　　　caracolito.

George no tenía ni idea de que ese mismo *haiku* aparecía en la
novela *Franny y Zooey* del mismo autor que Mari estaba leyendo en
aquel momento. A ella le habría dado igual, aunque lo hubiera sabido.

Mari estaba leyendo *El guardián entre el centeno* por enésima vez en inglés. Era su novela favorita. Le encantaba todo sobre ella. La había
leído por primera vez en japonés, en el instituto. Recordaba aquella
emoción inicial de leer sobre otra alma como la suya, perdida en una
ciudad colosal, una persona ajena a Nueva York, un chico de su edad,
aislado y diferente. Se identificaba con él. De adolescente se había imaginado conocer a Holden. Él iba a ser mucho más alto que ella, rubio
y de ojos azules, y llevaría su famosa gorra roja. Ella lo iba a llevar a
Tokio e iba a cuidar de él. Iban a ser felices juntos. Dejarían de estar
perdidos, porque sus vidas habrían cobrado significado.

Le echó un vistazo a George mientras este escribía. Le gustaba verlo concentrado. Le encantaba su rostro rugoso, su cabello rubio y sus
ojos azules. La ceniza de su cigarro se le estaba acumulando, pero no la
sacudía. Quiso poder hacerle una foto en aquella posición. Su propio
Holden. Su *gaijin* perdido y desamparado. Claro que no era de Nueva
York, ni siquiera de Estados Unidos. Le había tomado cierto tiempo
acostumbrarse a su acento británico tan nasal, con sus sílabas reprimidas.
No se parecía en nada al acento del montón de estadounidenses con los
que había salido antes de conocer a George. Había conocido a muchos

de ellos gracias a su trabajo, pues se encargaba de las cuentas extranjeras en una casa comercial. Hablar con extranjeros no le costaba, solo que George era distinto. Al principio le había parecido que había una especie de barrera entre ellos, y había echado de menos lo sueltos y lo abiertos que eran los estadounidenses.

Aquel hombre británico era como un japonés. Justo lo que no quería en su pareja. También tenía un lado que no conocía demasiado bien. Sabía que había sido agente de policía en el Reino Unido, y pensar en ello la ponía un poco. Si todavía tuviera su uniforme y su porra... Sin embargo, con el aspecto que tenía, si se callaba durante unos segundos se podía imaginar que era estadounidense. Trató de hacer todo lo posible para no pensar en su exmujer y en su hija, quienes seguían en el Reino Unido. ¿Qué estaría escribiendo? Quizás una novela como la que estaba leyendo ella. Se permitió fantasear un poco sobre su vida como mujer de un autor extranjero. Ella también pensaba escribir sobre ello, pero en japonés. Quizá se fueran a vivir a Nueva York, aunque ella regresaría a Japón de vez en cuando para ir a programas de la tele y promocionar su última novela. Volvió a centrarse en su libro.

George tenía que dejar de escribir un rato; le dolía la muñeca. Miró a Mari, leyendo en silencio al otro lado de la mesa, con sus pómulos marcados flotando por encima del libro abierto. Llevaba su cabello negro corto, como el de un hombre. En ocasiones parecía de lo más feroz, aunque en aquel momento parecía más suave, más accesible. Ella había pagado por el café, como siempre, y tal vez luego pudiera pedirle algo de dinero. Quería hablar con ella cuando estaba así, cuando parecía más razonable. Tosió discretamente y deslizó el cuaderno hacia ella. No alzó la mirada de su novela de inmediato, por lo que movió una mano debajo de su nariz. Ella frunció el ceño.

—*Mari-chan, mi-te* —le dijo, y aquellas sílabas extranjeras salieron a trompicones de su boca en su intento por impresionarla, por acercarse a ella. Su lengua, cuando trataba de pronunciar su nombre en japonés, se quedaba a medio camino, ni a un lado ni a otro. Nunca encontraba el sonido correcto para la consonante. No era una «L» ni una «R». A ella le gustaba que la llamara con el acento marcado de un extranjero, con aquella «R» sonora mágica que contenía el sonido de lo exótico. Era un sonido que a ella le había costado reproducir, uno del que estaba un poco orgullosa por haber aprendido. Cuando se presentaba a angloparlantes, se esforzaba por pronunciar su propio nombre como lo harían ellos: «Hola, me llamo *Mari*. Sí, como en la palabra en inglés *marry*». De aquel modo acostumbraba a los oídos extranjeros a su lengua extranjera prestada.

Hizo caso omiso de su intento de japonés.

—Mari, mira —le dijo en inglés.

—¿Qué?

—Estoy escribiendo un poema sobre nosotros. Sobre cómo nos conocimos.

Mari dejó su libro a un lado y soltó un suspiro. George le pasó el cuaderno maltrecho, y ella puso los ojos en blanco al aceptarlo. Leyó el poema a toda prisa.

—Qué bien. —Le devolvió el cuaderno.

—¿No te gusta?

—Bueno…, es que parece un poco…

—¿Un poco qué?

—*Nanka… monotarinai.*

—Venga, Mari —dijo George con un suspiro—. No conozco esa palabra. ¿Cómo es en inglés?

—¿Insustancial?

—Ah… —George sacudió el cigarro sobre el cenicero. La montaña de ceniza cayó, y él le dio una calada tristona. Iba a terminarlo pronto.

—¿Por qué no lo escribes como una historia, en lugar de como poema? Y quizá puedas situarlo en algún lugar más interesante, como Nueva York. —Sonrió y acercó la mano a la suya un par de centímetros.

—Pero, es que… —cambió de posición en su asiento— quería que fuera un *haiku*.

—¿Ah, sí? Pero no es un haiku… —Ella ladeó la cabeza y volvió a mirar la página.

—Sí que lo es —dijo él, alzando la mirada.

—Te digo que no. —Lo miró a los ojos.

—Bueno, la combinación métrica es un *haiku*.

Mari no sabía lo que significaba la expresión *combinación métrica*, aunque no quería admitirlo. El hecho de que George hubiera empleado un término en su idioma que ella no conocía le molestaba un poco. Meneó la cabeza.

—Se supone que los *haiku* deben estar escritos en japonés.

—No lo creo —dijo él con una sonrisita.

—*Yappari gaijin wakaranai ne* —dijo ella a toda prisa, entre dientes.

—¿Cómo? —George no entendió su japonés veloz.

—Pero bueno, no tiene ningún *kigo*, George.

—*Kigo?*

—Sí. Ya sabes, como una palabra relacionada con las estaciones. Cada *haiku* debe tener una palabra que tenga algo que ver con una de las cuatro estaciones.

—Ya veo. —George dejó su bolígrafo.

—¿Y dónde está esa historia que la rubia se dejó en la cafetería? —Mari entornó los ojos.

Tanto Mari como George sabían que él se la había dejado en el taxi que habían abordado menos de una hora después de que la *gaijin* se la hubiera olvidado en la cafetería. Pero Mari no pensaba dejar que a él se le olvidara.

—Ni idea.

—Quería leerla. *Eso* parecía interesante. —Mari hizo un mohín.

George se mordió el labio y no mencionó cómo la palabra *eso*, con la entonación que le había dado, le había molestado. Tal vez no había querido decir *eso*.

Se terminaron el café y pusieron rumbo al Café Neko.

La exposición de fotos de George en el Café Neko había llegado a su fin, y aquel día iban a volver allí para ver cuántas se habían vendido y cuántas tenían que llevarse de vuelta a casa. El propietario de la cafetería, Yasu, era amigo de Mari, por lo que les había hecho un descuento y solo les había pedido 30.000 yenes para exponer sus fotos. Mari había pagado por él, y él había pasado horas revisando su colección para tratar de decidir qué fotos exponer. Al final, con un poco de ayuda por parte de Mari, había decidido mostrar una serie de fotos que había tomado en la calle y que se centraban en el mismo gato tricolor que había encontrado cada vez que deambulaba por el vecindario cámara en mano.

La serie era bastante astuta: se habían tomado a lo largo de los últimos años y mostraban la transición del paisaje urbano durante las distintas estaciones. Mari le había explicado que aquello era un tema común en el arte y la literatura japonesa, al igual que en los *haiku*. El paso de las estaciones iba a gustarles a los clientes japoneses que vieran las fotos de George, y el gato era un buen sujeto al que fotografiar. Desde luego iba a gustarles a los clientes del Café Neko; todos ellos estaban locos por los gatos. Mari estaba segura de que iban a tener un gran éxito.

—Ooooh, mira qué carita más *kawaii* que tiene el gatito… —había dicho una noche en una voz muy aguda, señalando una foto del gato jugando en la nieve que había en la pantalla de George mientras él la editaba.

—¿Cómo sabes que es gato y no gata? —le había preguntado George.

—Ay, gato, gata, ¿qué más da? —le había espetado ella.

George no lo sabía, pero Mari y Yasu, el propietario del café, se habían acostado una vez. Había sido un error de un día de borrachera, uno de los muchos que Mari había cometido. No había significado nada, y Yasu era un buen hombre, un hombre de mundo que veía el sexo solo como sexo, por lo que no le molestaba verla con George. Sin embargo, sabía que George no iba a estar tan tranquilo con la situación si se lo explicaba, por lo que no le había dicho nada. Los *gaijin* siempre se ponían celosos.

Llegaron al Café Neko, y, nada más pasar por la puerta, vieron a todos los clientes acariciando y mimando a los distintos gatos que deambulaban por la cafetería. Yasu fue a saludarlos y les ofreció algo de beber. Aunque habló en un inglés chapurreado con George mientras le estrechaba la mano, a Mari le respondió con rapidez en japonés cuando ella le preguntó cuántas fotos se habían vendido.

—Ah… —Yasu parecía incómodo—. Mari-chan, de eso mismo quería hablarte.

—¿Sí? —Mari le sonrió a George mientras ella y Yasu hablaban deprisa en japonés. George captó la indirecta y los dejó charlando para irse a mimar a un gato anaranjado regordete que había en un rincón.

—Bueno, Mari-chan, la cosa es que… Si te soy sincero, solo hemos conseguido vender una…

—¿Una? —Su voz ocultó la sorpresa que sintió.

—Sí… Y, de hecho, fui yo quien la compró.

—Ya veo… —Se mordió el labio—. Una.

—Sí… No estaba seguro de qué querrías decirle a George. Tengo las fotos que han sobrado guardadas en la trastienda. ¿Qué quieres que haga con ellas?

Mari se lo pensó un poco antes de llevar una mano a su bolso Louis Vuitton.

—Yasu-san, siento molestarte con esto, pero ¿te importaría que-dártelas por el momento? Vendré a buscarlas otro día, si no te molesta. —Le entregó cinco billetes de 10.000 yenes a toda prisa.

—Claro, Mari-chan. Ningún problema.

—Muchísimas gracias. Volveré pronto a por ellas.

Dejaron la cafetería juntos, y, mientras se dirigían a la estación de tren, George le preguntó:

—Bueno, ¿cómo ha ido?

—¿Eh? —Mari estaba mirando el suelo.

—¿Cuántas hemos vendido?

—¡Ah! —Alzó la mirada—. Las has vendido todas.

—¿Todas? —George esbozó una sonrisa de oreja a oreja.

—Sí, muy bien hecho, cariño. Yasu-san me ha dado algo de dinero para ti. Has ganado 60.000 yenes.

—¡Qué bien!

—Felicidades, cariño. Estoy muy orgullosa de ti.

—¡Tenemos que celebrarlo! Vamos a emborracharnos. —George dio un saltito y se marcó un bailecito.

—Buena idea. —Mari sonrió al verlo tan contento.

Solían viajar juntos por Japón. Tokio les parecía un lugar opresivo a los dos, por lo que se lo pasaban bien huyendo de la ciudad por un tiempo a alguna que otra población o a visitar alguna zona rural. Los viajes los pagaba Mari, con su sueldo de la casa comercial, ya que George no se podía permitir los sitios a los que ella quería ir con su mísero sueldo de profesor de inglés. Después del incidente en el que se había gastado el sueldo de un mes entero en dos semanas de alcohol, George le entregaba a Mari el sobre con su paga sin abrir, un mes tras otro, y ella le daba una moneda de 500 yenes cada día para que se comprara la comida. No obstante, a George no le importaba; de hecho, aunque no fuera a decírselo nunca, disfrutaba en secreto de que ella se encargara de todo el tema económico. Durante una noche de juerga con sus alumnos de la escuela de conversación, uno de ellos —un oficinista de mediana edad— le había contado que en la antigüedad los samuráis nunca llevaban dinero y que sus esposas se encargaban de todo. En ocasiones, George fantaseaba con la idea de que era un samurái, mientras que Mari era su geisha de la época Edo.

La propia Mari tenía unas aficiones bastante caras, y le encantaba ir a *onsen*, las fuentes termales, y hospedarse en *ryokan* de lujo. No le importaba pagar, dado que todo aquello era algo que se podía permitir. Además, las miradas cargadas de celos que le dedicaban las otras mujeres al ver el bolso de marca que tenía en una mano y el *gaijin* que llevaba en la otra merecían la pena.

—¿Qué es un *ryokan*? —le había preguntado George la primera vez que habían planeado un viaje juntos.

—*Ryokan* es una posada japonesa tradicional —había contestado ella.

—Lo has dicho mal, Mari —la había corregido George—. Sería «son posadas japonesas tradicionales» o bien «un *ryokan* es una posada japonesa tradicional». Uno o el otro, pero no mezclados.

Ella lo había mirado, sorprendida, como un minuto entero. Y entonces, con una voz un tanto temblorosa, le había dicho:

—Bueno… Creo que, ya que soy yo quien lo va a pagar, puedo decirlo como me dé la gana.

—¡Vale! —George había extendido las manos en un gesto tranquilizador—. Perdona.

—No soy tu alumna, joder. No me trates así.

Él le había hecho cosquillas en la axila.

—Pero te gustaría serlo, ¿a que sí?

—¡Para! —había dicho ella, entre risitas.

—Te gustaría llamarme *sensei*, ¿eh?

—¡No digas tonterías! —Le había pegado de broma en un brazo.

Se habían dado un beso y un abrazo y habían continuado planeando el viaje en el portátil de George.

A Mari le gustaba cotillear el historial de búsqueda de George cuando se hacía con su portátil y él no estaba cerca. George veía mucho porno. Y de una gran variedad. Sin embargo, aquello no la ponía celosa, sino que le fascinaba. ¿Cuáles eran sus gustos? Sus términos de búsqueda eran cosas como «corrida, asiática», «chica rica follada», «corrida interna», «chicas con uniforme de colegiala», «cornudos». De vez en cuando aparecían términos menos comunes, como «travesti» o «sexo bisexual». Aunque a algunas personas les habría dado asco todo aquello, a Mari no. A ella le excitaba. Le gustaba ver los mismos vídeos que había visto él y pensar en él masturbándose.

La cuestión era que no fantaseaba con él. Le ponía imaginarse estar en el vídeo que George había estado viendo. Pensaba en lo bueno que sería que él clicara en un vídeo y de repente se encontrara a Mari en la escena. Ella miraría directamente a la cámara. ¿Qué cara pondría él entonces? Se pondría blanco como la tiza. Bueno, más blanco de lo que ya era. Y eso que ya era bastante blanco.

Después de ello le invadía una sensación de melancolía y volvía a dejar el portátil en el lugar exacto en el que lo había encontrado.

Y luego se iba a lavar las manos.

En uno de sus viajes, se fueron a la isla de Kyushu, al sur del país, y fue todo un éxito. Ambos habían estado de buen humor y, por una vez en la vida, no habían discutido demasiado.

Habían pasado por Fukuoka de camino a Kagoshima, y luego a Oita, en una especie de gira de aguas termales. George había tomado unas fotos increíbles de Mari junto al lago, en la ciudad *onsen* de Yufuin, y, después de eso, ella las había usado como foto de perfil de Facebook durante bastante tiempo. El lago se llamaba Kinrinko: oro / escama de pez / lago. Alquilaron un baño privado en Yufuin, y el día había sido perfecto. Hasta habían sacado una buena anécdota de todo ello.

George había estado ocupado haciendo fotos alrededor del lago cuando, de repente, había oído a Mari gritar algo en inglés, llena de asco.

—¿Qué coño estás haciendo?

George se dio la vuelta para ver lo que estaba pasando y vio a un japonés con una peluca a lo afro de color rosa chicle desnudo en la entrada de otro *onsen* privado. Salía de la puerta en su dirección. Tenía una erección, y agitó su pene hacia ellos mientras les sonreía con timidez. En la mano llevaba el móvil, y lo estaba usando para hacerles fotos a los dos, seguramente para captar sus reacciones ante su aparición tan pervertida.

—No le hagas caso, Mari —dijo George, mientras volvía a hacer fotos al lago, distraído—. Solo quiere llamar la atención un rato.

—¡Es un puto cerdo! —gritó Mari, y George soltó un resoplido por la nariz, entretenido. Se le daban muy bien los tacos en su idioma, y también se percató de la alegría, casi ansias, de su tono de voz.

Un gran grupo de turistas se había acercado al lugar, por lo que el hombre retrocedió hacia su *onsen*, con su erección, su teléfono y su peluca a lo afro rosa.

—¡Estaba loco! —En el tren, se habían vuelto a reír de la situación.

—¿Sabes de qué me arrepiento? —preguntó George.

—¿Querías chupársela? —se rio Mari.

George se puso un poco rojo, pero siguió animado.

—No. Tendría que haberle hecho una foto.

—¿Por qué? ¡Eres tan *hentai* como él!

—¡No! ¡Para enseñársela a los demás! —dijo George, entre risas—. Nadie nos creerá cuando se lo contemos. Tendría que haberle hecho una foto para tener pruebas.

—¡Le habría encantado! —Mari le dio un apretón a George en el brazo y soltó una risita.

Durante aquel mismo viaje, mientras estaban en Fukuoka, habían visitado un templo budista llamado Tochoji. George le había pedido con muchas ganas a Mari que le dijera cómo se escribían los caracteres chinos del nombre del templo para anotarlos en su cuaderno.

—*To* es el que significa *este*, como el *To* de Tokio —explicó ella.

George sacó la lengua mientras intentaba recordar cómo se escribía aquel carácter tan simple.

—No, así no. —Mari estiró una mano hacia su cuaderno y su boli, cargada de impaciencia.

—¡Deja que lo intente yo! —se quejó él, y luego tachó y volvió a trazar el carácter como un niño pequeño.

—Vale, vale. *Cho* es el que significa *largo*… Sí, exacto. ¡Bien hecho, cariño!

—¿Así está bien? —Le mostró los caracteres que había escrito.

Decía 東長寺 con unos garabatos peores que los deberes de un niño de primaria.

—¡Sí, bien hecho! Hasta has acertado con el carácter de *templo*.

—Gracias —le dijo él con una sonrisa.

Habían visitado el templo y subido a la planta de arriba para ver la gran estatua de Buda. Mari había reñido a George y había señalado un cartel que prohibía hacer fotos cuando él había intentado sacarle una foto a la enorme figura *daibutsu* que se cernía sobre ellos.

—Impresionante —dijo él.

—Muy bonito —comentó ella.

Se habían metido en un pasillo angosto que llevaba más allá de la estatua, hacia una zona llamada *jigoku* (el infierno) y *gokuraku* (el paraíso). La sección del infierno tenía unos cuadros graciosos que mostraban a demonios torturando a varias personas.

George había señalado a un pecador con cara de sufrimiento que se aferraba a una barra por encima de unas llamas que surgían de un lago de fuego.

—Ese soy yo —había dicho.

Mari había estallado en carcajadas ante el comentario, y aquello lo había hecho sentirse muy bien.

Llegaron a otro cuadro en la galería del infierno que mostraba a personas que eran transportadas en una barca sobre un río.

—¿Eso qué es?

—Ah, es algo de la mitología budista —explicó ella—. Es el río que se debe cruzar para ir al más allá.

—¿Y quién es ese? —preguntó George, señalando a la figura de aspecto amable que iba en el barco.

—Ese es Jizo —dijo Mari—. Cuida de todo el mundo y se asegura de que crucen sanos y salvos, hasta los bebés sin nacer. Como cuando una chica aborta, ya sabes.

—¿Fetos?

—Eso. Hay templos por todo Japón en los que, si una chica aborta, puede ir ahí y poner una pequeña estatua Jizo para que proteja al bebé que no nació. —Miró de cerca a George mientras se lo explicaba.

George asintió para sí mismo y continuó.

Más allá de la sección del infierno había un pasadizo muy oscuro que conducía a la zona del paraíso. Mari tradujo el cartel de la pared para George.

—Dice que tenemos que sujetarnos a la barandilla con la mano izquierda, porque el pasillo está completamente a oscuras.

—Ya. —George no estaba prestando mucha atención.

—Y también dice que debemos tocar la pared con la mano derecha. En algún lugar del pasadizo, deberíamos poder notar un trozo de tela de la ropa del Buda, y, si lo hacemos, se dice que te conducirá hacia el cielo.

—Interesante. —George estaba pensando en el ramen que iban a comer más tarde.

—Vale. Vamos.

George no se podía creer lo oscuro que estaba el pasillo. No veía nada, así que se aferró a la barandilla, preocupado por que, si se soltaba, fuera a caerse en aquella oscuridad.

Oía la voz de Mari por delante de él, que lo llamaba.

—¡Date prisa, George!

Arrastró los pies con cuidado y se centró en no tropezarse. Oyó que Mari gritaba algo, animada, pero estaba demasiado lejos, y no entendió lo que le decía. Seguía demasiado concentrado en salir del pasillo con vida.

Dobló una esquina y vio la luz. Se quedó aliviado.

Mari lo estaba esperando.

—¿La has encontrado? —le preguntó ella.

—Eh… —No estaba seguro de a qué se refería.

—La anilla del manto del Buda. ¿La has notado en la oscuridad, a tu derecha? Estaba en la pared.

A George se le había olvidado ir tanteando con la mano derecha, pues había estado demasiado concentrado en aferrarse a la barandilla con la izquierda.

—Bueno…

—¿No la has notado? Era una anilla grande y redonda que colgaba de la pared. —Señaló hacia una imagen del Buda en la pared, sentado en el paraíso. Una anilla conectaba el manto que le cubría el cuerpo—. ¿No la has encontrado con la mano? ¿Quieres ir al principio y volverlo a intentar? —Parecía preocupada.

George no tenía ni pizca de ganas. El pasillo oscuro lo había asustado, pues había algo sobrenatural en él. Le daba aquella misma sensación cada vez que visitaba un lugar espiritual. Incluso si no creía en la religión, había un miedo que vivía en algún rincón recóndito de su mente: *¿Y si es verdad? ¿Y si estoy enfadando a un dios? ¿Y si acabo en el infierno?* Se apresuró a inventarse una mentira.

—¡Ah! Eso es lo que era, entonces. Me he preguntado qué era esa anilla a la derecha. —Soltó una pequeña carcajada—. Sí, la he tocado.

—¿De verdad? —Mari ladeó la cabeza.

—Sí —contestó.

—Bien. —Sonrió—. Ahora sabemos que los dos vamos a ir al cielo.

George notó un peso en el estómago.

—Anoche tuve un sueño rarísimo —dijo George.

—Arg. —Mari puso cara de asco y se dio media vuelta en la cama para mirar en dirección opuesta.

—¿Qué pasa?

—Es que… No, bueno, es que no me gusta nada escuchar los sueños de los demás. —Volvió a mirarlo y se apoyó sobre un codo.

—¿Por qué no?

—Pues… Es que siempre son aburridísimos.

—Pero este fue muy real.

—Seguro que sí. Realmente aburrido.

—Escúchame y verás, ¿sí?

—Bueno, vale.

—Vale. No sé por qué, pero nos habíamos criogenizado. Ya sabes, como hacen en las pelis de ciencia ficción. Cuando las personas quieren viajar a un planeta muy lejano, tienen que recorrer varios años luz para llegar, por lo que se meten en unos tanques y se congelan, así su cuerpo no envejece. Como los ricos que quieren vivir para siempre y piden que se los congele.

»Pero bueno, los dos estábamos congelados, aunque, por alguna razón, nos cortaron por la mitad, justo por el centro. Así que teníamos un brazo, una pierna, un ojo, media nariz, todo así. Estábamos tumbados en la cama, como dos mitades. Y la máquina se había roto, por lo que nos estábamos descongelando, y sabíamos que íbamos a morir. Podíamos ver el interior del otro, y todo se estaba derritiendo poco a poco, se nos salían los órganos y nos estábamos poniendo blanditos, como un helado. Tampoco podíamos hablar bien, porque seguíamos medio congelados, pero los dos sabíamos lo que teníamos que hacer.

»Nos arrastramos para juntar las partes de nuestros cuerpos que se habían cortado. Nos convertimos en un solo cuerpo monstruoso, hecho de dos mitades, un hombre y una mujer. Y nos quedamos tumbados así hasta que morimos.

—Mmmm —dijo Mari.

—¿Qué?

—No sé. Es una de las estupideces más grandes que he oído nunca.

Mari odiaba su hipocresía, el hecho de que nunca fuera sincero sobre su sexualidad. El hecho de que quisiera tanto y no pidiera nada, sino que se limitara a pretender que era alguien respetable. Pretendía que nunca se veía sobrepasado por aquel salvajismo animal, por aquellos deseos primordiales que habían hecho que la especie humana perdurara a lo largo de milenios. Mentía sobre lo que quería de verdad. Ocultaba lo que sentía en su interior.

Ella era un enigma para él. Se dejaba llevar cuando lo hacían, y parecía que él nunca iba a poder satisfacerla. Había un abismo, un pozo sin fondo dentro de ella que nunca iba a poder llenar. George quería hacer el amor con ella poco a poco, mirarla a los ojos y notar aquello que los unía. Pero ella lo hacía entrar más. Le mordía la cara y las orejas con fuerza.

Era cierto: a George le gustaba ver actos sexuales extremos. Verlos desde lejos, desde la seguridad que le proporcionaba el estar al otro lado de la pantalla de su portátil. Sí, sus gustos iban más allá de lo común, pero no eran más que fantasías, no algo que quisiera hacer en la vida real. Muchas de las cosas en las que pensaba eran una locura, aunque sabía que lo que sucedía en sus pensamientos y lo que ocurría en la vida real eran conceptos distintos. Sabía que había una gran diferencia entre la realidad y la imaginación.

Aun así, sí que había algo que llevaba mucho tiempo rondándole por la cabeza. Tenía muchas ganas de ver a Mari con otro hombre. Quería poder salir de su propio cuerpo y ser testigo de la escena, inspeccionar el acto sexual desde todas las direcciones. Siempre quería hacerlo con la luz encendida, pero ella no lo dejaba. Aunque le encantaba ver su cuerpo, tal vez ella fuera tímida. Mari siempre quería hacerlo a oscuras, lo cual, después de Fukuoka, a George le recordaba a aquel túnel oscuro, mientras tanteaban uno en busca del otro y no se encontraban.

En ocasiones pensaba en cosas asquerosas.

Pero no era como si quisiera pensar en ello.

A veces era la naturaleza del idioma inglés lo que conjuraba aquellas ideas asquerosas en sus pensamientos, pues nunca se sentía así respecto al japonés, por mucho que no lo entendiera. El sonido fluido y monótono del idioma hacía que fuera mucho más bonito y espiritual. El inglés, con sus énfasis y entonaciones desiguales, le parecía algo sucio y repugnante en sus oídos. Odiaba tener que hacer de profesor de inglés en una escuela de conversación para adultos solo para poder permitirse su pasión como fotógrafo. Se sentía como una ramera cada vez que enseñaba inglés. Su empresa lo alentaba a flirtear con las alumnas que parecieran interesadas en él, de modo que pudiera tentarlas para que pidieran sesiones privadas, las cuales eran más caras. Le dijeron que no mencionara que tenía novia. También tenía que pretender que los alumnos eran sus mejores amigos para que siguieran yendo a por más. Lo sometían a unas revisiones de su progreso constantes para ver si estaba vendiendo suficientes libros de texto de la empresa a sus alumnos, y tenía límites que debía alcanzar.

Muchos de sus alumnos lo confundían; ninguno hablaba inglés tan bien como Mari, y la gran mayoría de ellos no parecían tener nada que decirle.

—¿Qué han hecho este fin de semana? —les preguntaba.

—Nada —respondían ellos.

¿Cómo iba a hacer que sus clases funcionaran?

Alguien le había dicho que los médicos japoneses recomendaban a sus pacientes que sufrían de depresión que fueran a estudiar inglés, pues, de aquel modo, conocerían a nuevos amigos y casi podrían usar a sus profesores como terapeutas. No lo entendía.

¿Por qué querrían aprender inglés cuando ya tenían un idioma mejor?

Mari había engañado a George unas cuantas veces. Lo hacía con bastante regularidad, la verdad. No era porque no lo quisiera, pues sí que lo hacía, pero no la satisfacía nada en materia sexual. Tenía cuatro o cinco follamigos. Le enviaba un mensaje a alguno cuando surgía la oportunidad, y se iban a un hotel del amor y bebían cerveza, comían comida basura y follaban. En general, solía acostarse con otros japoneses, pues le parecían más capaces de mantener aquel tipo de relación sexual. En otros tiempos había intentado tener follamigos *gaijin*, aunque siempre se acababan obsesionando con ella, lo cual casi había puesto en peligro su relación con George. No quería acabar con alguna especie de acosador psicótico que se enamorara de ella e interfiriera o destruyera lo que tenía con él.

Aquello era lo último que quería.

Quería casarse con George. Sin contar la falta de atracción física, era su marido perfecto. No era el mejor en la cama, y nunca le permitía hacerlo con la luz encendida porque le gustaba fantasear sobre otros hombres en la oscuridad, pero estaba segura de que, si se casaban y tenían un hijo, la situación se calmaría. Mari dedicaría su energía a criar al niño, y los dos formarían un gran equipo. El bebé sería de lo más *kawaii*, y ella le pondría unos conjuntos *kawaii*.

Sus amigas estarían muy celosas de ella, en especial aquellas que se habían casado con japoneses y habían tenido hijos japoneses.

Los bebés japoneses eran *kawaii*, claro, pero no tenían ni punto de comparación con un bebé medio japonés. Muchas de sus amigas ya estaban celosas de ella por haber tenido tanto éxito en el ámbito laboral: primera de su clase en la Universidad de Tokio en Economía, hablaba inglés casi como una nativa y trabajaba para la empresa comercial más grande de Japón, donde se encargaba de las cuentas extranjeras. Había logrado más de lo que cualquier mujer japonesa podía soñar y nunca tenía que preocuparse por el dinero. Había conseguido alcanzar la seguridad financiera por sí sola. Sin embargo, cuando perdía el tiempo en Facebook en su ordenador del trabajo y veía a sus amigas del instituto ya mayores quedando para comer con sus bebés, unos celos que no podía controlar se apoderaban de ella. Salía de la oficina para ir a fumar y a beber un café y se decía a sí misma que todo iba a salir bien.

La única de sus amigas que todavía no se había casado era Sachiko.

Meneaba la cabeza cada vez que pensaba en Sachiko.

Mari había estado rechazando sus llamadas últimamente. No era que le cayera mal, pero no soportaba sus quejas. Quedaban para ir a tomar café, y Sachiko se quejaba de tener que vivir con su madre, y Mari tenía que quedarse allí sentada y escucharlo todo. A una parte de Mari le daba lástima su amiga, pues lo había pasado muy mal con la muerte de su padre, y claro, también estaba aquel novio japonés tan estúpido que tenía, *Ryu-kun*, como lo llamaba ella. Sachiko estaba enamoradísima de él. A Mari le parecía increíble que Sachiko no se diera cuenta de que él la estaba engañando. ¿Tan ingenua era?

George también engañaba a Mari de vez en cuando, y siempre se sentía culpable después. Solía pasar cuando estaba borracho o la mañana siguiente de haber salido de juerga. En ocasiones iba a un burdel, donde se podía dar un baño con la chica y luego quedarse tumbado mientras esta deslizaba su cuerpo embadurnado en lubricante por encima de él antes de masturbarlo. A pesar de que siempre notaba aquella sensación de culpabilidad, aquello no le impedía ir allí cada vez que estaba excitado y de resaca. Normalmente a los extranjeros no los dejaban entrar en aquel tipo de burdeles, solo que a él sí, porque era respetuoso. Por mucho que no se le diera muy bien el japonés, los demás confiaban en él. Solía ver a una chica llamada Fumiko con cierta regularidad. Tenía un peluche del monstruo del Lago Ness en su teléfono, y George solía preguntar por ella cada vez que iba. Las últimas veces también lo había hecho, pero ella ya no había estado allí.

También se había acostado con varias de sus alumnas de la escuela de conversación.

A menudo iba a clase después de haber estado bebiendo, apestando a *shochu* y sin haber dormido. Pasaba aquella mierda de clases de inglés que tenía que dar para pagar el alquiler sin prestar mucha atención. Sus alumnos le dedicaban unas miradas cargadas de sospecha, a aquel orangután enorme con un traje, sin afeitar, que apestaba a alcohol y tenía una expresión salvaje. Un bárbaro del sur.

George se había acostumbrado a cambiar de parecer entre si le importaba o no lo que los japoneses pensaran de él. Siempre iba a destacar entre todos los demás hiciera lo que hiciere, y los demás iban a quererlo o a odiarlo solo por el hecho de que no era japonés. Había llegado a la conclusión de que daba igual lo que hiciera.

A veces, cuando se esforzaba por ser un *buen* miembro de la comunidad, se sentía bien al ser educado, respetuoso y amable. Cuando los demás le sonreían, al buen extranjero. Cuando no bebía y descansaba en casa con Mari. Sin embargo, entonces una sensación de complacencia o felicidad se apoderaba de él, animada por Mari, quien le daba dinero y le decía que merecía una noche de descanso. Aquello lo hacía pasar toda la noche de juerga con otros amigos extranjeros en Roppongi o en Shibuya: los que llevaban toda la vida allí, con sus divorcios e hijos medio japoneses, los que no hacían nada más que quejarse sobre vivir en Japón. Pese a que todos lo odiaban, ninguno se iba. George asentía, escuchaba sus quejas, se involucraba demasiado en la juerga llena de alcohol, en las chicas que tenía abrazadas por los hombros, bebían demasiado *shochu* y pasaban la noche fuera. Y, durante los días siguientes, su comportamiento se deterioraba.

Una vez había tocado a una de sus alumnas durante su clase. Ya lo habían hecho fuera de clase alguna vez, y se había sentido mal por haber engañado a Mari, pero sabía que se podía salir con la suya.

Era una estudiante de clases privadas y estaba casada. Una vez, cuando todavía estaba borracho de la noche anterior, se había inclinado por encima de la mesa y le había dado un beso en plena lección.

—¿Qué haces? —Ella había pretendido sorprenderse.

—Besarte —había contestado él.

Entonces la había convencido hasta que lo había dejado tocarla por encima de las bragas, tras lo cual las había hecho a un lado para notar lo mojada que estaba. Le había metido un dedo con suavidad hasta que estuvo bastante seguro de que había tenido un orgasmo, y luego se habían besado. La mujer se había ido de la clase ruborizada.

Y nunca había vuelto a por más lecciones.

Mari y George decidieron visitar Kioto en otoño para ver las hojas teñidas de rojo. Se sentaron en el tren juntos, tomados del brazo. Comieron caquis y bebieron té verde frío. George leía un libro de poemas *haiku* en inglés, y de vez en cuando anotaba algo en su cuaderno. Escuchaba a Edith Piaf en su iPod, una versión temblorosa de «Autumn Leaves», una y otra vez. Mari sacó su diario de hojas, como hacía siempre, con la esperanza de encontrar alguna aquel año que añadir a su colección. Había mantenido aquel diario de hojas desde que era pequeña, y era su tesoro.

George sacó su cámara. Había oído que las hojas otoñales de Kioto eran una maravilla, y se moría de ganas de hacerles fotos. Se imaginaba los templos llenos de musgo y los jardines de piedras zen, con aquellas hojas de otoño que añadían el atisbo de color que cada escena propia de una postal necesitaba. Se animó solo de pensarlo.

Cuando George fue al baño, Mari aprovechó para hojear su cuaderno. No sabía qué pensar de lo que vio: entradas breves, divididas por líneas que recorrían toda la página. Muchas de ellas le resultaban incoherentes; leía el texto por encima, pero no lograba sacar nada en claro de la mayoría. Leyó una sección:

Un bulto sólido dentro de los dos cuerpos. Pulsaba violencia y esplendor. Una sensación de pérdida. Paredes de piedra firmes. Una tribulación parsimoniosa, una cháchara intelectual. Repetición sin fin de las mismas frases. Los mismos pensamientos

vacíos y deseos inalcanzables. La nada a partir de la forma, la
forma a partir de la nada. Caos y orden. Eran lo mismo. Ella
parecía una odalisca que fumaba un puro baboso de dolor
atronador. Años perdidos. Él era un libertino con un semblante
cetrino. Un abismo compartido, una oscuridad mutua; volvemos a
descansar. La progenie de la sordidez.

Se mordió el labio. Le pareció un truño. ¿Acaso «él» era George?
¿Y Mari era «ella»? ¿Qué significaban todas aquellas palabras? Iba a tener que buscarlas en el diccionario. No parecían significar nada.

Hizo un mohín y continuó hojeando el cuaderno.

El inglés tiene unas expresiones horribles. La expresión «órgano
sexual» me hace pensar en cosas repulsivas. Me hace pensar en
alguien a quien le excite un pulmón o algo así. Menudo órgano
sexual.

A Mari le dieron ganas de vomitar al leerlo, pero no pudo dejar de
hacerlo, y mucho menos cuando vio una parte que incluía su nombre:

Tuve otro sueño extraño anoche. Soñé con sexo anal con Mari. Y,
cuando se la metí, estalló como un globo. Su piel se hizo de goma,
y partes de ella salieron disparadas por toda la habitación, como
un globo que explota en una fiesta infantil. Entonces empecé a
montarla otra vez. En el sueño, me parecía que, si sujetaba todas
sus partes en la palma de la mano, ella podría volver a cobrar
vida. Me he despertado con una profunda sensación de tristeza
que no desaparece.

Mari miró por la ventana al paisaje y recordó cuando lo habían
hecho de verdad. Había sido horrible. Lo había hecho solo por

complacerlo y lo había odiado. Después, cuando había salido de ella, había notado que algo salía también y había tratado de darse la vuelta para ver qué había pasado.

—¿Ha sido sangre? —había preguntado ella.

—No es nada. —George la había vuelto a tumbar para que no pudiera mirar atrás.

Lo había oído agarrar un pañuelo de la mesita de noche.

—George, ¿qué pasa? —había musitado hacia la almohada.

Él no le había hecho caso, sino que había salido de la habitación. Y, un minuto más tarde, oyó el sonido de la cadena del retrete. ¿Por qué no quería hablar con ella? Luego había vuelto a la cama y había intentado abrazarla, pero ella se había dado la vuelta y había pretendido quedarse dormida.

Observó los edificios que pasaban a toda velocidad al otro lado de la ventana del tren bala, cerró el cuaderno y lo volvió a poner en el asiento antes de que George volviera.

Tenía toda la intención de seguir leyendo más tarde.

George odiaba a las mujeres occidentales. Eran demasiado escandalosas. Demasiado tercas. Demasiado quisquillosas. Demasiado gordas. Demasiado hirientes. Muy proclives a irse con otro hombre y quitarle a su hija. George había sido agente de policía durante su vida anterior en el Reino Unido, donde había tenido una familia feliz antes de que se la hubieran arrebatado. Por ello había ido a Japón, para encontrar algo nuevo. Se había bañado en la calidez de la atención de las mujeres japonesas y había pasado por todos los bares y discotecas de Roppongi antes de cumplir los cuarenta. Allí sí que había encontrado la felicidad. Y, más adelante, herpes. Conocer a Mari lo había calmado un poco, y se estaba volviendo a asentar en una vida más monógama. Aun así, todavía pensaba mucho en su hija. La echaba muchísimo de menos, y las conversaciones a través de Skype nunca parecían ser suficientes.

Mari odiaba a los hombres japoneses. Eran demasiado educados. Demasiado tranquilos. Demasiado estrictos. Demasiado serios. Demasiado quisquillosos con la apariencia física. Demasiado arrogantes. Muy proclives a salir con ella cuando tenía veinte años y luego casarse con otra. Mari había dejado de salir con japoneses después de lo de él. Al principio había pasado por una etapa en la que solo salía con negros, y pasaba mucho tiempo en discotecas de hip hop. Le encantaba hacerlo con ellos. Sin embargo, sabía que lo que siempre había querido era sentar la cabeza con un *gaijin* blanco. Quería tener un hijo con George pronto. Aquel era su futuro.

Y, mientras estaba tumbada en la habitación del hotel de Kioto y hojeaba el cuaderno de George al tiempo que él se daba un baño, abrió mucho los ojos al leer una sección en particular.

Mari no deja de hablar de tener un hijo. Sé que es lo que quiere, y quizá sea lo que quiero yo también. Solo que no estoy seguro. No estoy seguro de ser capaz de pasar por lo mismo otra vez. Ya tengo una bebé, y está muy lejos de mí. Echo tanto de menos a mi hija que parece que me voy a morir de añoranza. ¿Qué estoy haciendo con mi vida?

Cerró el cuaderno y volvió a colocarlo donde estaba.

George salió del baño silbando, con una toalla blanca atada a la cintura. Su panza cada vez sobresalía más, y en aquel momento colgaba por encima de la toalla. Iba a tener que hacer que dejara de beber tanta cerveza y comer tanto ramen.

—¿Estás bien, cariño? —le preguntó él.

—¿Mmmm? —Se quedó mirando por la ventana.

—Te preguntaba si estabas bien.

—Vamos a beber algo. —Lo miró a los ojos—. Quiero emborracharme.

Aquella misma noche se llevaron al estadounidense al hotel de Kioto, pero a George no se le puso dura. Lo conocieron en un «bar de encuentros» que Mari había visto en su teléfono mientras estaban en el segundo bar al que habían ido. Ambos habían bebido bastante ya, por lo que no había necesitado mucho esfuerzo para convencer a George de que deberían intentar hacer un trío con otro hombre. En el fondo, Mari quería ver cómo George se la chupaba a otro. Sin embargo, al final George se había limitado a mirar desde una silla en la habitación del hotel. No se había sumado. Solo observaba.

—Estrangúlame —le había susurrado al desconocido.

—Vale —había gruñido él.

—Estrangúlame todo lo fuerte que puedas —había gemido ella.

—Puta cerda. —El hombre había llevado una mano a su garganta.

George lo había visto todo desde la silla, un culo que arremetía contra su querida Mari, los gemidos suaves de ella que se tornaban un lento *crescendo* de gritos de gozo.

Después de que el hombre se hubiera corrido en la cara de Mari, ella se había vuelto a poner la ropa y había salido de la habitación a paso rápido, sin mirar a George, quien estaba sentado en la silla y leía su libro de poemas.

Luna de otoño;
un gusano se mete
en la castaña.

La luz se apaga;
frías estrellas entran
por la ventana.

Se tumbaron en la cama, pero no se abrazaron ni se besaron. George pasó una noche extraña y solo durmió a ratos. Mari durmió bien, como no lo había hecho desde hacía mucho tiempo.

El trío había sido un desastre. Ambos lo sabían para entonces.

Al día siguiente fueron a ver el paisaje, tal como habían planeado, y tuvieron su primera discusión en Kinkakuji, el Templo del Pabellón Dorado. George había estado tomando fotos sin parar, y Mari se había impacientado cada vez que le mostraba la parte trasera de la cámara y le pedía su opinión sobre las fotos una a una.

Cuando Mari miraba las fotos de George, siempre la invadían unas emociones mezcladas. No era que fueran malas, pues, técnicamente, no tenían nada de malo. De hecho, en términos de exposición y composición, estaban bastante bien. Aun así, no tenían nada de especial. Ninguna emoción. Nada en lo que alguien quisiera gastarse el dinero, nada que las hiciera destacar entre la montaña de imágenes digitales que había en internet.

Perdió tanto la paciencia como los papeles cuando George le mostró una foto de un gato que acababa de tomar en el bosque de bambú cerca de Arashiyama, donde habían ido después del Templo Dorado.

—Mira, George, si tanto quieres ser artista, tienes que arriesgarte. Tienes que sorprender, tienes que incomodar a todo el mundo. No puedes ir y hacerle una foto a un puto gato y ya. A nadie le importa una mierda eso.

—Bueno —dijo él, a la defensiva, tras quedarse callado unos segundos—, está claro que a las personas que compraron las fotos en la cafetería sí les importaba.

—Las compré yo. —Se cruzó de brazos—. Y ahora me gustaría poder devolverlas.

—¿Qué quieres decir?

—Que las compré yo —repitió Mari, con un tono gélido. Y, todavía más segura de lo que decía, continuó—: No vendiste ninguna. Fui yo quien le dio el dinero a Yasu.

George se quedó helado, con la mano todavía sosteniendo la cámara.

—¿Por qué?

—Joder, no sé. Porque no soporto tus llantos y tus quejas.

—Ya veo. —Bajó la cámara hacia su pecho—. No te contengas, Mari. Dime lo que piensas de verdad.

—Lo que pienso es que me estás haciendo perder el tiempo. Y por cierto, garabatear bobadas sobre mí en tu cuaderno tampoco te convierte en un artista, George.

—¿Has leído mi cuaderno? —George abrió mucho los ojos.

—Ojalá no lo hubiera hecho, porque no se entiende nada. Deberías volver a ser policía. O sigue enseñando inglés; eso sí que se te da bien, el ser condescendiente. —Estaba temblando—. Ser un artista necesita que trabajes duro, George. Como esa chica cuya traducción perdiste en el taxi. ¿Cuántos años crees que tardó en aprender japonés? No hizo cuatro garabatos en una página ni tomó un par de fotos absurdas y se puso a lloriquear para que todo el mundo la mirara. La vida es dura, George. ¿Qué es lo que esperas? El mundo no te debe nada. —Podría haber seguido, pero tuvo que pararse a tomar aire.

George también había empezado a respirar con dificultad.

—¿Mari?

—¿Qué? —Lo miró a los ojos, a punto de llorar. Quería que le diera un abrazo y le dijera que todo iba a ir bien. Que no había querido decir lo que había escrito en el cuaderno. Que quería un bebé con ella. Quería que le dijera que no había perdido el tiempo con él, que quería casarse con ella, que iban a formar una familia juntos.

—Da igual.

Emprendió la marcha por sí solo.

—¿Quieres ir al principio y volverlo a intentar?

Mientras se encontraban en la cima de la montaña, en el Templo Kiyomizudera, observaron Kioto desde arriba. George trató de abrazar a Mari con un brazo, y ella se lo quitó del hombro. George soltó un suspiro, mientras ella se aferraba al marco de madera del entablado que había delante del templo. El sol se estaba poniendo tras la ciudad que tenían delante, y empezaba a hacer frío. Los árboles de más abajo parecían sumidos en un incendio de colores: rojos, ámbar, amarillos y dorados. Sin embargo, conforme la luz desaparecía poco a poco, también lo hacían los bellos colores radiantes de los árboles.

—¿Mari? ¿Has oído lo que te he preguntado?

—Sí, te he oído.

Mari sacó su diario de hojas de otoño de su bolso y colocó la hoja que había recogido aquel día en la siguiente página en blanco.

COPY CAT

De Nishi Furuni

Traducido del japonés por Flo Dunthorpe

(flotranslates@gmail.com)

El gato tricolor paseaba tranquilamente por la nieve, y sus patitas dejaban unas huellas bonitas en la superficie.

Seguían cayendo unos copos pequeños, y el sol estaba a punto de ponerse. Tenía que haber algún lugar en el que dormir por allí. Algún lugar cálido y cómodo. Y con algo para comer también: besugo y caballa, acompañados de un plato de leche junto a la hoguera.

El hombre esperaba detrás de un árbol en el parque, tan quieto y silencioso que el gato no se percató de su presencia. Tal vez fuera la bata de laboratorio blanca que llevaba el hombre lo que lo ayudaba a camuflarse con la nieve, o quizá fuera que el gato estaba demasiado absorto en sus pensamientos sobre llenarse la panza y calentarse los bigotes. Sin embargo, cuando el gato pasó junto al árbol, el hombre salió de un salto y blandió su red deprisa, en un movimiento salvaje. Se produjo un maullido enfadado, seguido de un gruñido triunfal.

El gato estaba atrapado.

El hombre recorrió la acera húmeda mientras aferraba con fuerza la punta del saco que colgaba por su hombro. Cuando pasaba por delante de alguien, cubría los ligeros maullidos que salían del saco con un grito exagerado de «¡Jo, jo, jo! ¡Soy Papá Noel!». Los transeúntes sonreían o se echaban a reír y no pensaban más en aquel hombre con la bata de laboratorio durante aquel periodo festivo. Se abrió paso a través de Bunkyo-ku hasta llegar al campus de la Universidad de Tokio y recorrió con cuidado el puente helado que pasaba por encima del estanque de Sanshiro*.

Tras cruzar el estanque, se dio media vuelta para admirar el paisaje. Las aguas estaban rodeadas por una capa blanca que cubría los árboles. El camino de piedra que llevaba al estanque desde la ribera sobresalía del agua oscura como la parte superior de unos cráneos sumergidos, cubiertos de una ligera caspa. La luz se estaba desvaneciendo, y el cielo se había tornado de un azul nítido que se transformaba en blanco al encontrarse con los edificios altos del horizonte. Soltó un suspiro, el aliento flotó en el aire delante de su rostro, y susurró una palabra: *kirei***.

El gato soltó un maullido confuso desde el saco, lo cual hizo que el hombre volviera a centrarse en la tarea que tenía por delante. Se dio media vuelta y recorrió el patio interior de camino a la Facultad de Ciencias.

Pasó su tarjeta de acceso por una puerta tras otra y siguió los pasillos hasta el corazón del edificio. A pesar de que la mayoría de las luces estaban apagadas en las clases y los laboratorios de estudiantes,

---

* N. de la T.: El estanque de Sanshiro se encuentra en el campus Todai (la Universidad de Tokio) y recibió ese sobrenombre por el personaje principal de la novela de Natsume Soseki, *Sanshiro* (1908). Nishi Furuni era un gran seguidor de la obra de Soseki, y en entrevistas solía comentar que lo había inspirado en gran medida.

** N. de la T.: *Kirei* puede significar «bello» o «limpio». En este caso, lo más probable es que signifique «bello», aunque he dejado el término original.

acabó llegando a uno con un pequeño panel de cristal a través del que salía la luz de unos fluorescentes. Pasó la tarjeta por aquel último lector, y la puerta se abrió de inmediato.

Tras colocar el saco que se agitaba sobre la mesa de trabajo, junto a la red plegable, observó el laboratorio. Las máquinas chirriaban y zumbaban, y una gran parte de la pared estaba ocupada por carteles de películas clásicas. En un rincón había una jaula. Llevó el saco hasta allí, sostuvo la parte abierta de la bolsa contra la abertura e hizo salir al gato a empujones. El gato siseó y golpeó los barrotes con las garras fuera. El hombre cerró la puerta justo a tiempo antes de dirigirse a la nevera para sacar algo de leche. Sirvió la leche en un cuenco, abrió una lata de atún y lo colocó todo en el compartimento de alimentación. Abrió una puertecita, y el gato echó un vistazo a la comida, cargado de sospecha.

—Vamos, come. Debes tener hambre. —El hombre esbozó una sonrisa, y el gato le devolvió una mirada dudosa. ¿Quién era aquel hombre con el cabello brillante? ¿Era un amigo o un enemigo? El gato valoró la situación y concluyó que no podía pensar bien con el estómago vacío. El atún estaba riquísimo, y la leche, fresca y cremosa.

»Muy bien, gatito. Te morías de hambre, ¿verdad?

El gato hizo caso omiso del hombre y continuó con su cena. Tal vez una siesta después le sentaría bien.

El hombre se quedó mirando al gato. Llevaba el pelo peinado a un lado, con gomina, y era apuesto, con el rostro bien afeitado. Parecía más joven de lo que era en realidad.

—Profesor Kanda, ¿dónde ha estado? Detecto residuos de agua en su bata.

El hombre se volvió para mirar a una figura parecida a un maniquí blanco que entraba por la puerta, con un gorro de Papá Noel puesto. En el pecho llevaba escrito «N.º 808». El robot se movía con unas sacudidas un tanto cómicas, pues alzaba demasiado las rodillas y mantenía los brazos rectos a los lados, pero su forma de hablar era perfectamente natural.

—Hola, Bob. He estado fuera, en la nieve.

—Debe tener cuidado, profesor. Puede pescar un resfriado. —Bob el robot hizo una pausa y ladeó la cabeza—. ¿Detecto una presencia no humana en el laboratorio?

—Es probable, Bob. —El profesor suspiró.

—Es un gato.

—Así es. —El profesor metió un dedo por los barrotes, y el gato se abalanzó hacia delante, mostrando los dientes. Apartó la mano deprisa y se frotó la nuca.

—¿Qué va a hacer con él? —preguntó Bob.

—Le voy a hacer unas pruebas —respondió el profesor—. Y tú me vas a ayudar.

—¿Podría decir que es una *gatografía*, profesor?

El profesor Kanda se quedó callado, pues se negaba a alentar a aquel robot tan payaso.

—¿Lo entiende, profesor? Una *gatografía*. Ha sido un chiste*.

—Sí, sí, Bob. Muy gracioso.

—Se intenta. —El robot se llevó una mano a la boca, y un matasuegras se extendió de ella y soltó un sonido como de trompeta. Tras ello, volvió a meterse en la mano del robot.

—Ya te he dicho que no hicieras eso, Bob.

—Perdone, profesor.

—Empecemos ya.

El gato se quejó por lo bajo.

---

* N. de la T.: Los chistes malos de Bob el robot se valen de la palabra en japonés para gato (*neko*), así como en inglés (*cat*), en español y en francés (*chat*). La complejidad de estos chistes se pierde un poco en la traducción, y me he desviado bastante del original en algunos casos, aunque siempre ha sido en aras de mantener la jovialidad que transmite la versión original en japonés.

Trabajaron deprisa y de forma eficiente. Primero tuvieron que llevar a cabo un escaneo de materia completo del gato, lo cual involucraba sacarlo de la jaula y colocarlo en un compartimento con forma de campana. Era Bob quien lidiaba con el gato, pues parecía llevarse mucho mejor con él que el profesor Kanda. Si bien aquello podía deberse a que Bob secretaba hierba gatera sintetizada desde los poros de sus brazos, también cabía la posibilidad de que al gato no le cayera nada bien el profesor.

—Estoy seguro de que me odia. —El profesor Kanda se lamió el dedo que el gato le acababa de morder.

—No será para tanto, profesor. Dudo mucho que los gatos sean capaces de experimentar unas emociones tan complejas como el odio.

—Gracias, Bob, pero estoy seguro de que me odia.

—No…, no… Diría que al gato no le cae nada bien, pero ya está.

—Ah, gracias, Bob. Así me siento mucho mejor.

—No hay de qué, profesor.

—Ahora pon el gato en la cámara para que podamos empezar. —El profesor sonaba impaciente.

—Por supuesto.

El gato parpadeó cuando los láseres verdes del escáner analizaron cada nanómetro de su cuerpo. Conforme los escaneos progresaban, una imagen tridimensional compleja del animal se formó en una pantalla conectada al equipamiento. Se mapeó el cerebro, los huesos, el corazón, los pulmones… Hasta el último detalle de la fisiología del gato fue interrogado por los rayos brillantes y se transformó en la pantalla en unos diagramas de sistemas muy detallados. Se contaron todos los pelos del cuerpo del gato. El profesor examinaba más de cerca alguna sección de vez en cuando y le pedía a Bob que llevara a cabo los algoritmos más complejos y que extrajera la información disponible en la enorme base de datos mediante su conexión a internet.

El profesor no había pasado por ninguna mejora biológica, como sí habían hecho las generaciones más jóvenes últimamente, por lo que carecía de un acceso directo a internet. Él prefería acceder a internet mediante unos métodos más convencionales, como a través de su terminal o al pedirle a Bob que buscara algo por él. Según el profesor, había algo un tanto deprimente en el hecho de estar conectado al mundo digital todo el día. Valoraba mucho aquellos momentos en los que podía sumergirse en una vieja colección de relatos de Hoshi Shinichi o sentarse en el jardín y contemplar el mundo natural. En ocasiones, sentía lástima por Bob, con su existencia artificial.

Una vez que hubieron acabado de escanear al gato, lo devolvieron a su jaula. El gato había comenzado a aceptar su papel de prisionero de forma pacífica y se sentó tranquilamente, sobre sus patas, mientras Bob cerraba la puerta de la jaula.

—Quizá deberíamos quedarnos con el gato, al menos hasta que hayamos creado un espécimen con éxito. —El profesor se rascó la cabeza—. Quién sabe, a lo mejor hasta tengamos que volver a escanearlo si surge algún problema con nuestros datos actuales. He reestructurado el contenido de la dermis para prevenir la caspa y he eliminado los alérgenos de los sistemas urinarios y salivales, pero puede que ocurra algún problema por ello.

—Estoy de acuerdo, profesor. ¿Deberíamos empezar la construcción?

—Sí, Bob. Enciende el biotrazador.

—Por supuesto, profesor. Ah, y ¿deberíamos llevar un registro de cada intento?

—Buena idea. ¿Puedes registrar los resultados tú?

—Claro. Eh, ¿profesor?

—¿Sí?

—¿Le importa que al registro lo llame *gatálogo*?

El profesor soltó un suspiro.

—Vale. Haz lo que quieras.

El robot acercó el matasuegras a su boca de nuevo, aunque luego se lo pensó mejor.

Gatálogo de Bob + Día uno +

NekoCopia V0.1

    Fallo de cálculo con la estructura ósea. Al tomar en brazos al sujeto, los huesos le han atravesado la piel. ¿Tal vez por debilidad en la sustancia? Sangre por doquier. Vuelta a planear.

NekoCopia V0.2

    He olvidado trazar el corazón. El sujeto ha muerto de inmediato. Gatástrofe.

NekoCopia V0.3

    Falta la cola. Y las orejas. Nuevo trazado necesario.

NekoCopia V0.4

    El profesor Kanda ha intentado transformar los rasgos faciales del sujeto para que se parezca al personaje popular Hello Kitty. El resultado ha sido un engendro. Nuevo trazado.

NekoCopia V0.5

    Hemos decidido rendirnos en el intento de crear algo que se parezca siquiera a algún personaje de manga *o* anime*. Dan miedo. El realismo es el único modo de proceder. Hay que evitar el valle inquietante.*

El profesor se secó el sudor de la frente y echó un vistazo al reloj. Se estaba haciendo tarde, y lo único que había logrado habían sido fracasos: cinco cadáveres de gato de los que deshacerse, y todos ellos eran unos abortos* horrendos. Tal vez el día siguiente resultase mejor. Por el momento, en lo único que podía pensar era en irse a la cama.

—Bob, me voy a casa. ¿Puedes deshacerte de los sujetos? Voy a ducharme.

—Por supuesto, profesor. Nos vemos mañana.

Kanda asintió y se quitó su bata blanca. Tomó su maletín y se marchó del laboratorio sin hacer ruido, hacia el baño del personal.

Bob miró al gato en su jaula. El gato le devolvió la mirada, con sueño, mientras se lamía los labios y movía la cola de un lado para otro.

—Lo siento, amiguito. Ha sido un día muy duro para ti. —Colocó los cadáveres en un contenedor para que el gato no los viera—. No hace falta que veas esto, gatito. Todos tus amigos desperdiciados. —El robot le puso la tapa al contenedor, y lo llevó a una compuerta situada en la pared. Metió el contenedor por la compuerta para dejar que los cadáveres de gato se deslizaran por un conducto hasta el horno que había más abajo, donde se incinerarían.

De vuelta en la jaula, extendió un dedo por un hueco entre los barrotes y le hizo cosquillas al gato detrás de la oreja. A pesar de que el dedo de Bob era frío y rígido, no cálido como el del profesor, el gato ronroneó.

—Sí, gatito. La vida es dura. Bien que lo sabemos nosotros.

Bob arrastró los pies hasta su puesto de recarga y se conectó.

---

* N. de la T.: Técnicamente no son «abortos», pero he replicado la palabra japonesa original, la cual también desentona un poco.

Antes de apagarse hasta el día siguiente, Bob volvió a mirar al gato. Sus ojos brillaban en la oscuridad. Gracias a su visión perfecta, se podía ver reflejado en aquellos iris tan nítidos.

—Buenas noches.

Bob era capaz de soñar si así lo quería, pero esa noche decidió no hacerlo.*

La casa del profesor no quedaba muy lejos del campus. Si bien podía ir en metro, solo estaba a una parada de distancia, y, de todos modos, le gustaba el aire fresco y un paseo ligero después de haber pasado el día encerrado en el laboratorio (con la excepción de alguna que otra excursión al exterior para atrapar a un gato…). El frío aire de la noche parecía más gélido todavía después de la ducha caliente que se había dado en la facultad, donde se había frotado la piel hasta eliminar cualquier rastro de pelo de gato.

Su casa estaba en una calle tranquila de Bunkyo-ku**, una zona que se había resistido a la modernización y el desarrollo que había sucedido en otras partes de Tokio a lo largo de los años. Bunkyo-ku había combatido contra los centros comerciales de moda y las torres de pisos. La mayoría de las casas de la zona eran similares: hogares tradicionales construidos en el estilo japonés clásico, hechas de madera, con tejado de cerámica y puertas correderas *shoji*. Ralentizó el paso un poco al acercarse a la puerta de su bonita y vieja casa, la que tenía

---

* N. de la T.: Esta frase ha sido todo un quebradero de cabeza a la hora de traducirla. La versión original contiene una simplicidad y una melancolía que se pierde un poco con la traducción. Lo cual hace que me pregunte: ¿podría cortarla de la versión en inglés?

** N. de la T.: Nishi Furuni también vivía en Bunkyo-ku con su mujer y sus dos hijos: Ichiro y Taro.

bonsáis que colgaban por encima de los postes de la valla. La luz del pasillo estaba encendida, y, tras deslizar la puerta delantera para abrirla, susurró en voz baja:

—*Tadaima* *.

Su mujer salió de la cocina de inmediato; llevaba puesto un delantal.

—*Okeri nasai* **. —Le dedicó una reverencia—. Sí que llegas tarde.

—He tenido algo de papeleo que acabar en la oficina después del trabajo. —Kanda se quitó los zapatos apoyado contra la pared para no caerse.

—Podrías haberme llamado.

—Lo siento. —Se dirigió al interior, colgó su chaqueta y dejó su maletín.

—Solo acuérdate la próxima vez. —Soltó un suspiro—. Una llamadita, no te pido más. ¿Tienes hambre? ¿Quieres que te caliente algo?

—No, gracias, no tengo hambre. ¿Está dormida?

—Sí. Quería verte, pero no resistía más en pie. Se ha ido a la cama hace un par de horas.

—¿Cómo está? —preguntó Kanda, todavía en voz baja.

—Creo que está contenta. —Su mujer respiró hondo—. Hoy ha hecho un dibujo y está leyendo montones de libros. Creo que ha estado jugando a ese juego de los gatos... ¿Neko... Neko... City?

---

* N. de la T.: Literalmente «Estoy en casa». La costumbre japonesa indica que uno debe anunciar que se marcha o que regresa a casa. También puede emplearse en otras situaciones, como broma (cuando alguien vuelve del baño en un restaurante) o cuando alguien retorna a Japón tras haber estado en el extranjero.

** N. de la T.: «Bienvenido a casa»; la respuesta necesaria cuando alguien anuncia que ha vuelto. El anuncio y la respuesta también se pueden decir al revés (primero *okeri nasai*, y luego responder con *tadaima*).

—NekoTownTM*.

—Sí, ese. No deja de decir que quiere salir.

—¿Y qué le has dicho?

—Que no puede, claro —le espetó, aunque luego continuó con más suavidad—. Ha dicho que lo entiende. Pero se queda sentada junto a la ventana, mirando la calle.

—Creo que me iré a la cama. —Kanda bostezó.

—Te he preparado un baño.

—Ya me he duchado en el trabajo. Buenas noches.

—Buenas noches**.

Kanda subió por las escaleras sin hacer ruido, y, de camino a la cama, se asomó a la habitación de su hija. Estaba tumbada bocarriba, y el sonido del respirador ocultaba su leve resuello. Pese a que las ampollas que le habían salido en el rostro ya estaban desapareciendo, todavía eran visibles. Eran el desafortunado efecto secundario de un solo pelo de gato que había estado en el delantal de la criada (ya despedida). Le alivió verla dormir tan plácidamente después de todas las malas

---

* N. de la T.: Puede que necesite alguna explicación… NekoTownTM es un MMORPG ficticio que Furuni creó en sus historias de ciencia ficción interconectadas. Los jugadores se crean su propio gato, tras lo cual exploran una Tokio virtual con él. Pueden colaborar con otros jugadores en línea para completar «misiones felinas» en grupo. Algunos de los relatos de ciencia ficción de Furuni se conectan a través de este mundo virtual. Los jugadores de una historia se conectan con los jugadores de otra historia. La idea fue tan popular entre el público japonés que un programador compró los derechos a los herederos de Furuni, y NekoTownTM es ahora una app móvil muy popular en Japón. Los jugadores también pueden jugar en contenido descargable que incluye ciudades como París, Roma, Nueva York y Londres.

** N. de la T.: Los lectores occidentales pueden pensar que las interacciones entre el profesor y su mujer son un poco frías, y sí que lo son un poco en la versión original. Aun así, cabe mencionar que las generaciones mayores de parejas casadas japonesas no se muestran demasiado afecto. En público, el marido camina por delante de la mujer, quien va unos pasos por detrás. La pareja japonesa media no se suele decir *ai shiteru*, «te quiero».

noches que había pasado. Abrazaba un animal de peluche con forma de gato, y las paredes de la habitación estaban cubiertas de pósteres de Hello Kitty.

—Buenas noches, Sonoko-chan* —susurró.

Se fue a la cama y se quedó dormido de inmediato.

Gatálogo de Bob + Día dos +

NekoCopia V0.6

> *El gato ha sido trazado a la perfección… o casi. Se ha producido un fallo respecto a su función motora. Cuando hemos puesto a prueba los movimientos básicos del gato antes de implantarle la inteligencia artificial, el movimiento involuntario de los músculos funcionaba bien, pero el movimiento voluntario funcionaba al revés. Lo más seguro es que se trate de un problema neurológico inducido durante el trazado. El sujeto caminaba de espaldas en lugar de hacia delante, y hacia delante en lugar de hacia atrás. Un paso adelante, dos pasos atrás…*

NekoCopia V0.7

> *El gato no respondía a los estímulos externos. Parecía haberse quedado gatatónico.*

NekoCopia V0.8

> *Ya casi. Casi casi. Solo faltan unos cuantos ajustes pequeños para la ranura de inteligencia artificial de la nuca. Estamos*

---

* N. de la T.: Este personaje, Sonoko, recibió el nombre de la verdadera nieta de Nishi Furuni.

muy cerca. El profesor está seguro de que la próxima versión
puede ser lo que hemos estado intentando conseguir.

El gato observó al hombre de cabeza reluciente y al hombre metálico amistoso desde el otro lado de la sala. Estaban agazapados frente a una pantalla y parecía que les fascinaba algo que había en un rincón. El hombre metálico se dirigió al otro lado de la sala, pulsó un interruptor, y el gato notó una sensación ardiente en la cabeza, como si le estuviesen partiendo el cerebro en dos con un cuchillo gigante. El

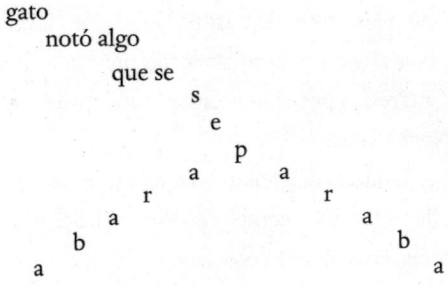

¿Qué ha pasado?	*¿Qué ha pasado?*
¿Quién es?	*Yo.*
¿Qué?	*No sé. ¿Dónde estás?*
¡Aquí! ¡En el rincón!	*¿Qué pasa? Tengo miedo.*
No pasa nada. Tranquilo.	*¿Quiénes son estos?*
¿Puedes alejarte de ellos?	*Lo intentaré.*
¡Eso! ¡Corre!	*¡Arg! ¡El metálico es demasiado rápido!*

¡Dale un mordisco!	*¿A este? ¡Auch! ¡Mi diente!*
¡No! ¡Al otro!	*¡No llego! ¡Déjame!*
¡Eh! ¡Vuelve!	*¿A dónde me llevan?*
¿Ves algo?	*Me han puesto en una jaula…*

Aquella vez, el profesor Kanda pudo llevar al gato clonado en una cestita que había comprado en una tienda de mascotas hacía poco. Estaba cubierta de personajes de Hello Kitty que empujaban carritos de la compra y llevaban bolso. Había tenido mucho cuidado y la había desinfectado por completo antes de transportar al clon. Caminó hasta su casa, triunfal, con el gato, y lo mostró con orgullo a cualquier transeúnte que se interesara por él. Por una vez en la vida, llegaba pronto a casa, y era Nochebuena.

Al pasar por la puerta delantera de la casa, lo invadieron unas emociones en conflicto bastante complejas. Por un lado, tenía que gritar *Tadaima!* al entrar, pero también pensó que debía ir a su estudio sin que nadie se diera cuenta para esconder al gato. Había leído en alguna parte que los británicos intercambiaban los regalos de Navidad el 25 de diciembre…, aunque, pensándolo mejor, también había leído que los alemanes lo hacían en Nochebuena. Además, ¿cómo se suponía que iba a mantener al gato clonado en secreto durante una noche entera? Seguro que lo iban a descubrir.

Se quitó los zapatos y avanzó de puntillas por el pasillo delantero, con la ligera esperanza de pisar un tablón que rechinaba, lo cual alertaría a su mujer y a su hija de su presencia. Llegó hasta su estudio sin que nadie se diera cuenta, pero entonces se llevó un chasco. Corrió de vuelta a la entrada y gritó:

—*Tadaima!*

Nadie le contestó.

Subió por las escaleras poco a poco y gritó con algo de timidez:

—*Tadaima?*

—Aquí —le indicó la voz de su mujer desde la habitación de su hija.

Se dirigió hacia allí, todavía con el gato. Su mujer y su hija estaban encorvadas sobre el escritorio de la niña. Sonoko estaba estudiando, y su mujer la estaba ayudando. Sonoko alzó la mirada desde sus libros.

—¡Papi! —Sonrió y se puso de pie de un salto. Le rodeó la pierna con los brazos.

—Ha estado haciendo mates. —Su mujer parecía agotada y tenía unas ojeras enormes—. Dice que quiere ser científica como su papi. —A diferencia de Sonoko, no parecía muy animada por la idea.

—Papi, ¿qué es eso? —Sonoko lo estaba mirando con los ojos muy abiertos, tras haberse percatado de la jaula con pegatinas de Hello Kitty.

—Sonoko-chan, es tu regalo de Navidad.

—Es un gato. —Había abierto los ojos más aún, ya fuera por miedo o por curiosidad.

—¡¿Un gato?! —Su mujer se levantó de repente y trató de quitarle la jaula de la mano—. ¿Es que te has vuelto loco? ¿Por qué demonios traes un gato aquí?

—¡Tranquila! —Dio un paso atrás para separarse de las dos—. Confía en mí.

Alzó una mano y se dirigió a su hija primero.

—Sonoko. Se trata de un gato especial que no te va a hacer daño ni va a hacer que te pongas mala. Puedes ir a jugar con él mientras hablo con mamá.

Sonoko estaba escondida detrás de su madre y temblaba un poco.

—Sonoko, confía en mí. Yo nunca te haría daño.

—¿Estás seguro, papi?

—Más que seguro. —Abrió la puerta de la jaula, y el gato salió escopetado hacia la planta de abajo, una mancha marrón y naranja—. Necesitará un tiempo para que os hagáis amigos, pero el gato no te hará nada, te lo prometo.

Sonoko ya no podía contener más su curiosidad. Se dirigió al piso de abajo para buscar a su nuevo amigo.

—Más te vale que me lo expliques ya —le dijo su mujer, fulminándolo con la mirada—. Estoy a punto de llamar a una ambulancia, a menos que me convenzas de verdad.

—Cariño, por favor. —Le sonrió—. Es un gato sintético. Escaneé a otro gato y reconfiguré su composición biológica. Ese gato no tiene nada que vaya a provocarle una reacción alérgica a Sonoko. Su inteligencia artificial recibe datos extraídos de NekoTownTM. Tiene un cerebro robótico, con un procesador dentro. Puedo controlarlo con esto. —Sacó una pequeña *tablet* del bolsillo—. De hecho, diría que es una tecnología increíble. Creo que cambiará…

—¿Cómo puedes estar tan seguro? —insistió, con la mandíbula apretada.

—No es más que ciencia, cariño.

—Bueno, yo digo que, si parece un gato y suena como un gato, es un gato. Eso sí que es simple.

—Claro que es un tipo de gato, pero es lo mismo que decir que Bob es humano.

—Bueno… A veces creo que ese robot tiene más personalidad que tú. —Salió de la habitación mientras llamaba a Sonoko.

El profesor Kanda se sentó en la cama de su hija, triste.

No era eso lo que se había esperado para aquel día.

¿Y dónde estás?	*No sé. ¿En una casa?*
¿Qué haces?	*Jugar.*
¿Cómo que jugar? ¿Con quién?	*No sé. Con esta niña.*
¿Qué niña?	*Una niña. Huele como él.*
¿Como el metálico?	*No, como Pelo Brillante.*
Ah. Lo odio.	*Yo también. Pero ella es maja.*
¿Y qué vas a hacer?	*Quizá juegue un rato por aquí.*
¿Y yo?	*¿Por qué no vienes aquí?*
Sigo en la jaula.	*Vas a tener que escapar, entonces.*
Pero ¿cómo…?	*Puede que te ayude el metálico.*

—No puedes dejar que el gato salga, Sonoko —le dijo el profesor. Él y su mujer estaban sentados a la mesa baja, bebiendo té verde y observando cómo Sonoko jugaba con el gato sobre el tatami*—. ¿Me oyes?

—*El gato* tiene nombre —dijo, con un puchero—. Gatito-chan.

—Vale, no puedes dejar que Gatito-chan salga. ¿Me entiendes?

—Sí, papi.

—Y ten cuidado con Gatito-chan.

—Lo tendré. — Sonoko se tumbó bocarriba, con el gato sobre ella. Lo acariciaba con unos movimientos rítmicos, y el gato ronroneaba de placer. Aunque cada tanto miraba hacia el profesor y entornaba los ojos, en general Gatito-chan había sido todo un éxito.

---

* N. de la T.: Los tatami son las tarimas de juncos que se usan para construir el suelo de las salas japonesas tradicionales. Las tarimas son de tamaño distinto en Kioto, Tokio y Nagoya. Los agentes inmobiliarios siguen usando las tarimas para medir el tamaño de una sala. Por ejemplo: «Esta habitación es de ocho tarimas».

—Lo siento. No tendría que haberte hablado tan mal. —Su mujer le dio un apretón en la mano.

—No pasa nada —contestó él con una sonrisa—. Debería habértelo explicado antes. Es que estaba demasiado animado.

—Está tan contenta… —Ambos se quedaron mirando cómo Sonoko jugaba con el gato.

—Sabes lo que todo esto significa, ¿verdad? —El profesor bebió un sorbo de té—. Puedo patentar el método para clonar gatos. ¡Podemos vender gatos libres de alérgenos!

—¡No te dejes llevar tan deprisa! —se rio ella.

—Puedo escribir un artículo sobre ello… —Se dio un golpecito en los labios, pensativo.

—Ah, mañana por la tarde voy a salir a jugar *mahjong*. —Le sirvió más té verde en su taza—. ¿Podrías volver antes a casa para cuidar de Sonoko?

—Claro. —Él sopló el vapor de su taza.

—Bien hecho, cariño. —Le dio otro apretón en la mano.

El profesor pasó el día siguiente en el trabajo muy animado. No tenía mucho que hacer, pues eran las vacaciones de invierno, y la mayor parte del personal solo acudía allí para hacer tiempo hasta el *oshogatsu* *. Había pasado casi todo el día dedicándose a tareas administrativas a las que no podía esquivar. Si bien aquello generalmente lo habría molestado un poco, aquel día estaba de lo más contento.

---

* N. de la T.: El *oshogatsu* es el periodo entre el 1 y el 3 de enero, cuando la mayoría de los tokiotas regresan a los hogares de sus padres para pasar tiempo con su familia. Se trata de una fiesta nacional que conlleva varias consecuencias: 1) Los transportes son más caros para ir a las provincias, y los asientos se reservan muy deprisa; 2) Tokio parece mucho más tranquila, debido a que los jóvenes trabajadores vuelven a los hogares familiares en las provincias.

—Bob, ¿puedes poner algo de música?

—Ah, por supuesto, profesor, ningún problema. ¿Qué quiere que ponga?

—¿Algo navideño?

—Pondré una lista de reproducción navideña popular.

Se quedaron sentados en el laboratorio, trabajando hasta que llegó la hora de marcharse.

—Feliz Navidad, Bob. —El profesor se quitó la bata.

—Feliz Navidad, profesor.

—Me iré a casa. Si hay cualquier problema, ya sabes cómo contactar conmigo.

—Sí. Ah, profesor. ¿Qué quiere que haga con el gato?

—Puedes deshacerte de él. —Recogió su maletín y se marchó del laboratorio mientras silbaba «Jingle Bells».

Bob echó un vistazo al gato en su jaula. «Puedes deshacerte de él». Bob detectó la ambigüedad de la frase y decidió interpretarla de un modo más festivo.

—La libertad parece un buen regalo de Navidad, ¿verdad? —Abrió la puerta de la jaula, sacó al gato y lo llevó con cuidado al exterior de la Facultad de Ciencias. Lo colocó en el suelo y lo observó marcharse a saltitos en dirección al estanque de Sanshiro—. Feliz Navidad —dijo Bob a nadie en particular.

Sopló su matasuegras y volvió al edificio.

¡Soy libre!

¿Dónde estás?

¡Bien! ¡Ven aquí!

¡Aquí! ¿Dónde estás tú?

¡Estoy corriendo por el parque!	*¡Date prisa! ¡Tenemos leche y pescado!*
¡Ya voy! ¡No te lo comas todo!	*No prometo nada.*

El gato recorrió el muro del jardín con pasos ligeros, sumido en la oscuridad. Desde lo alto del muro podía ver la luz que salía por la ventana corredera. También se vio a sí mismo en el interior, caminando con sus garritas sobre la moqueta junto a la puerta corredera de cristal, pero, al mismo tiempo, se veía a sí mismo fuera, a la intemperie. Echó un vistazo por aquel jardín tan bien cuidado, que en aquellos momentos estaba cubierto de nieve virgen. Había un puentecito que cruzaba un pequeño estanque; sin duda habían sacado al pez *koi* del agua durante el invierno. Los arces no tenían hojas, pero sus ramas estaban cubiertas de un polvo blanco, al igual que las estatuillas del Buda que estaban colocadas en distintos tramos.

El gato bajó del muro de un salto y recorrió aquel paisaje blanco hacia la puerta corredera de cristal. Al mismo tiempo, en el interior, se dirigió hasta la puerta para mirar hacia la oscuridad. Desde aquella oscuridad, el gato surgió y se contempló a sí mismo, reluciente en la luz de sus propios ojos.

Y entonces los dos gatos se miraron el uno al otro, separados por el cristal, por la luz y la oscuridad. Dos reflejos perfectos.

Hola.	*Has venido.*
Pues claro.	*Entra.*
¿Cómo se entra?	*No sé. Debe haber algún otro camino.*
¿Puedes salir?	*No he descubierto cómo.*

¡Oh, no! ¡Es Pelo Brillante!

¿Dónde? Ah, no te preocupes. No hace nada.

¿Qué lleva en la mano?

Es la cosa verde. Se la bebe.

Que se ande con cuidado...

¡Auch! ¡Quema!

¡Te lo ha derramado encima!

Klmsklmd`asm`lkmads

¿Estás bien?

lkmaLKSDMKLa

¡Oye! ¿Qué te pasa?

...

¿Hola?

¿Me oyes?

¿Por qué tiemblas?

¿Estás ahí?

Me estás asustando...

—¡Mierda, mierda, mierda! —El profesor estaba intentando reiniciar el sistema del gato una y otra vez.

—¿Papi? —preguntó la voz de Sonoko desde la planta de arriba—. ¿Estás bien?

—Sí, cielo. —Alzó al gato, que sufría convulsiones—. Papi tiene que salir a la oficina un momento, pero no tardaré. Quédate en casa, ¿vale?

—Sí, papi. —Estaba en lo alto de las escaleras y se frotaba los ojos.

—Vuelve a la cama, cielo.

—¿Gatito-chan está bien?

—Sí, vuelve a la cama.

Se puso los zapatos a toda prisa y salió de casa sin molestarse en ponerse la chaqueta. Aunque el metro todavía funcionaba, no le apetecía nada cargar con el gato tembloroso durante todo el camino. Llamó a un taxi y se subió casi de un salto.

—¿A dónde quiere ir?

—Al campus universitario, a la Facultad de Ciencias.

—Por supuesto. ¿Está bien ese gato?

—Tengo que llegar rápido a la universidad. Puede que podamos salvarlo.

—Claro.

El taxista condujo tan rápido como pudo a través de las calles tranquilas, con precaución para no patinar sobre el hielo. Llegaron a la facultad, y el profesor se bajó a toda prisa.

—Gracias. —Pagó con su mano libre y corrió al interior.

El laboratorio estaba tranquilo, salvo por las vibraciones del gato. Bob se despertó de inmediato, y la pantalla negra y suave de sus ojos reflejó al profesor cuando entró.

—Bob, no está funcionando bien.

—¿Ha reiniciado el *software*? —Bob se desconectó y avanzó dando sacudidas hasta él.

—Lo he intentado, pero creo que puede ser un problema de *hardware*.

—Deje que lo vea. —Bob tomó al gato y comenzó una prueba de diagnóstico—. Sí, el chip de inteligencia artificial ha sufrido daños por un líquido, pero deberíamos ser capaces de arreglarlo.

—¿Podemos arreglar el chip en sí?

—Puede que tengamos que volver a trazar el gato entero.

—¿Dónde está?

—¿Dónde está qué?

—El gato.

—Me ha dicho que me deshiciera de él, profesor.

A pesar de que sabía que Bob tenía razón, el profesor no pudo evitar que la tensión de aquella última hora saliera de golpe de él.

—¡Pedazo de idiota! ¿Cómo vamos a volver a clonar al gato si lo has soltado? ¿Cómo puedes ser tan tonto? —Apretó las manos en puños y se las llevó a la frente.

—Profesor, por favor, cálmese. —Bob hablaba con su tono comedido de siempre, a medio camino entre robótico y humano, lo cual solo hizo que el profesor se enfadara más.

—No me digas que me calme. ¿Qué sabrás tú de nada? Solo eres un esclavo, un sirviente. Ni se te ocurra volver a contestarme así.

Bob reconoció el potencial de que se produjera un conflicto. Si hubiera sido un ser humano, podría haber soltado un comentario equivocado en aquel momento y enfrentarse al profesor, solo que Bob no estaba hecho de ese modo. Estaba diseñado para trabajar codo a codo con los humanos, por lo que calculó la mejor respuesta para solucionar el conflicto.

—Profesor, tenemos copias de seguridad de los escaneos. Podemos volver a trazar al gato a partir de ellos. Nos llevará un día, pero no será ningún problema.

El profesor dejó de apretar los puños poco a poco y bajó las manos.

—Lo siento, Bob. Estoy cansado y molesto.

—No pasa nada, profesor. Lo entiendo.

—¿Ah, sí? —El profesor le dedicó una mirada cargada de sospecha—. Ahora tengo que regresar a casa y decirle a una niña pequeña que su precioso gatito no va a volver en un tiempo. ¿Tienes alguna gran idea sobre cómo lidiar con la decepción de una hija?

—Dígale que estoy cuidando de Gatito-chan. Ella lo entenderá. —Bob lo dijo del mismo modo en que hablaría de un problema de programación o de un fallo de impresión. Era útil, aunque, por alguna razón, no resultaba nada reconfortante.

El profesor volvió a casa.

Se sorprendió al llegar a casa y encontrarla un poco fría. Fue a la planta de arriba, a la habitación de su hija, pero la niña no estaba allí.

—¿Sonoko-chan? —Echó un vistazo al baño y lo halló vacío.

Volvió a la planta de abajo para comprobar la cocina, el comedor y el salón.

La puerta corredera de cristal estaba abierta. Una brisa helada hacía que las cortinas se mecieran con fuerza.

Se acercó a la puerta y se asomó hacia la oscuridad. Pulsó un interruptor en la pared para encender la luz exterior, la cual iluminó el centro del jardín. Allí, tumbada en el suelo, estaba Sonoko. Corrió hacia ella, y, al hacerlo, un gato saltó de los brazos de la niña y pasó por encima de la valla.

Sonoko estaba hecha un ovillo en posición fetal. Tenía la respiración entrecortada y le salía espuma de la boca. Unas ampollas rojas horribles ya se le habían empezado a formar alrededor de la boca y los brazos. La cargó en brazos y la llevó dentro. Sonoko abrió uno de sus ojos confusos para mirar a su padre.

—Papi…

—¡Sonoko! ¿Qué haces aquí fuera con tanto frío?

—Me dijiste… que no dejara que Gatito-chan saliera.

Fragmento A *

El profesor Kanda soltó un grito y tomó a Sonoko en brazos.

---

* N. de la T.: Existen distintos finales de la historia *Copy Cat*. He incluido los Fragmentos A y B aquí, pero la mayoría de las ediciones en japonés del texto acaban con la línea «Me dijiste… que no dejara que Gatito-chan saliera». Es así porque se trata de la versión original, publicada en la revista literaria *Neko Bungaku* en algún momento previo a la muerte de la nieta de Furuni. Sin embargo, el autor era conocido por volver a pasar por sus obras anteriores y revisarlas, y tanto el Fragmento A como el B se han datado al periodo posterior a que Furuni ya hubiera completado *Orillas desoladas*. Se incluyen para el interés de cualquier lector curioso, pero no deberían considerarse nada definitivo.

Mientras cargaba con ella de vuelta a casa, notó un peso en el estómago. ¿Acaso no era todo culpa suya? Era él quien había creado a aquel gato, aquel gato terrible y encantador, quien, por un lado, había llevado calidez y cariño a su querida Sonoko, pero que, por el otro, había acabado haciéndole daño. Continuó caminando, con la vista borrosa por las lágrimas, y una frase no dejaba de repetirse en sus pensamientos.

Las personas a las que más queremos son quienes suelen hacernos más daño.

Fragmento B

El gato se alejó del lío que había causado. Sus pasos suaves dejaron unas huellas bonitas sobre la nieve. La elegancia del gato era innegable, tanto que se le podría haber perdonado todo lo que había hecho. Avanzó a través de la ciudad, con sus propios planes y su propio sendero que seguir. Nunca miró atrás.

¡La de historias que podría contar aquel gato!

Pero ¿qué más le daban a él las vidas de los humanos, incluso la de la pequeña Sonoko que tanto lo había querido?

Pues un gato solo es un gato, y no puede cambiar su naturaleza.

BAKENEKO

—Arg —suelta Wada, al salir del taxi y pisar un charco bastante profundo—. La temporada de lluvias en Tokio es como el sobaco de un corredor de fondo.

—¿Cuánto falta? —pregunta Yamazaki.

—Ya no queda mucho, viejales —responde Wada.

—¿Cómo dices? —Yamazaki fulmina con la mirada la nuca de Wada antes de musitar—: El ejercicio está bien para un gordinflón como tú.

—¿Perdona? —Wada se vuelve para mirar a Yamazaki.

—¡Venga! ¡Date prisa! —Yamazaki agita la mano hacia Wada.

Los dos recorren el callejón angosto, mientras sus zapatos negros salpican en la acera por la lluvia que cae con fuerza sobre sus paraguas. A cada uno de sus lados, las luces de neón moradas y azules de los pequeños restaurantes y bares proporcionan una iluminación fría mientras el cielo se oscurece. La noche ha llegado, por lo que unos pequeños grupos de oficinistas con traje pasean por delante de los edificios de madera y piensan dónde comer y beber hoy. Por encima de ellos, los trenes pasan a toda velocidad, llenos de pasajeros sudorosos aplastados contra las ventanas de cristal. Sin embargo, solo los fiesteros más entregados salen en las noches oscuras y mojadas del *tsuyu*, la temporada de lluvias, por lo que las calles están más tranquilas que de costumbre.

Wada se detiene en el exterior de una tienda de madera de aspecto particularmente cochambroso que debía ser del periodo Showa, el tipo de edificios que el gobierno decía que iba a derribar antes de los Juegos Olímpicos, solo que los propietarios y los clientes habituales son demasiado salvajes como para permitir que ocurra algo así.

—¡Ah! Aquí está —dice, con una mano apoyada en la cadera.

Yamazaki entorna la mirada hacia el viejo cartel de madera escrito a mano que cuelga sobre las puertas correderas, como si estuviera estudiando una palabra escrita en otro idioma. La caligrafía es bastante antigua y está decorada con varias florituras, y él la lee en voz alta poco a poco.

—*Hiro-shima O-ko-no-mi-ya-ki.*

Hay un cartel iluminado enchufado a la pared que zumba por la lluvia.

Bzzzzzz.

Okonomiyaki. Abierto.

Bzzzzzz.

Yamazaki echa un vistazo con expresión preocupada al cartel y sus zumbidos. Contiene una caricatura de un chico gordo que no deja de meterse comida en la boca abierta de par en par con unos palillos. El cartel sisea y suelta chispitas conforme las gotas de lluvia caen sobre él.

—Venga. —Wada desliza la puerta del restaurante para abrirla. Los paneles de cristal de la vieja puerta de madera traquetean, lo cual avisa al anciano que está sentado detrás de la barra mientras lee una revista, y este se pone de pie de un salto.

—*Irasshai!* —exclama.

—¡Ah! Tencho. *Konbawa* —lo saluda Wada con una sonrisa mientras deja su paraguas a un lado.

Yamazaki entra por la puerta y choca contra Wada.

—¡Quita del medio, payaso! —dice Yamazaki, mientras su paraguas gotea y él se intenta abrir paso por el lado de Wada para entrar más en el viejo restaurante diminuto—. ¡Estoy empapado! ¿La temporada de lluvias es mejor en Hiroshima? —El agua del paraguas de Yamazaki deja unas manchas de color marrón oscuro por las paredes de madera y la barra.

—Todo es mejor en Hiroshima. —Wada le guiña un ojo a Tencho—. ¿A que sí, Tencho?

Tencho asiente y se limpia las manos en el delantal.

—No me hagas echarla de menos.

—Tencho, este es mi amigo Yamazaki. —Wada señala con uno de sus dedos rechonchos a Yamazaki, quien sigue peleándose con su paraguas en la entrada—. Es de Tokio, pero es majo, de verdad.

Yamazaki deja su paraguas en el soporte que hay junto a la puerta, coloca las manos a su lado y le dedica una reverencia profunda a Tencho.

—Es un honor conocerlo. Muchas gracias por recibirme en su restaurante.

Tencho sacude una mano delante de su cara.

—Nada de formalidades aquí. Siéntate y relájate.

—¡Siéntate, siéntate! —exclama Wada, y ambos se acomodan frente a la barra.

—¿Qué os pongo? —pregunta Tencho.

—Ahora cerveza —contesta Wada.

Tencho saca dos jarras heladas del congelador y va a la trastienda a llenarlas. El restaurante se queda en silencio por primera vez, y lo único que se oye es la lluvia que cae en el exterior, como el sonido de un disco de vinilo al reproducirse.

Yamazaki tiene una expresión confusa. Mira en derredor, al restaurante oscuro y polvoriento, y se centra en las fotos de viajes por Hiroshima y el pájaro de peluche que hay en un rincón. Alza una ceja ante ello, aunque, más que nada, lo que le extraña es que Wada haya dicho «ahora cerveza» hace unos segundos.

—Wada, ¿qué has querido decir con «ahora cerveza»?

—Significa «cerveza, por el momento» en el dialecto de Hiroshima —responde Wada, mientras se seca la lluvia de la frente.

—Ah —dice Yamazaki—. Pero…

—¿Qué?

—Bueno, ¿no te parece un poco maleducado?

—Yamazaki, entre nosotros los de Hiroshima todos sonamos amistosos, mientras que los de Tokio nos parecéis fríos y altivos. —Wada se echa a reír.

Yamazaki no sabe si Wada está siendo agresivo o si solo bromea.

Tencho sale con las cervezas y no puede evitar reírse y derramar algo cuando se percata de lo que Wada le está explicando.

—Tencho, ¿no quieres tomarte una cervecita con nosotros? —le pregunta Wada.

—Se supone que no puedo, pero… —Tencho saca otra jarra del congelador, se dirige a la trastienda a toda prisa y vuelve con ella llena a rebosar—. Un día es un día, ¿eh?

Los tres hacen chocar sus jarras y entonan: *Kanpai!*

El leve sonido de la lluvia queda acompañado de los tragos de cerveza, a los cuales les siguen tres suspiros satisfechos al unísono.

Un tablón cruje en lo alto. Tencho alza la mirada y menea la cabeza.

—Qué ruido hace esa mujer —rechista, antes de beber un largo trago de cerveza—. Bueno, ¿cómo va todo en el mundo de los taxistas?

—De pena, como siempre. —Wada menea la cabeza.

—Teníamos ganas de que llegaran los Juegos Olímpicos, con todos los extranjeros que iban a venir a la ciudad.

Yamazaki estudia su cerveza, y Wada suelta un suspiro; no hablan de la pérdida de clientes. Antes de que el silencio se pueda alargar lo suficiente como para volverse incómodo, se percatan de que la mujer de Tencho baja por las escaleras en silencio para darle un susto detrás de la barra. Pese a que Wada y Yamazaki la ven, ella se lleva un dedo a los labios para que no digan nada. Se acerca tanto como puede a Tencho y le grita al oído:

—¿Qué carajos haces bebiendo cerveza?

Tencho da un respingo, y se le derrama algo de su jarra.

—¡No me des esos sustos, mujer!

—¿Pensabas que era un fantasma? —Se echa a reír—. Y se supone que no debes beber con la salud como la tienes —añade con un puchero—. Lo digo por tu bien.

—Es más probable que me muera de un infarto antes, con esos sustos que me das.

—Me voy ya. —Le da un beso en la mejilla—. No me esperes despierto.

Se dirige a la puerta, la desliza, echa un vistazo a la lluvia y vuelve a mirar al interior.

—Cuidádmelo bien, chicos. —Entonces se lleva el paraguas de Yamazaki y se marcha.

—Así que por eso te mudaste a Tokio. —Yamazaki chasquea la lengua y suelta una carcajada.

—Las cosas que hacemos por amor, ¿eh? —dice Wada con una sonrisita.

—¿Vais a comer algo o qué? —pregunta Tencho, con el ceño fruncido.

—*Hiroshima-yaki*? —sugiere Yamazaki, para probar suerte.

Tencho y Wada le dedican una mirada de desaprobación a Yamazaki.

—¿Qué? —pregunta él.

—Díselo tú. —Tencho hace un ademán hacia Yamazaki sin muchas ganas y se aleja para empezar a picar una col.

—Se llama *okonomiyaki* —le dice Wada—. No *Hiroshima-yaki*.

—Pero ¿y el *okonomiyaki* de Osaka? ¿Cómo distinguís entre los dos? —quiere saber Yamazaki, con el ceño fruncido.

—No hace falta. Los de Osaka no saben hacer un *okonomiyaki* decente. —Wada sonríe y da un trago a su cerveza.

—Mmm… Bueno, en Tokio llamamos *Hiroshima-yaki* al de Hiroshima, y *okonomiyaki* es el de Osaka —dice Yamazaki, con timidez.

—¿Buscas pelea? —pregunta Wada, con una ceja alzada.

—Es que ¿qué diferencia hay? ¿No son lo mismo? Además, ahora estamos en Tokio, y, como dice el refrán: *Go ni haitte wa, go ni shitagae.* Donde fueres, haz lo que vieres.

Wada hace un gesto para que Yamazaki baje la voz, y con la mirada le indica que no deje que Tencho oiga que dice locuras como esa. Entonces susurra:

—¡Shhh! Ahora estamos donde Tencho, y no queremos que se enfade. Son platos totalmente distintos, Yamazaki. El *okonomiyaki* de Hiroshima tiene unas capas bien definidas, como un sándwich de crepes con fideos, col, carne y lo que uno quiera en el centro. La bazofia de Osaka está toda mezclada en un cuenco y se mete en un calientaplatos como si fuera una tarta.

—Ya… —Yamazaki parece confuso.

—Mira —dice Wada, tras beber otro sorbo, y le hace un gesto hacia Tencho, quien ha empezado a cocinar.

Tencho saca un cuenco de mezcla para crepes y un cucharón. Primero traza dos formas redondeadas en la superficie del calientaplatos incorporado en la encimera, tras lo cual ajusta el calor, y Wada y Yamazaki observan con atención cómo apila la col picada sobre las crepes. Las deja reposar un rato, mientras el vapor se alza poco a poco hasta el techo. Luego añade cerdo, queso y *kimchi* encima de la col, seguido de un poco más de mezcla para crepes, y saca un par de espátulas metálicas grandes. Las hace chocar como cuchillos, las pasa por debajo de una crepe y, con un solo movimiento elegante, le da la vuelta, con la col y todo. Cae sobre la superficie y empieza a sisear.

—Lástima que Taro no haya podido estar aquí —comenta Wada.

—Sí —contesta Yamazaki.

Ambos siguen bebiendo sus cervezas y se quedan con la mirada fija en Tencho mientras este saltea dos raciones de fideos en el calientaplatos junto a las crepes humeantes.

—El accidente debió haber sido horrible —añade Wada.

Tencho casca dos huevos directamente en el calientaplatos y bate las yemas. Luego levanta las crepes con las espátulas de metal brillante, que rascan contra la superficie del calientaplatos y sueltan un sonido metálico muy satisfactorio. Coloca cada crepe y la col primero sobre los fideos y luego sobre los huevos. Las deja reposar un rato más hasta volver a girarlas.

Agarra una jarra metálica llena de una salsa negra y pegajosa. De la jarra saca un pincel, con el cual aplica una gruesa capa de salsa en la parte superior de las dos raciones de *okonomiyaki*. Un olor muy agradable llega hasta las fosas nasales de Wada y Yamazaki, a quienes se les hace la boca agua.

—Pobre hombre —dice Yamazaki.

Tencho echa unas líneas de mayonesa Kewpie sobre las dos crepes y luego las corta en porciones más pequeñas. Sirve cada ración del *okonomiyaki* cortado en un plato distinto.

—Pronto saldrá del hospital —dice Wada—. Estará bien.

—Pero ¿cómo va a conducir sin su pierna? —pregunta Yamazaki.

—En estos días hay todo tipo de inventos —responde Wada.

—¿Como qué? ¿Coches que se conducen solos? —insiste Yamazaki.

—Serás idiota. —Wada pone los ojos en blanco—. Como… ¿Cómo se llaman?

—Prótesis —le ayuda Tencho.

Ambos observan a Tencho, quien sigue sirviendo la comida, y se preguntan cómo sabe la palabra que estaban buscando.

—¿Wada? —lo llama Yamazaki, como si acabara de recordar algo.

—¿Sí? —contesta él.

—¿Hablas inglés?

—No mucho, ¿por qué? —quiere saber Wada.

—¿Qué crees que significa la expresión en inglés *copy cat*? —Yamazaki parece algo reservado.

—¿Cómo quieres que lo sepa? *Cat* es *gato*, ¿verdad? Y *copy* es *copia*, como ese préstamo que usamos en japonés, *kopi*. —Wada mira a Tencho—. Tencho, ¿sabes qué significa?

—¿Mmmm? —Tencho está ocupado, concentrado en servir la comida.

—Da igual —dice Wada, antes de volverse hacia Yamazaki—. Pero bueno, ¿por qué lo preguntas?

—Por nada —contesta Yamazaki, y trata de dar un sorbo inocente.

—¿A qué viene tanto secreto? —Wada alza una ceja y mira con atención a su amigo.

—¿Qué? ¡No hay ningún secreto!

—Pues a mí me parece que sí.

—No digas tonterías. —Yamazaki suelta un pequeño resoplido.

Se produce una pausa antes de que Yamazaki se rinda y meta una mano en su morral para sacar un fajo de papeles A4 grapados y escritos en inglés.

—¡A ver! —suelta Wada, y lleva una mano hacia los papeles. Yamazaki se los aparta.

—¡Se mira, pero no se toca! —le espeta Yamazaki, mientras saca unas gafas de leer doradas de su chaqueta y se las pone.

—¡Venga! ¿Qué es? —Wada da unos golpecitos de impaciencia en su jarra de cerveza, y hasta Tencho los mira con una ceja alzada.

Yamazaki se aclara la garganta y pone su mejor entonación inglesa.

—«*Copy Cat*, de Nishi Furuni. Traducido por Flo…», espera, ¿cómo se lee esto? —Le muestra la palabra a Wada, quien lee con los ojos entornados.

—*Dun… Dun… Dungeons and Dragons* —responde él, con un mohín.

—No dice eso —dice Yamazaki.

—Bueno, ¿cómo quieres que lo sepa? —gruñe Wada—. No entiendo ni jota de inglés. ¿Por qué lo has traído?

—Venga, Wada, usa ese cerebro que tienes —dice Yamazaki. Tencho suelta una risita nerviosa, y Wada pone cara de mal humor.

—Espera, ¿de dónde lo has sacado?

—Del taxi —dice Yamazaki—. Pero… ¿Nishi Furuni? ¿No te suena de nada?

—¡Ah! —A Wada se le ilumina la mirada—. Ese es… es…

—Ajá. El padre de Taro —dice Yamazaki, antes de quitarse las gafas y devolverlas a su estuche con un suspiro—. Por fin.

—¿Y qué hacía eso en tu taxi? —le pregunta Wada.

—Alguien se lo olvidó. Un *gaijin* un poco raro.

—¿Lo vas a dejar en objetos perdidos de la empresa? —quiere saber Wada.

—Eso es lo que había pensado al principio —dice Yamazaki—. Aunque luego se me ocurrió… ¿Por qué no llevárselo al viejo Taro en el hospital? Cuando vayamos a verlo la próxima vez. Se alegrará de ver que la tal Flo cómo se llame ha traducido la historia de su padre al inglés. Quién sabe, si lo ha hecho bien es posible que Taro le permita traducir más de sus historias. Sé que ahora es el heredero de todo eso. Mira, ha puesto su dirección de correo electrónico ahí arriba. —Da un golpecito con el dedo en la parte superior de la primera página.

—Buena idea —dice Wada—. Quizá la primera que has tenido en tu vida.

Yamazaki vuelve a colocar el manuscrito en su morral con cuidado, y Tencho les lleva los platos.

—*Hai, dozo* —dice, tras colocar un plato delante de cada uno.

Yamazaki y Wada toman un par de palillos cada uno de un cuenco que hay entre los dos, juntan las manos frente a ellos y dicen

Itadakimasu. Tencho se sienta en una silla tras la barra y se enciende un cigarrillo. Los dos se disponen a comer.

—Ya veo por qué… —Yamazaki se lleva un montón de fideos y col a la boca— habláis tanto de…

—¡No hables con la boca llena! —se queja Wada, con lo cual escupe un poco de col sobre la barra—. ¿Es que en Tokio no enseñan buenos modales?

Yamazaki traga y echa un vistazo al trozo de col que tiene delante de él.

—Ya veo por qué habláis tanto del *Hiroshima-yaki*.

—*Okonomiyaki!* —gritan Tencho y Wada al unísono.

Y entonces se apagan las luces.

—¿Qué demonios…? —grita Wada.

—¡Cálmate! —grita Yamazaki.

Se producen unos golpeteos en la pared detrás de la barra, y las luces se encienden y se apagan una vez más. Por un instante, la silueta de Tencho se hace visible, de pie, con el puño apoyado contra la pared. Y entonces todo vuelve a quedarse a oscuras. Más golpes en la pared, y las luces se encienden de nuevo. Tencho deja el puño apoyado contra la pared, y todos alzan la mirada hacia la luz que sisea y parpadea por encima de ellos.

—Los cables se sueltan —explica Tencho, mirando a Yamazaki.

—Supongo que el local es bastante viejo —dice Yamazaki, observando el restaurante, con sus estanterías polvorientas y los carteles amarillentos y raídos en las paredes. Vuelve a ver el pájaro de peluche en el rincón y traga en seco. El restaurante está vacío, y el exterior está completamente a oscuras ya. A través de una ventana pequeña, Yamazaki ve la lluvia que cae sin cesar desde los cielos.

Solo que hay algo más que no está: no hay ningún sonido de voces del exterior, ningún cliente de los locales colindantes que vitoree, sino que lo único que se oye es el crepitar de la lluvia y el traqueteo ocasional de un tren que pasa de vez en cuando por las vías que quedan encima de ellos. El tren suelta un zumbido curioso al pasar por allí. Hay algo extraño en el ambiente de Tokio esa noche.

—El padre de mi mujer era el propietario del local, y él hizo toda la instalación eléctrica —explica Tencho.

—Impresionante —dice Wada.

—Ojalá lo hubiera hecho mejor —dice Tencho, mientras saca una cajetilla de cigarrillos tricolor del bolsillo. Un tablón cruje en la planta de arriba.

—¡No digas eso! —suelta Yamazaki, enderezándose—. Puede que te esté escuchando.

—Bah, que escuche lo que quiera —dice Tencho—. Te juro que lleva años molestándome desde el más allá. No notaré ninguna diferencia. —Tencho se enciende un cigarro y da una calada antes de soltar una tos ronca—. Además, no es que me quede mucho tiempo ya.

—¡No digas tonterías! —dice Wada, con una ligera carcajada.

—Es la verdad —dice Tencho—. Pero bueno, cuando me muera, volveré al mundo terrenal a importunaros a los dos.

—No bromees con los fantasmas —le pide Yamazaki, y un escalofrío le recorre el cuerpo—. Me ponen los pelos de punta.

Los otros dos miran a Yamazaki para evaluar si lo está diciendo en serio o no.

—No me digas que… —Wada se cruza de brazos.

—¿Que creo en fantasmas? —Yamazaki se aferra al asa de su jarra con firmeza—. Pues claro que sí. —Se lleva la jarra a los labios y se bebe toda la cerveza de un trago. Alza la jarra en dirección a Tencho, quien se dirige al congelador a por dos jarras más.

—¿Has visto a un fantasma alguna vez? —quiere saber Wada.

—No es que haya visto alguno, pero estoy seguro de que existen.

—¿Por qué estás tan seguro?

Tencho coloca dos nuevas jarras de cerveza en la barra y se lleva las vacías.

—Yo también creo que existen.

Wada menea la cabeza.

—No he visto ni oído nada que me haya podido convencer. —Ve las dos jarras, asiente y pregunta—: Tencho, ¿no quieres otra?

Unos cuantos clientes entran y salen del restaurante, apretujándose alrededor de la barra mientras Wada y Yamazaki beben sus cervezas heladas y engullen su comida. Algunos de los clientes piden *okonomiyaki*, mientras que otros piden varios fritos *teppanyaki*.

Más adelante, según comienzan a beber la cuarta cerveza de la velada, la puerta se abre, y por ella entra un hombretón corpulento de rostro amistoso que lleva el mono azul que forma parte del uniforme de los carteros. Parece tener casi cuarenta años.

—*Irasshai!* —entona Tencho de forma automática, antes de mirar a ver quién es—. Anda, mira quién ha venido. ¡Pasa, Shingo, pasa!

—Buenas noches, Tencho —dice Shingo, antes de sentarse a la barra. Wada y Yamazaki lo saludan con unos ademanes con la cabeza, y él les devuelve el gesto.

—¿Lo de siempre? —le pregunta Tencho.

Shingo asiente.

—¿Cómo va todo, jovencito? Hace tiempo que no te veo por aquí.

—Ahí vamos —dice Shingo, y luego, mirando a los taxistas, añade—: Manteniéndome a flote. El trabajo de un cartero no acaba nunca, como se suele decir. Bueno, hasta que los correos electrónicos maten el correo postal de una vez por todas.

—¿Y cómo va todo con aquella señorita? —le pregunta Tencho. Shingo se ruboriza.

—Ah, como siempre, ya sabes. —Da un sorbo de la cerveza que Tencho le ha puesto delante, incómodo, y se derrama un poco sobre el uniforme en el intento—. Ni idea.

—Mujeres, ¿eh? —ofrece Yamazaki, con amabilidad.

—Mi consejo es que no dejes que nada te moleste —dice Wada, mostrándole su alianza. Shingo se echa a reír.

—Pero ¿cómo supiste que... ya sabes, que era la mujer de tu vida?

—Es algo que se sabe y ya —contestan Wada y Yamazaki al mismo tiempo.

Shingo esboza una sonrisa, aunque todavía parece tímido.

—Todo eso se me da de pena.

—¿Y si le preguntas si quiere ir contigo al *omatsuri*? —interpone Tencho—. La fiesta de la ciudad es pronto, ¿verdad?

—Ah... Seguro que no quiere ir conmigo...

—No irá si no se lo pides antes —dice Wada.

—A lo mejor... Quizá... —vacila Shingo—. Pero también hay que tener en cuenta la diferencia de edad...

—No debería importar, siempre que haya amor —dice Yamazaki—. Eso es lo que cuenta.

Para cuando Wada y Yamazaki pasan a beber *shochu* con hielo, Shingo ya se ha marchado, y se están contando historias de fantasmas el uno al otro. Yamazaki le cuenta a Wada una historia sobre la vez que vio a una *rokurokubi*, una fantasma *yokai*: se había despertado una noche y había visto una cabeza que entraba flotando en su habitación de cuando era pequeño, con un cuello muy largo que se extendía y salía por la puerta. Era la cabeza de una joven doncella que llevaba el cabello en el estilo del periodo Edo. Había intentado gritar, pero no le había salido ninguna palabra. Había cerrado los ojos y se había escondido debajo de la sábana hasta la mañana siguiente. Entonces, cuando se lo había contado a su madre, ella había asentido y le había dicho que la casa antes era de un mercader rico cuya hija se había suicidado.

Wada le cuenta a Yamazaki otra historia: en ella hay un cura y un gato, y la cabeza del gato alza el vuelo para arrancarle la cabeza a una mujer que intenta envenenar al cura.

Mientras tanto, Tencho está sentado al otro lado de la barra, fumando y escuchando.

Aun así, ambos dejan de hablar cuando entra ella.

Lleva una chaqueta larga. Sigue lloviendo, y la chica está empapada: el cabello le cuelga en unos mechones ondulados y mojados que cubren su rostro angular. A través de su cabello se ven sus ojos verdes y extraños, cuya intensidad hace que a Wada y a Yamazaki les dé miedo mirarla. No lleva paraguas. Se quita la chaqueta y revela su vestido negro de espalda descubierta. En la espalda tiene un enorme tatuaje muy detallado que se extiende por sus brazos, hasta las muñecas. Unas gotitas de agua le cubren el cuerpo, y el tatuaje reluce y brilla bajo la luz tenue.

Wada y Yamazaki inclinan la cabeza en su dirección cuando ella pasa por delante para sentarse en un rincón del restaurante, en el lado opuesto de la barra rectangular, pero ella no les hace ni caso. Tencho se dirige hacia su sitio, le coloca un vaso de leche delante y se va a la trastienda a preparar algo de comer, por mucho que no hayan oído que hubiera pedido algo.

—¿Has visto eso? —le susurra Yamazaki a Wada.

—Ajá. —Wada sonríe e inclina la cabeza hacia la chica una vez más.

Ella les devuelve la mirada, aunque parece mirar más allá de ellos, como si no estuvieran allí.

—¿Crees que...? —empieza a preguntar Yamazaki.

—Shhh —lo interrumpe Wada antes de que Yamazaki pueda pronunciar la palabra *Yakuza*—. No, no lo creo.

—¿De qué es el tatuaje? —susurra Yamazaki.

—No lo he visto bien —dice Wada—. Pero bueno, no es un tatuaje de ninguna mafia.

Tencho se vuelve a dirigir hacia ella con un plato de pescado. Se lo coloca delante y le hace una reverencia antes de volver con los otros dos.

—Espero que no estéis molestando a mi clienta —dice, entre dientes.

—¿Quiénes, nosotros? —Wada parece ofendido.

—¿Quién es? —quiere saber Yamazaki.

—Una clienta habitual, una que no se mete en los asuntos de los demás. —Tencho les sonríe a los dos.

—No sabía que servías pescado —comenta Wada.

—A los clientes chismosos, no —responde Tencho.

—Vale —dice Wada, alzando las manos—. Ya lo captamos…

Y las luces se apagan una vez más. Un sonido extraño, como de animal, sale de la oscuridad; algo similar a un alarido, seguido de un crujido en un tablón de la planta de arriba y del puñetazo que Tencho le da a la pared. Las luces vuelven a encenderse, y los tres clientes siguen sentados junto a la barra.

Tencho le dedica una reverencia a la chica.

—Lo siento, *Ojo-san*.

Ella le hace un ademán con la cabeza y sigue comiendo su pescado con los palillos.

Tencho se dirige a la trastienda mientras musita algo sobre el cableado.

—Oye. —Yamazaki le da un codazo a Wada en sus costillas rollizas—. ¿Has oído eso?

—¿Que si he oído qué? —pregunta Wada, frotándose el costado—. Y no me des codazos, que tus huesos pinchan.

—Ese ruido raro, como de un gato. —Yamazaki baja la voz y señala en dirección a la chica que come pescado al otro lado de la sala—. ¡Ha sido ella!

—Ya, claro —dice Wada.

—¡Podría ser una *bakeneko*! —insiste Yamazaki.

—Ya estamos otra vez con las supersticiones absurdas. —Wada pone los ojos en blanco.

—¡Lo digo en serio! ¡Son de verdad!

—Como los fantasmas, ¿no?

—Mira, tengo un amigo…

—Siempre es un amigo, ¿eh? Nunca es la persona que cuenta la historia.

—Calla y escucha. —Yamazaki da un trago de *shochu* y se limpia la boca con el dorso de la mano—. Mira, mi amigo fue a un burdel…

—Una historia sobre una prostituta y un amigo. ¡Quién lo habría dicho! —Wada se echa a reír.

Yamazaki pretende no haberlo oído.

—Y, cuando fue a darse el baño con la chica, le dijo que era la chica más guapa que había visto nunca y que se lo había pasado muy bien. Solo que la chica no había dicho nada durante todo aquel rato. Y entonces volvió a la habitación y oyó un maullido…

—¿Qué estáis cuchicheando por ahí? —Tencho vuelve a salir de la trastienda y mira a Yamazaki con sospecha.

—Nada, otra historia de fantasmas —responde Wada.

Yamazaki está bastante borracho, pero Wada lo está todavía más. La chica sigue comiendo su plato de pescado poco a poco, y son los únicos que quedan en el restaurante, pues se ha hecho bastante tarde.

—¡Tencho! ¡Pídenos un taxi!

—¡Hazlo tú mismo! —Tencho está sonriendo—. Menudos taxistas estáis hechos…

Wada mira a Tencho, con los ojos rojos y llorosos, y el barman acaba soltando un suspiro antes de dirigirse al teléfono. Yamazaki desvía la mirada hacia la chica.

—Está tardando un montón con el pescado.

Tencho cuelga el teléfono.

—Vendrá en quince minutos —dice.

—*Acias, Tensho* —dice Wada, antes de dejar caer la cabeza contra la mesa. El barman menea la cabeza.

Yamazaki hace un gesto hacia la chica.

—¿Cómo volverá ella a casa?

—No te preocupes —contesta Tencho.

—Quizá pueda compartir el taxi con nosotros. —Yamazaki se inclina sobre la barra—. ¡Oye, señorita!

—Ni hablar. —Tencho se coloca entre los dos—. Puede cuidar de sí misma, Yamazaki-san.

—Solo era una idea. —Yamazaki se queda mirando su copa de *shochu* vacía y piensa si debería servirse más de la botella, a la cual todavía le queda un cuarto.

Tencho se interpone y se lleva la botella.

—Mira, escribiré tu nombre aquí y la guardaré detrás de la barra. Para cuando vuelvas, ¿vale?

—¡Buena idea! —exclama Yamazaki—. Claro que volveremos. Ha sido el mejor *Hiroshi… okonomiyaki* que he comido nunca.

Tencho parece radiante de felicidad.

—Siempre serás bien recibido. —Señala a Wada con la barbilla—. Y este también, siempre que no beba tanto la próxima vez.

Wada alza la cabeza y parpadea, sorprendido.

—No he bebido tanto, ¿verdad?

—Vuelve a dormir —le dice Tencho—. El taxi vendrá…

Las luces se apagan.

—Quedaos aquí. No pasa nada.

Se produce el golpe contra la pared, y los tablones crujen. Un parpadeo y un destello de las luces del techo. Y luego, oscuridad de nuevo.

—Porras. —La voz de Tencho en la oscuridad—. Esperad, voy a por una lámpara.

Se oye el sonido de los pasos de Tencho, quien se dirige a la trastienda, y se enciende un ligero brillo desde su teléfono, el cual está usando para buscar algo.

—Qué miedo —dice Yamazaki.

—No seas tonto —dice Wada, arrastrando las palabras.

Y entonces lo vuelven a oír, aunque más silencioso que hace un rato: aquel ligero sonido como de alarido.

—¡Ahí está otra vez! —susurra Yamazaki.

Luego oyen a Tencho exclamar desde la trastienda:

—¡Perfecto! —Y un poco de luz fluye hacia la sala frontal. La luz se mueve poco a poco hacia la sala principal, y el rostro de Tencho queda iluminado de un modo fantasmal gracias a la luz que brilla desde debajo de él y arroja unas sombras fantasmagóricas por su rostro. Coloca la lámpara encima de la barra—. ¿Estáis todos bien? —pregunta.

—Ajá —contesta Yamazaki.

—Yo también —dice Wada.

Silencio.

Miran en dirección a la chica, pero no está por allí.

—*Ojo-san*? —la llama Tencho—. ¿Estás bien?

—¿Dónde está?

—¡Shhh! —Wada le pone una mano en el brazo.

El sonido vuelve a producirse, más alto que antes. Algo se mueve al otro lado de la barra, por el suelo.

Los tres hombres se agazapan. Tencho empuña un cuchillo, mientras que Wada blande la lámpara, y todos recorren la sala despacio. Hay un crujido que sale desde debajo de la barra, y un olor amargo les llega a las fosas nasales. Se detienen, intercambian una mirada y se asoman por encima de la barra.

Unos ojos verdes y extraños les devuelven la mirada. Una lengua sale disparada para relamer unos labios de pez.

Y entonces la lámpara se apaga.

DETECTIVE ISHIKAWA:

NOTAS DEL CASO 2

Transcurren semanas. Trabajo poco a poco, de forma constante. El trabajo es lo que me gusta hacer.

La ciudad se basa en el trabajo. Tokio es un lugar en el que, si uno deja de trabajar aunque sea por un segundo, la ciudad lo engulle y lo hace pasar al olvido. Eso es lo que pasó con los pobres que se sientan en las lonas azules de los parques y beben hasta perder el conocimiento. La mayoría de ellos seguramente no pudo mantener el ritmo.

La ciudad no descansa. Nunca.

Y menos por la noche. El sueño es algo que Tokio acomoda alrededor del trabajo.

Cuando la ciudad está más dormida es en torno a las 04:30 a.m. El cielo se empieza a iluminar; los taxis siguen en movimiento, y algunos de ellos llevan a trabajadores que salen de casa temprano, mientras que otros llevan a personas que vuelven tarde. Pese a que los trenes todavía no han empezado su marcha diaria, en media hora estarán traqueteando al ritmo de siempre. Lo único que los ralentiza es alguien que salte a las vías, otro desgraciado que no pudo mantener el ritmo de la ciudad. Saltan a las vías con la esperanza de que eso los transporte a un lugar mejor. Y entonces la empresa ferroviaria cobra a la familia del fallecido. Se supone que eso es para hacer que los que saltan se lo piensen mejor antes de perturbar el horario de los trenes, pues a Tokio no le gusta ir tarde. Aun así, parece que no es lo suficientemente disuasorio para algunos. Tal vez ni siquiera tengan una familia a la que luego le puedan cobrar. Qué es lo que tienen por perder, ¿verdad?

La ciudad es una de las cárceles más grandes del mundo: treinta millones de presos.

No como donde me crie.

Osaka también es una ciudad grande, claro, pero allí las personas saben relajarse. Saben cómo tratar bien a los demás. Pueden ver el lado divertido de la vida. Tokio se toma demasiado en serio, aunque es por un buen motivo: es un lugar serio.

Sé por qué vine a esta ciudad. El amor me trajo aquí.

Sin embargo, cuando voy al trabajo en tren, con una resaca de mil demonios, suelo preguntarme:

Ya que nos divorciamos, ¿qué es lo que me sigue atando a esta ciudad?

Cuando llegué a la oficina, supe que algo iba mal.

La puerta estaba abierta. Taeko no entraba hasta más tarde, así que supe que no era ella. Me escabullí hasta la puerta, la empujé, y las bisagras soltaron un pequeño chirrido. La cerradura colgaba de la puerta. La habían forzado.

Contuve la respiración y caminé tan sigilosamente como pude a través de la sala de espera y hasta la oficina. Veía la silueta de alguien bajo y rechoncho reflejada en la ventana. Tenía la pila de fotos de mis casos en las manos y las estaba examinando una a una. Lo mismo de siempre: alguien que intentaba robar alguna prueba que había obtenido.

Me escabullí por la puerta y observé la figura que estaba en mi oficina, con un pasamontañas y guantes de cuero. Llevaba unos tejanos azules y una camiseta de *Pulp Fiction* mientras seguía mirando las fotos. Sin darse cuenta de nada.

—¿Puedo hacer algo por usted? —pregunté.

La cabeza miró hacia arriba, y lo único que pude ver fueron unos ojos y unos labios. Los labios estaban tensos, y los ojos parecían sorprendidos, pero había algo más ahí. Intercambiamos una mirada a través de la oficina y respiramos poco a poco. Los dos estábamos esperando. En el exterior oía la melodía que salía de la estación para anunciar la partida de otro tren, y unos gritos de un hombre que publicitaba un nuevo cibercafé llegaban desde la calle. Luego solo oí el leve sonido del tráfico matutino. Los ojos de detrás de la máscara se posaron en la puerta, y yo le seguí la mirada. Cuando volví a mirar, vi un objeto que volaba en mi dirección. El objeto se expandió en el aire conforme se acercaba a mí. Alcé un brazo por instinto y noté el golpe de una gran pila de fotos que me alcanzó en el brazo y en el rostro antes de desperdigarse. Sentí un corte en la mejilla, seguido de un fuerte empujón, tras lo cual caí al suelo. Vi a través de la puerta abierta de la oficina cómo una sombra oscura desaparecía a toda prisa.

—Menuda forma de empezar la mañanita. —Me pasé una mano por la mejilla y vi que estaba sangrando.

Me quedé tumbado de espaldas, rodeado de cientos de rectángulos pequeños y brillantes, cada uno de los cuales mostraba una traición distinta.

Cuando Taeko llegó, acababa de recogerlo todo.

Habíamos tenido un montón de intrusos durante aquellos años, pero no era necesario que ella estuviera al tanto de todos y cada uno.

Se trataba de una jugada estándar, una vez que un marido o una mujer que le ponía los cuernos a su pareja se enteraba de que esta tenía pruebas de ello. Entonces contrataban a alguien para que robara cualquier prueba que tuviera el detective privado en cuestión. Lo que aquellos intrusos no sabían era que yo siempre tenía varias copias de las fotos. Mi exmujer lo había comprobado a las malas, cuando le había pagado a un rufián para que robara las fotos que tenía de ella.

—¡Buenos días! —Taeko estaba sonriendo, pero entonces vio la cerradura que colgaba de la puerta—. ¡Ay, Dios! ¿Otra vez?

—Hemos tenido visita.

—¿Está bien? —Se mordió el labio, y entonces alzó la mirada de la cerradura a mi mejilla—. ¿Qué le ha pasado en la cara?

—Me he cortado afeitándome.

—Vaya, imaginaba que se le daría mejor. —Sonrió—. A su edad…

—Nunca le he pescado el tranquillo.

—Siéntese. —Soltó un suspiro—. Iré a preparar café.

—Hazlo bastante cargado, por favor.

—Iré a por el kit de primeros auxilios también. —Meneó la cabeza y se apresuró hacia la cocina.

Oía su voz, junto al traqueteo metálico de las cucharas y las tazas.

—¡Por Dios! —Y luego algo que sonaba como—: Ya no lo soporto más.

—Yo tampoco —susurré.

Aquella noche después del trabajo, mientras me dirigía a la estación de tren, un perturbado me dio un trozo de papel. Tenía un montón de fotocopias y se las estaba entregando a cualquiera que quisiera aceptarlas, como si fuera un miembro de algún culto. Sacudió un papel con fuerza delante de mí, y yo ralenticé el paso, básicamente porque no tuve otro modo de pasar por delante de él.

Era un hombre corpulento y me miró a los ojos cuando acepté el papel.

—No te conviertas en uno de ellos, hermano —me dijo.

—¿Uno de quiénes? —respondí. (En retrospectiva, tendría que haber dicho «yo no soy tu hermano, colega» o alguna gracia como aquella).

Se quedó con la mirada un poco perdida.

—Las hormigas —dijo.

—Ya, claro, eso haré. —Asentí y me dirigí a la estación a toda prisa.

Me saqué el papel del bolsillo en el tren para echarle un vistazo. Era una idiotez:

Soy la oscuridad de la ciudad, tallada y sombreada en la piel viva del paisaje. Acecho por los callejones. Vivo del moho. Vivo de la roña. Mis compañeras son las cucarachas. Las babosas, las ratas. Soy la cámara que no juzga. Soy la ola que rompe contra la central nuclear de Fukushima. Soy los caballos, los perros y los gatos abandonados que se descomponen hasta que solo quedan los huesos. Cadáveres desteñidos por el sol. Soy vuestro estadio olímpico, grande y a punto de derruirse. No tengo hijos, y, aun así, aquí estoy. No se me puede esconder detrás del acero. Detrás de los edificios. Detrás de pantallas de ordenador. Detrás de enjambres de personas, de grupos de hormigas. Como la tinta más oscura que se derrama y mancha, aquí estoy y aquí estaré. Para toda la eternidad. Estoy a solas en mi soledad, y vosotros también.

Pues soy la ciudad de la oscuridad. Y estoy esperando.

Como decía, una idiotez.

Me fui al club nocturno que regenta mi amigo de la universidad miembro de la Yakuza. Todavía seguíamos en pleno juego de *shogi* y él estaba ganando, aunque no era de eso de lo que quería hablarle.

Aquellas últimas semanas, entre que recorría las calles y pegaba los carteles de «Queso y Pepinillo» (una pareja de gatos peludos que habían desaparecido de la casa en Azabu de una señora rica) y me escondía detrás de una maceta para tratar de hacerle fotos a una pareja borracha que iba a un hotel del amor de temática italiana, también había estado encargándome de mi investigación gratuita para la madre y el padre del hijo desaparecido.

Al principio no había sacado nada en claro: no había ningún registro del hombre mirara donde mirare. Nada en la seguridad social, ningún historial laboral, ninguna propiedad a su nombre, ningún coche, ni piso ni casa. Era como si estuviera buscando a un fantasma. Había pasado unos días dándole vueltas a todo y preguntándome si me habrían informado bien. ¿Aquel hombre existiría de verdad? Aun así, ya había pasado por situaciones similares antes. Cuando se busca a alguien que no existe en nuestro mundo, lo mejor es asumir que está viviendo en otro. Lo más seguro era que nuestro chico desaparecido no fuera el angelito inocente que sus padres habían descrito.

Si no era un pringado que trabajaba en una empresa cualquiera de Tokio, debía tener una historia distinta. No, el hombre en cuestión debía tener ciertas conexiones. Y no de las buenas precisamente. Cada vez veía más probable que el niño de mamá desaparecido hubiera tenido cierta historia con la única organización que existía para aquellos que vivían en los márgenes de la sociedad respetable: era miembro de la Yakuza. Y, por suerte para mí, mi viejo colega de la universidad se había convertido en el jefazo de una de las familias más grandes de

Shinjuku. No me gustaba tener que acudir a él para pedirle un favor, pero era algo en lo que necesitaba ayuda.

Con los mafiosos, a veces no se trata solo de necesitar su ayuda para algo, sino que hay que hacerles saber que uno quiere rebuscar entre sus trapos sucios. No les gusta cuando no se les pide permiso, pues lo ven como una falta de respeto, y lo más seguro es que uno acabe asfixiado en esos mismos trapos sucios, tal vez ahorcado mientras lleva puestos un sujetador y unas bragas. Esos no se andan con chiquitas.

Todavía era de día cuando llamé a la puerta delantera del club, y eso fue lo que lo hizo raro cuando el portero me dejó entrar: dentro parecía ser de noche.

—¿Nombre? —preguntó el portero de inmediato.

—Ishikawa. —Lo vi hablar discretamente por la radio que llevaba. Pretendí no darme cuenta al echar un vistazo a una pantalla que mostraba las cámaras de vigilancia de distintas partes del club. Estaba dividida en varias escenas, unas trece, y era difícil ver tantas al mismo tiempo. Había tantas escenas tomadas desde tantos ángulos distintos que me resultaba imposible procesarlas todas a la vez. Había una en el exterior, y otra que miraba hacia nosotros desde arriba. Me vi a mí mismo, con la espalda recta y mirando algo en lo alto, mientras el portero hablaba por su radio y asentía un poco al mismo tiempo. Si bien no pude entender del todo lo que decía, entonces exclamó:

—Eh. —Miré a su imagen del mundo real y vi que estaba asintiendo. Me hizo un ademán con la mano para que pasara a la sala contigua, pero vi algo en su mirada mientras lo hacía.

«Cuidadito con meterte en líos».

Un largo pasillo me condujo a otra puerta que fue abierta por un brazo invisible, y entonces llegué al club nocturno propiamente dicho.

Se parecía mucho a una escena absurda de una película sórdida.

Había chicas en *topless* que daban vueltas en postes, además de matones con traje que no dejaban de mirarlas. Una bola de discoteca hortera colgaba en el centro de la sala, y unas luces de colores un tanto desganadas rebotaban contra las paredes. Había un olor extraño en el aire: una mezcla de marihuana, incienso barato y lejía. Me dirigí al bar y pedí un café solo para animarme un poco. El barman me miró como si valiera menos que una mierda, pero fue a su máquina de expreso y empezó a prepararme la bebida. Me gustaba su camiseta de *Reservoir Dogs*. Su actitud, no tanto. Me volví para mirar el club, con la espalda apoyada en la barra.

Y entonces captó mi atención. Una de las chicas que bailaban destacaba entre las demás.

No pude saber a ciencia cierta si fueron sus ojos verdes lo que me llamó la atención o si fue el tatuaje que le cubría toda la espalda. Mientras giraba y se retorcía en el poste, intenté ver bien de qué era el tatuaje. Aunque parecía esbelta a simple vista, vi sus músculos moverse bajo el tatuaje conforme giraba en el poste poco a poco, sostenida en todo momento por sus brazos y piernas fuertes. ¿Qué era? ¿Una ola? ¿Un animal? Era algo que parecía vivo, algo lleno de energía, solo que me costaba verlo bien con todo el movimiento y los destellos de las luces.

—Oye. —Una voz a mis espaldas. Me volví hacia la barra; el barman señalaba hacia una taza de café humeante.

—Gracias, amigo —dije.

—No soy tu amigo, colega —musitó él mientras recorría la barra para ir a servir a otro cliente.

Meneé la cabeza, alcé la taza y su platito y me di la vuelta mientras bebía un sorbo. Me intrigaba la chica del tatuaje extraño. No obstante, cuando miré al escenario en el que había estado, la música había cambiado, y había una chica distinta bailando. Aquella tenía la piel más pálida, las tetas más grandes y ningún tatuaje.

Perdí el interés por las bailarinas.

—¿Ishikawa?

Me volví para ver a un hombre corpulento con traje, el pelo cortado al ras y un pinganillo en una oreja.

—¿Sí?

—Por aquí, por favor.

Se dio la vuelta con un movimiento fluido y lo seguí a través de otra puerta en un rincón, subimos por unas escaleras y llegamos a una oficina. Sostuvo la puerta de la oficina abierta para mí, aunque no me siguió al interior. Cerró la puerta, y, según esta chasqueaba al cerrarse, Shiwa alzó la mirada hacia mí. Sobre su escritorio había un tablero de *shogi* de verdad, y reconocí la partida que se estaba disputando: era la nuestra. Así que Shiwa colocaba el tablero de verdad. Interesante.

—¡Ishi! Mi querido perro callejero.

—Shiwa-san. Cuánto tiempo sin vernos.

—Siéntate. —Me sonrió.

—Gracias.

—¿Un cigarrito? —Me ofreció uno.

—He dejado de fumar. —Negué con la cabeza.

—¿Desde cuándo?

—Desde la semana pasada.

—Me pregunto cuánto durará eso, ¿eh, Ishi?

—Tres días son suficientes para que cualquiera se crea cura.

— ¿Te molesta que fume?

—Para nada.

Se le iluminó el rostro, y, entre los rollos de grasa y el bigote delgaducho, vi la cara del joven con el que había ido a la universidad. Me pregunto qué le parecería yo a él. ¿Habría envejecido así? ¿Podría ver algún cambio en mi apariencia? Cuando me miraba al espejo, no veía nada. El tiempo parecía ser algo que les ocurría a otros.

—Bueno, ¿cómo va todo, Ishi?

—No me puedo quejar. Me mantengo a flote.

—¿Tienes muchos casos?

—El trabajo nunca para.

—Bien, bien. —Dio una larga calada y exhaló una nube de humo en el aire.

—¿Qué tal va todo por el mundo criminal? —Crucé una pierna.

—Ah, lo mismo de siempre, «el trabajo nunca para». —Se echó a reír—. No te creerías la de idiotas con los que tengo que lidiar.

—No sé, mi clientela incluye a unos personajes de lo más… interesantes.

—Ay, Ishi, ojalá pudiera contarte algunas de las historias que tengo.

—Lo mismo digo.

—¿Qué es lo que se supone que debo decir ahora? —Alzó la mirada hacia un rincón de la sala, y unas gotitas de sudor relucieron en su frente—. Ah, sí, «pero entonces tendría que matarte».

—Ya veo que el papel de mafioso cliché te viene como anillo al dedo, Shiwa-san.

Soltó una carcajada.

—Bueno, ¿y qué te trae por estos lares? —Se inclinó hacia delante en su asiento y sacudió la ceniza del cigarrillo sobre el cenicero.

—Lamento presentarme por aquí como si nada, pero estoy buscando a alguien.

—¿Ah, sí? —Miró hacia su mano, apoyada en el cenicero, y ladeó la cabeza un poco.

—Sí.

—¿Y quién es ese alguien?

—Un tipo llamado Kurokawa. —Contuve la respiración.

—Kurokawa… —Negó con la cabeza—. No me suena…

—Nada más que un pececito.

—¿Y por qué te importa tanto un pececito?

—Tengo un caso de persona desaparecida.

Me miró a los ojos e hizo el gesto de cortarse la garganta.

—¿Desaparecido *para siempre*?

—No, eso no. —Me lo pensé—. Sus padres me han contratado para encontrarlo.

—Mmmm. —Shiwa se reclinó en su asiento y posó la mirada en el techo—. Ishikawa, ya sabes que me estás pidiendo mucho.

—Lo sé, Shiwa-san. —Me eché hacia delante—. No habría acudido a ti si hubiera podido encontrarlo de cualquier otro modo.

—Una vez que alguien se une a esta familia, se tiene que despedir de la antigua. —Soltó un suspiro—. ¿Acaso no lo saben sus padres?

—Creo que sí. —Cambié de postura—. Pero ahora ya no es parte de vuestra familia...

—Está muerto para nosotros.

—Lo sé.

—Y nadie vuelve de entre los muertos, ¿sabes?

—Lo sé.

Dio una larga calada a su cigarrillo, y la punta se encendió de color rojo. Exhaló y me miró.

—Vale —asintió—. Pero solo porque nos conocemos desde hace mucho tiempo. No te acostumbres, Ishikawa.

—Muchas gracias, Shiwa-san. —Hice una reverencia con respeto.

—Habla con Seiji cuando salgas, él te podrá ayudar.

—¿Cuál de todos es Seiji?

—El barman.

—Gracias, Shiwa-san. —Me puse de pie y me acerqué a la puerta—. Te debo una.

—Por supuesto que sí, y ya te pediremos el favor cuando lo necesitemos. Puede que tenga un caso para ti pronto. Pero bueno, sea como fuere, estaremos en contacto.

Puse una mano en la puerta.

—Ah, ¿Ishi?

Me volví para mirarlo una vez más.

—¿Sí?

—No te olvides, te toca a ti. —Miró el tablero de reojo.

Seiji me estaba esperando en el lado de la barra donde se sentaban los clientes cuando volví a salir al club. Estaba sentado en un taburete y fumaba un cigarrillo. Tenía el cabello largo y rizado y barba, como los mendigos que suelen estar en la playa Shonan y pretenden que saben surfear para tratar de ligar. Me acerqué a él, pero no me hizo ni caso. Se limitó a seguir fumando, con la otra mano metida en el bolsillo de los tejanos y la mirada clavada al frente. Lo observé mientras fumaba; había algo que me sonaba mucho en el modo en que ponía los labios al soltar anillos de humo. La música había disminuido de volumen lo suficiente como para que pudiéramos hablar.

—¿Seiji? Soy Ishikawa. Shiwa me ha dicho…

—Ya sé quién eres. Siéntate, coño.

Me quedé plantado donde estaba.

—Qué mono. ¿Me vas a invitar a cenar?

Se puso de pie y me encaró. A pesar de que el barman era bajito, pude ver algo en sus ojos, algo que volvió a despertar aquella sensación en un recoveco de mi mente. Había algo allí: no le caía bien por algún motivo.

—Escúchame bien, cabronazo. —Hablaba con la mandíbula apretada—. No me vengas con esas o te dejaré tirado en el suelo. ¿Entiendes?

—Alto y claro, cariño.

—Sé quién eres, Ishikawa. He visto tu mierda de trabajo. Vas por ahí husmeando en la basura de los demás, y luego la tiendes para que la vea todo el vecindario. —Su voz era prácticamente un gruñido.

—¿Siempre tratas así a un chico en la primera cita? —le sonreí.

Me dio un fuerte empujón en el pecho con el dedo.

—Eres basura.

—Yo suelo darle un beso a alguien antes de tocarlo así —me defendí. Él me apuntó a la cara con un dedo.

—Lo sé todo sobre ti, Ishikawa.

—¿Sí? ¿Qué es lo que sabes, cielo? —Lo miré más allá del dedo.

—La gente habla. Sé que vendiste a tu exmujer.

¿Cómo sabía lo que había pasado con mi ex?

—Sigue hablando, cariñito. Te enterraré.

—¿Qué vas a hacer, detective capullo? Estás en nuestro terreno ahora. Solo vas a salir vivo de aquí porque eres amigo de Shiwa.

—Sí, exacto. Soy amigo de Shiwa-san.

Lo dejé en el aire.

—Ahora iré a buscar al cabrón ese que quieres porque es mi deber. —Esbozó una sonrisita—. ¿Ves, Ishikawa? Hasta la basura de la Yakuza sabe más de lealtad y de honor que un chulo como tú, que vende fotos de su esposa a otra mujer y luego las usa como prueba para poder sacarse un mejor divorcio. No me sorprende que te los estuviera poniendo bien puestos. —Me miró de arriba abajo—. Eres una escoria inmunda.

¿Cómo sabía todo eso?

—No sabes de lo que hablas, picha corta.

—Ya, ya. Guárdatelo para tu siguiente vida, hijo de puta. —Sacudió una mano para restarle importancia—. Estaremos en contacto sobre tu amiguito desaparecido.

—Gracias, cariñín. —Estaba a punto de marcharme cuando pensé en algo—. Una cosa más para cuando te apetezca volver a colarte en mi oficina: dejaré la llave debajo de la alfombra para que no tengas que romper la cerradura, ¿vale?

Se acercó más a mí y se movió más deprisa de lo que había esperado. Su puñetazo me dio en el estómago y me quedé sin respiración.

Contuve el instinto de doblarme sobre mí mismo y no dejé de esbozar mi sonrisa.

—Lárgate de mi club —dijo, entre dientes.

Mantuve la compostura hasta que me alejé unos cientos de metros del club, donde me permití encorvarme y recobrar el aliento.

OMATSURI

El gatito tricolor estaba tumbado en el tejado de hierro ondulado y caliente. Si bien era temprano en una mañana veraniega, el calor ya se estaba volviendo insoportable. Alzó la cabeza, parpadeó ante la luz brillante y decidió que sería mejor idea tratar de encontrar algún lugar con más sombra. Estaba buscando algo, una especie de recuerdo de una vida anterior, un aroma, una imagen. ¿Era el hombre de cabeza morada u otra cosa?

Saltó y caminó a paso ligero por los tejados del paisaje suburbano de Tokio, como si supiera a dónde se dirigía. Dio unos saltos rápidos, casi como movimientos practicados. Al llegar a una ventana abierta, el gato se asomó para ver a una chica de veintimuchos años sentada en la bañera, leyendo un libro de Nishi Furuni.

Bueno, *intentando* leer un libro de Nishi Furuni.

Sachiko llevaba todo el mes esperando con ansias que llegara el *omatsuri*. Cuando se ponía a leer su novela, acababa una página y se daba cuenta de que tenía que volver atrás para leerla de nuevo, porque no se había enterado de nada de la historia. Pese a que era un libro que le encantaba, en lo único en lo que podía pensar era en la fiesta de aquella noche.

Y, cómo no, en ver a Ryu-kun.

El año anterior había llevado su *yukata* rojo, y en aquel momento estaba pensando en qué ponerse aquella noche. Dejó su libro abierto junto a la bañera, donde absorbió el charquito de agua en el que lo había colocado. Tal vez llevaría el azul, con el patrón de campanillas *asegao* blancas. Empezó a recorrerse con las manos las partes del cuerpo que le preocupaban. Su estómago vacío rugió, pero no le hizo caso, puesto que quería estar lo más guapa posible aquella noche. Se quedó sentada y quieta durante un rato, con los ojos cerrados.

Sin percatarse de la presencia del gato que la observaba en silencio.

—¡Sachiko!

La voz la arrancó de su estupor. Puso los ojos en blanco, sacó las manos de la bañera y se miró los dedos: arrugados como pasas *umeboshi*.

—¡Sachiko! —La voz sonó más alto, más cerca—. ¡Sacchan! ¿Dónde estás?

Sachiko se hundió más en la bañera.

—¡Sacchan! ¿Estás en la bañera?

Golpes en la puerta.

—No, no estoy aquí.

Su madre abrió la puerta del baño y la fulminó con la mirada.

—No me mientas. ¿Cuánto tiempo llevas ahí metida? Sal ahora mismo, antes de que te conviertas en una pasa.

—Sí, *okasan*.

Una última mirada malhumorada de su madre, y entonces se quedó sola de nuevo, aunque…

El gato sacudió la cabeza, y Sachiko lo vio por primera vez. Se miraron el uno al otro a través del vapor.

¿Era aquello lo que había estado buscando el animal?

Sachiko ladeó la cabeza y chasqueó la lengua en dirección al gato.

—¡Qué gatito más bonito eres! —Tenía unos ojos verdes encantadores, además de unos aires un tanto despreocupados, como de la realeza.

El gato apartó la mirada de la ventana. No, no era aquello lo que estaba buscando. Se alejó por los tejados, en busca de algo para desayunar.

Seca, maquillada y vestida con unos tejanos y una camiseta, Sachiko salió a la cocina. Su madre estaba junto a la nevera y sostenía dos rábanos *daikon* grandes, uno en cada mano. Había varias bolsas de la compra llenas a rebosar sobre la mesa.

—¿A dónde crees que vas? —Agitó uno de los rábanos en dirección a Sachiko.

—Solo quería ir a la peluquería… para prepararme para esta noche…

—No hasta que me hayas ayudado a guardar la compra, señorita. —Sacudió un rábano hacia Sachiko y el otro hacia las bolsas de la compra.

—Sí, *okasan*.

Sachiko empezó a guardar la compra, mientras su madre seguía hablando.

—Y no sé por qué quieres malgastar el dinero en esa peluquería tan cara. Sé que hoy es el *omatsuri*, pero puedo peinarte yo, como solía hacer.

Sachiko contuvo un escalofrío al pensar en los peinados horribles a los que su madre la había sometido en el pasado.

—*Okasan* está tan ocupada… No querría darle más problemas…

Su madre se volvió hacia ella y le guiñó un ojo.

—Es un día importante para ti. No debería estar tan…

Alguien llamó a la puerta, y una voz profunda provino desde el exterior.

—*Gomen kudasai!* ¡Soy el cartero!

La cara de su madre se iluminó, y fue a abrir la puerta. Sachiko continuó guardando la compra.

—¡Ah! ¡Shingo-kun! —La voz de su madre estaba cargada de afecto.

—¡Ah! Hola, Shibata-san. Qué bien la veo. Aquí tiene su correo.

Sachiko se asomó un poco para ver a Shingo el cartero en la puerta. Ojalá su madre dejara de coquetear con él con tanto descaro. Le hacía pasar vergüenza.

No solo era demasiado joven para su madre, sino que era bastante apuesto. Tenía poco menos de cuarenta años, todavía conservaba todo su pelo y, aunque su cara alegre parecía que disfrutaba de pasar una noche de juerga de vez en cuando, por el momento estaba controlando la panza que les solía salir a los hombres de su edad. Sin embargo, nunca sería una buena pareja para su madre, y aquello era lo que hacía que sus coqueteos parecieran aún más desesperados.

—¿Quieres pasar un rato a por un poco de té verde?

—Ah, es muy amable por su parte. —Shingo avanzó más hacia el *genkan*, como si quisiera quitarse los zapatos en el recibidor, aunque entonces vio a Sachiko y dudó—. Pero debería seguir con mi ruta.

—¿Y un café?

—Muchas gracias, Shibata-san, pero de verdad debería irme.

—¿No te apetece un poco de bizcocho *kasutera*? He comprado un poco en el mercado esta mañana. Sacchan, pon la tetera a hervir. ¡Venga, date prisa!

—Por favor, no se moleste. Estoy seguro de que Sacchan tiene mejores cosas que hacer que beber té con nosotros —respondió él.

—No te preocupes por ella, estaba a punto de ir a la peluquería para arreglarse para la fiesta de esta noche.

Shingo alzó un poco las cejas.

—¿Irás a la fiesta hoy, Shingo-kun? —le preguntó su madre.

—Ay, no, soy demasiado viejo para esas cosas —se rio Shingo.

—¡Tonterías! Deberíais ir juntos.

Sachiko se quedó petrificada.

—Eh, estoy seguro de que Sacchan ya tiene quien la acompañe. Y de todos modos seguro que no quiere ir con un viejales como yo. —Le sonrió a Sachiko.

—No serías un mal pretendiente para ella. Mírala. ¡Me desespera! Tiene casi treinta años ya y sigue sin estar casada. Ojalá viniera alguien para quitármela de encima. Lo único que hace es quedarse metida en la bañera y leer bazofia.

—Ah, Shibata-san, qué cosas dice.

Sachiko les dio la espalda, pues el rostro se le estaba poniendo del mismo color que la bolsa del correo de Shingo.

—Nos vemos más tarde, *okasan*. Adiós, Shingo-san.

Evitó mirarlos a los dos y salió por la puerta delantera.

—¡Esa peluquería es un gasto absurdo! —se quejó su madre.

—Adiós, Sacchan —se despidió Shingo.

Les dedicó una reverencia a los dos y cerró la puerta despacio. La voz de Shingo se coló a través de la puerta cerrada.

—¡Shibata-san! No debería ser tan dura con Sacchan.

Odiaba cuando la llamaba Sacchan.

Mientras recorría la ciudad, pensó que no debía dejar que otro incidente con su madre como aquel le estropeara el día. Si hubiera sido cualquier otro día, lo más seguro era que hubiera intentado quedar con Mari para quejarse de tener que vivir con su madre. Y su amiga haría lo que hacía siempre: sentarse, escucharlo todo, asentir y suspirar de vez en cuando. Y, cuando Sachiko hubiera terminado de desfogarse y se hubiera calmado, Mari respondería con algo como «Sacchan, de verdad deberías encontrar una casa para ti sola y mudarte».

Sachiko siempre llegaba a la misma conclusión: no podía dejar sola a su madre. También sabía que mudarse no iba a solucionarle nada, que su madre iba a seguir incordiándola hasta que se hubiera casado y viviera con su marido. Su madre era anticuada y no le habría gustado que estuviera soltera y viviera sola. Aquel otoño, había ocultado todo

243

el drama respecto a Ryu-kun de su madre. Ni siquiera se lo había contado a Mari, en parte porque ella también había estado pasando por un bache en aquel entonces, pero también porque no quería hablar de ello, ni siquiera con una amiga.

Incluso en aquel momento trató de no pensar en ello.

Lo que su madre no entendía era que corrían otros tiempos. Los hombres y las mujeres ya no se lanzaban de cabeza al matrimonio. Como en su relación con Ryu-kun, por ejemplo. Habían estado coqueteando en ocasiones a lo largo de varios años, y ni siquiera se habían aproximado a la pregunta del matrimonio. Sachiko ni pensaba en sacar el tema. En el fondo sabía que estaban destinados el uno para el otro y que se acabarían casando en algún momento. Así que debía ser paciente.

Aun así, mentiría si dijera que no estaba ansiosa por casarse pronto. Los años empezaban a pesarle, y todas sus amigas (menos Mari) ya estaban casadas, la mayoría de ellas con hijos y todo. Sin embargo, presionar a Ryu-kun no serviría de nada. Ya había comprobado que no respondía demasiado bien a la presión y sabía de primera mano lo que opinaba sobre empezar una familia pronto.

Las calles seguían bastante vacías. En algunos tramos ya había lámparas que colgaban de lo alto de los árboles, listas para la fiesta de aquella noche. Estaba claro que habían llevado a cabo bastantes preparativos para tenerlo todo listo. Unos puestos de comida habían florecido por toda la *shotengai*, la calle principal, aunque en aquel momento estaban dormidos, cerrados, listos para despertar por la noche.

Sachiko vio a una mujer occidental glamurosa con la que se solía cruzar mientras esta paseaba su perro por la ciudad. Le dedicó una pequeña reverencia, y la mujer le devolvió el gesto antes de seguir caminando a toda prisa por la calle.

Pasó por delante de la estación de tren de camino a la peluquería y oyó los golpecitos rítmicos de las tarjetas prepago y los pitidos de los oficinistas de traje negro que chocaban contra la existencia. Los torniquetes soltaban un concierto mecánico de crujidos y chasquidos. Todos iban al centro de Tokio, abandonaban la humanidad y se adentraban en la humeante sopa *miso* que era la ciudad. Ryu-kun también estaría en el tren para ir al trabajo en aquellos momentos.

En la peluquería había tanto ruido como en la estación de tren. Grupos de chicas que cuchicheaban y soltaban risitas. Las filas de sillas delante de los espejos estaban casi llenas, y la zona de espera estaba a rebosar, como si de un vagón se tratase. La campanilla sonó al abrir la puerta, momento en el que la golpeó la nube de perfumes mezclados, tan espesa que se podía saborear. Le llegó a la garganta y la hizo toser.

—¡Shibata-san! —Su peluquera le dedicó un ademán con la mano.

Las chicas que esperaban la miraron, resentidas, mientras se dirigía a una silla frente a los espejos. Se alegró de haber pedido cita.

Se sentó y se puso a leer una revista mientras su peluquera trabajaba, le lavaba el pelo con cuidado, lo secaba y lo peinaba.

No estaba segura de si se lo estaba imaginando o no, pero una chica de la zona de espera no dejaba de mirarla con sus ojos verdes y extraños. Sachiko alzaba la mirada al espejo de vez en cuando y veía a la chica bajar la cabeza para pretender que no la había estado mirando.

Sachiko se estrujó el cerebro. No reconocía a la chica, quien la hacía sentirse incómoda, como si hubiera tenido un *déjà vu*, por lo que hizo todo lo posible por dejar de pensar en ello. En su lugar, pensó en lo bien que se lo había pasado en la fiesta del año anterior. Ryu-kun había comprado una botella de *shochu* y se la habían bebido juntos bajo el río, iluminados por las lámparas. Ryu-kun podía beber en grandes cantidades, y ella había intentado seguirle el ritmo, solo que había acabado mareándose. Aun así, él se había portado muy bien con ella y la había llevado a su piso para que pudiera tumbarse un rato. Se habían reído y habían bromeado toda la noche, hasta el amanecer. Ryu-kun había sido de lo más pícaro. Su madre se había enfadado por que no hubiera vuelto a casa aquella vez. Notó una especie de nervios al pensar en lo que podría pasar aquella noche. Tal vez todo iría mejor en esta ocasión.

Vio a la chica que la miraba una vez más.

Sachiko pagó y se marchó de la peluquería. Le gustaba su nuevo peinado y estaba segura de que iba a conjuntar muy bien con el *yukata* azul que había escogido para la fiesta. Entonces fue al salón de belleza a hacerse las uñas, donde se las pintaron de azul y se las decoraron con campanillas blancas para que combinaran con el traje.

Mientras volvía a casa, le sonó el teléfono. Al ver quién era, respondió de inmediato.

—¡Ryu-kun!

—*Sacchan…* —Su voz sonaba débil.

—Ryu-kun, ¿estás bien?

—*No del todo…* —Tosió—. *Sacchan, lo siento mucho, no creo que pueda salir esta noche.*

No sabía qué decir, por lo que se quedó callada.

—*¿Sacchan? ¿Sigues ahí?*

—Sí, aquí estoy.

—*Lo siento mucho, Sacchan. Sé que tenías muchas ganas de ir a la fiesta, pero estoy agotado y enfermo. Jefazo me hace trabajar horas extras porque cada vez queda menos para los Juegos Olímpicos, y creo que me he resfriado. Estaré trabajando hasta tarde, y luego no creo que tenga fuerzas para ir de fiesta…* —Se quedó callado.

—No pasa nada. No te preocupes. Espero que te mejores pronto. ¿Quieres que te lleve alguna medicina esta noche? O puedo ir a verte y te preparo algo de cenar.

—*No, no, gracias. Solo necesito dormir. Estoy agotado.*

—Descansa mucho esta noche. Espero que te mejores pronto.

—*Gracias por entenderlo, Sacchan. Lo siento mucho. Te lo compensaré. Vayamos a cenar la semana que viene, ¿vale?*

—¿Podemos ir a por sushi?

—*Claro. Lo que tú quieras.*

Esbozó una sonrisa. Era tan amable…

—Cuídate, Ryu-kun. *Odaijini.*

—*Arigato.*

Se quedó un poco triste al colgar, pero se riñó a sí misma por ser tan egoísta. Ryu-kun estaba enfermo, y debería estar más preocupada por ello que por perderse aquella fiesta tan tonta.

La salud de Ryu-kun le preocupaba bastante. Para ser que parecía tan lleno de salud y que era relativamente joven, se ponía malo más de lo que cabía esperar. Pensó que debía ser por todo lo que bebía. Solía salir a beber con compañeros de trabajo; había pasado por las peores resacas después de haber salido con el tal Makoto y con Kyoko. Sachiko también sospechaba de Kyoko y le había hecho muchas preguntas a Ryu-kun sobre ella después de haber visto una foto de todos ellos de juerga en Facebook. Aquel jersey rosa de cuello alto tan remilgado y aquellos pantalones color crema le preocupaban. Fuera como fuere, después de la fiesta del año pasado, Ryu-kun había tenido que cancelar varias de las citas que habían organizado. No solía poder quedar con ella por alguna enfermedad u otra. Odiaba a Jefazo por ello, pues lo obligaba a salir de juerga en fiestas de empresa. ¡Pero si el hombre parecía un bebé gigante! ¿Acaso Ryu-kun no podía pedirle a su padre que moviera unos cuantos hilos? No obstante, Ryu-kun se lo había dejado claro: salir con los clientes hasta bien entrada la noche formaba parte de su trabajo, y su padre era el director ejecutivo de la empresa de relaciones públicas que debía promocionar los Juegos Olímpicos de 2020, por lo que Ryu-kun debía ser un buen ejemplo.

Aun así, al haber empezado a afectar a su salud, de verdad le preocupaba.

Estaba un poco ensimismada cuando volvió a casa, pero su madre la hizo poner los pies en la tierra de inmediato.

—¡Arg! ¿Qué es eso que te han hecho en la cabeza?

Aquello fue la gota que colmó el vaso para Sachiko. Pasó por el lado de su madre con un empujón y se fue directa a su habitación.

—¡Oye! ¿Qué te pasa?

Hizo caso omiso de su madre, cerró la puerta y se lanzó sobre su cama.

Su madre llamó a la puerta.

—¿Sacchan?

—Déjame tranquila, por favor.

Su madre abrió la puerta.

—¿Sacchan? ¿Qué te pasa?

—Por favor, *okasan*, solo quiero estar sola un rato.

—¿Ha pasado algo?

—Solo necesito descansar.

—Tú misma.

Su madre la dejó en paz y cerró la puerta despacio tras ella.

Sachiko se quedó dormida llorando y no se despertó hasta el final de la tarde.

Cuando se despertó se sentía un poco mejor, aunque seguía confusa y débil por no haber comido nada. Se dirigió a la cocina, todavía medio adormilada por su siesta. Su madre le había preparado algo de comer y estaba sentada a la mesa haciendo un rompecabezas. Miró a Sachiko cuando esta entró.

—¿Ya estás mejor?

—Un poco.

—Toma, he cocinado arroz y sopa *miso* con algo de pescado. Será mejor que cenes deprisa para que te puedas preparar para la fiesta.

—No voy a ir.

—¿Cómo que no vas a ir?

—Ha cancelado la cita. No tengo a nadie con quien ir.

—Tonterías. Tú come y deja que me encargue yo.

—Pero ya no tengo ganas de ir.

—Come y ve a vestirte. Yo me encargo.

Sachiko se sentó, dijo *Itadakimasu*, comió el arroz y la sopa *miso* y disfrutó de los trocitos de rábano fresco que tenía. Se comió el pescado y se sintió con fuerzas renovadas. El nudo en la garganta que le había provocado la pena estaba disminuyendo. Acabó lo que le quedaba de pescado, se alegró de haberlo hecho y juntó las manos.

—*Gochiso sama deshita.*

—Ahora ve a arreglarte. Corre.

Se puso su *yukata* azul con una cinta *obi* sencilla de color azul claro. Últimamente muchas chicas preferían cintas más ornamentadas, pero a Sachiko le gustaban las tradicionales, más sencillas. Se puso sus calcetines blancos y sacó sus sandalias *geta* de madera del armario. Las llevó hasta el *genkan*, donde se las pondría antes de salir. Su madre la miró cuando pasó por delante de ella.

—¡Sacchan! Te has quedado dormida y el peinado se ha ido al traste.

Sachiko se llevó una mano a la boca.

—¡No te preocupes! Ve a buscar mi cepillo al baño. Te lo arreglo en un pispás.

—Pero, *okasan*…

—Hazme caso y llévalo suelto hoy. Tienes un pelo largo y muy bonito, ¿por qué te lo quieres recoger? ¿Solo porque lo hacen las demás chicas? Vamos a ver cómo te queda suelto.

Se sintió con más calma mientras su madre le cepillaba el cabello, aunque seguía nerviosa por ir a la fiesta sola. Ni siquiera había tenido tiempo de hablar con sus amigas para preguntar si podía ir con alguna de ellas. Claro que allí habría gente que conocía, pero parecía un poco triste ir sola.

Su madre acabó de cepillarle el cabello y fue a buscar un espejo.

—Mira. Así está mejor.

Se miró su largo cabello en el espejo y no pudo evitar sentirse un poco orgullosa, además de sorprendida, por el buen juicio de su madre. Dejarse el pelo suelto había sido una buena idea. Contuvo una sonrisa.

—Pero, *okasan*, no tengo a nadie con quien ir.

Su madre chasqueó la lengua.

—Vale, no te enfades, pero ya me lo imaginaba. He llamado a alguien.

Alguien llamó a la puerta. Su madre se incorporó de un salto y fue a abrirla.

—¡Shingo-kun! *Konbanwa*.

—*Konbanwa*, Shibata-san.

Sachiko se puso de pie, asustada. No podía ser.

Llevaba un *jinbei* de color verde oscuro y tenía una sonrisa tímida en el rostro. Miró sus piernas doradas y musculosas, cubiertas de vello negro y grueso. Sus hombros se veían más anchos en aquel traje de tela. Parecía más fuerte y con más confianza que con su uniforme.

Shingo la miró con su *yukata* azul.

Se quedó petrificado, sin saber qué decir.

—Id a pasároslo bien. —La madre estaba radiante.

Atuendos llamativos, uñas pintadas de forma extravagante, pelo teñido y móviles en la mano de todo el mundo o metidos en una cinta *obi*. Los hombres con su cabello de punta, las mujeres con recogidos de lo más elaborados. Las calles habían cobrado vida por la fiesta de la noche. Con Shingo a la izquierda y Sachiko a la derecha, se abrieron paso entre la multitud. Los colores brillantes de los *yukatas* se movían en grupos que gravitaban hacia algo desconocido en el centro.

El calor veraniego había permanecido en aquella noche, por lo que un aluvión de abanicos mecía peinados, y de vez en cuando alguien se sacaba una toalla de algún lado para secarse el sudor de la frente.

Sachiko se sentía con una confianza un tanto extraña al llevar el pelo suelto, como una princesa de la antigüedad o un fantasma de *La novela de Genji*. Se percató de que los demás la miraban, pues destacaba entre la muchedumbre. Le pareció que era una atención positiva, y aquello la animó. Lo único que le preocupaba era que alguien la viera con Shingo, que se pusieran a cuchichear y que el rumor se propagara por la ciudad. Ryu-kun podría acabar enterándose.

Aunque ¿qué más daba? Había cancelado la cita, ¿no? Necesitaba a alguien que la acompañara durante aquella noche, y, al fin y al cabo, solo era Shingo. Hasta podría venirle bien a Ryu-kun el ponerse celoso. Sonrió para sí misma.

Sachiko le echó un vistazo a hurtadillas a Shingo. Le pareció bastante apuesto bajo aquella luz. Parecía contento, con una toalla que colgaba de su cuello que usaba de vez en cuando para secarse unas gotitas de sudor de la frente.

Las lámparas iluminaban las calles; los grupos de gente pulsaban y resonaban por el ánimo de la fiesta. Los distintos olores de la comida que servían en la calle tentaban las fosas nasales desde los *yatai* humeantes que ofrecían pinchitos *yakitori* de carne jugosa, fideos *yakisoba* grasientos, calamares fritos, *okonomiyaki* y pollo frito *karaage*. Todo el mundo comía y bebía mientras caminaba.

—¿Te apetece algo de beber? —Shingo indicó un puesto que vendía bebidas frías que se encontraban en un cubo de agua helada.

—Sí, vale.

—¿Qué quieres?

—Mmmm… —Se lo pensó. Le apetecía un refresco Ramune; los había bebido con su padre cuando la había llevado a la fiesta cuando era pequeña.

—Yo me pediré una cerveza Asahi —dijo él.

—Yo también. —Sacó su monedero para pagar.

Shingo lo empujó con delicadeza de vuelta a su *obi*.

—*Arigato gozaimasu*. —Sachiko le dedicó una reverencia.

Shingo pagó por las bebidas y le dio a ella una lata de cerveza.

Sabía fresca y vigorizante, y Sachiko notó que le empezaba a gustar más aquella velada.

Varios grupos de bailarines vestidos con *yukata* similares danzaban en la calle, bajo la luz de las lámparas, con expresiones sonrientes. Tanto los jóvenes como los mayores participaban, por lo que la ciudad se unió por una noche, como si fueran uno. Un grupo de hombres cargaba con un santuario *omikoshi* portátil por la ciudad, acompañados de gritos y vítores. Había música, había carcajadas y había fuegos artificiales.

Sachiko y Shingo bebieron más cerveza y deambularon por las calles para embriagarse tanto como pudieran con la atmósfera festiva. Charlaron un poco y hablaron de conocidos mutuos, cafeterías, tiendas y restaurantes que les gustaban a los dos. Shingo estaba muy atento a Sachiko, y, si ella miraba durante bastante rato hacia un puesto de comida o algún abalorio o recuerdo, él sacaba la cartera.

Sachiko agitaba una mano para decirle que no era necesario, pero él no le hacía caso y volvía con algo para ella cada vez, ya fuera una caja de fideos *takisoba* o de pollo frito *karaage,* o un granizado.

Cuando miraron la hora y vieron lo tarde que se había hecho, Sachiko se sorprendió un poco por lo deprisa que había pasado la noche. La mayor parte de los jóvenes ya habían desaparecido, lo cual solo había dejado a unos cuantos hombres mayores borrachos que cantaban de camino a algún bar de karaoke mientras se abrazaban por la felicidad compartida.

—Te acompañaré a casa —se ofreció Shingo.

—No te preocupes, Shingo-san. Puedo volver sola.

—No, mejor te acompaño. No es ninguna molestia.

—¿Seguro que no te queda muy lejos?

—Para nada. Además, me gusta caminar. Tengo las piernas fuertes de tanto repartir correo. —Sonrió.

Todo habría resultado distinto si Shingo no hubiera conocido la ciudad tan bien.

Caminaban juntos por la calle principal, tomados de la mano. Shingo le había dado la mano de sopetón, y ella no había sabido cómo responder. Se sentía un poco achispada, por lo que se lo había permitido. Tal vez si hubiera estado sobria del todo no lo habría dejado, pero había sido una velada encantadora, y le parecía una lástima arruinar lo contentos que habían estado los dos durante la fiesta.

Al caminar con él de la mano, con Shingo a la izquierda y ella a la derecha, se acordó de nuevo de cuando solía ir a la fiesta con su padre cuando era más joven. Antes de que él cayera enfermo.

—Podemos atajar por aquí. —Shingo la sacó de la calle principal.

—¿Estás seguro? —Sachiko estaba un poco desorientada.

—Sí, es el camino que lleva más allá del templo, pero es mucho más rápido que ir por la calle principal hasta los cruces. ¡Confía en mí! Paso por estas calles cada mañana, ¡hasta llevo el correo al templo! —Sonaba de lo más animado.

El camino que recorrieron era angosto y oscuro. Había árboles a ambos lados, y las lámparas de papel que colgaban de los árboles por la fiesta iluminaban el sendero un poco más de lo habitual, por lo que el recorrido fue un poco más fácil de lo que habría sido de otro modo. Las lámparas de piedra que delineaban el camino de forma permanente no tenían ninguna vela en el interior, sino que solo estaban cubiertas de un moho verde e inquietante.

Contuvo la respiración cuando se acercaron al templo.

Sachiko tenía malos recuerdos de aquel lugar en concreto.

Le entraron ganas de vomitar.

Tenía que ser aquel templo, ¿cómo no?

El que había visitado el otoño pasado, cuando las hojas se estaban poniendo rojas. Rojas, como las manchitas de sangre que había visto en su ropa interior durante los días posteriores al aborto. Había ido al templo para dejar una estatua Jizo que protegiera a su *mizuko*, su «hijo del río», su feto. Purgado por dosis de mifepristona y prostaglandina. Arrastrado por el río de medicamentos sin ninguna esperanza de salvación. Las almas de los niños que mueren antes que sus padres no pueden cruzar el mítico río Sanzu, por lo que deben quedarse en el infierno. Había comprado una figura Jizo vestida con un gorro rojo y un babero en la tienda del templo y lo había colocado junto a los cientos de estatuas de la estantería del templo, desplegadas como las hojas rojas muertas de los arces *momiji* que rodeaban el templo, uno por cada uno de los hijos sin nacer de la ciudad. Había rezado para que Jizo protegiera a su pequeño *mizuko* en el más allá. Se había preguntado si Jizo respetaría su propio juramento de no alcanzar la iluminación hasta que todos los infiernos hubieran quedado vacíos.

Aquella noche del año pasado, le había suplicado a Ryu-kun que se pusiera condón, y él le había dicho que no tenía ninguno. Que no iba a pasar nada. Sachiko le había pedido que no se corriera dentro de ella, y él había contestado que sí, que no habría problema. Solo que lo había hecho de todos modos, y, cuando ella le había contado que se había quedado embarazada, él había dicho que no estaba listo, que tenía demasiados problemas en el trabajo en aquellos momentos, que podría casarse y empezar una familia cuando lo ascendieran. Y que ¿acaso ella no podía hacer algo al respecto? Solucionar el problema. Él había estado dispuesto a pagarlo, claro.

Había ido sola al hospital, tras decirle a su madre que iba a ir a ver a su padre. Se aproximaba lo suficiente a la verdad, pues siempre pasaba a verlo allí tumbado y conectado a la máquina, mientras su pecho subía y bajaba poco a poco, acompañado del lúgubre pitido de un hombre que había lanzado su alma contra la existencia y había perdido.

Sin embargo, sus pensamientos volvieron al presente cuando pasaron por el templo a su derecha y vio algo con el rabillo del ojo que se movía bajo el alero del tejado.

Se volvió para mirar mejor y vio la silueta de dos personas entre la penumbra.

Un hombre, y una mujer con su *yukata* abierto, lo cual dejaba ver sus largas piernas. La mujer tenía la ropa interior bajada hasta los tobillos, y el hombre tenía una mano en la entrepierna de ella mientras se besaban. Sachiko contuvo un grito ahogado y estuvo a punto de darse la vuelta.

Un fuego artificial solitario estalló en el cielo nocturno, y la luz iluminó a la pareja por completo.

Un destello de ojos verdes.

La chica de la peluquería.

Y Ryu-kun.

No tuvo tiempo para detenerse, y Shingo tiró un poco de ella, sin haberse percatado de lo que Sachiko había presenciado en la oscuridad.

Caminó en silencio con Shingo, quien seguía feliz, sin enterarse de nada.

La mano de ella se había quedado helada en la de él.

Llegaron a su casa.

—¡Bueno! Aquí estamos, Sacchan. Muchas gracias por acompañarme, me lo he pasado muy bien contigo.

No sabía qué decir, de lo confusa que estaba. Shingo vaciló, nervioso.

—Mira, me preguntaba… Si te apetece, podríamos ir a la cafetería que me has mencionado antes. La que decías que te gusta. ¿Qué te parece el martes que viene?

Apartó la mirada de él y trató de contenerlo todo.

—¿Sacchan? ¿Estás bien?

—¡No me llames Sacchan! —siseó ella.

Shingo se apartó de ella, con las manos en posición defensiva. Los ojos de Sachiko reflejaron la luz de las lámparas.

—No quiero volver a verte —continuó—. Eres un cerdo. ¡Me das asco!

Se dio media vuelta, huyó a su casa y cerró la puerta tras ella.

Shingo se quedó inmóvil durante unos segundos, hasta que dejó caer la cabeza y se adentró en las sombras.

Al otro lado de la puerta, Sachiko se dejó caer al suelo y se abrazó las rodillas al pecho. Enterró el rostro en las piernas y empezó a sollozar.

La casa estaba sumida en un silencio absoluto, aparte de los sollozos de Sachiko y unos pasos ligeros que salían del baño abierto.

El gatito tricolor se acercó a ella con curiosidad.

Sachiko temblaba, y el gato le lamió una mano.

Sachiko le dio un golpe al gato con tanta fuerza que le rompió la mandíbula.

TROFALAXIS

El piso no es lo mismo desde que mi madre y mi padre murieron. He hecho algunos cambios en cuanto a cómo se hace todo. Ahora tengo mis propias normas. No tengo que hacer lo que dice mi madre. No tengo por qué recoger la ropa en cajones ni poner la comida en alacenas, donde todo queda escondido y me resulta más difícil de encontrar. Tampoco tengo que pagar la factura de la luz ni del agua, pues la luz de las velas es suficiente por la noche, y he visto que la bañera es un lugar espléndido para guardar libros. Intento no bañarme demasiado, porque disfruto de la fuerte colonia natural que mi cuerpo genera con el paso del tiempo, en especial durante los meses en que hace más calor. Me gusta olerme los sobacos disimuladamente cuando voy en el tren. También me he percatado de que ello me proporciona una mayor cantidad de espacio personal que a los demás tokiotas. Desprendo cierta aura. A la gente le doy miedo, y guardan las distancias.

Cuando sí tengo que bañarme, el *sento* público que hay en la calle de al lado de mi piso es más que suficiente. Soy un hombre corpulento, bendecido con un pene enorme. Ya sé que es un poco extraño estar orgulloso de ello, pero me gusta entrar a los baños desnudo y ver las expresiones de sorpresa de los otros hombres cuando ven mi miembro colosal moverse de un lado para otro entre mis piernas. Suelen quedarse tan intimidados que se van de inmediato, lo cual me deja todo el baño para mí solo.

No, todo va mejor desde que mi madre y mi padre murieron. Estaba contento con mi nueva vida en el piso.

Hasta que aquellos invasores negros llegaron para estropearlo todo.

Cuando vuelvo a casa, veo que los bichos se han multiplicado. Desde la última vez que miré, hay muchas más hormigas. Entran por una diminuta rendija en la puerta delantera. Veo los cuerpos aplastados de todas las que he espachurrado esta mañana, pero más de ellas han entrado en casa. Hay una larga línea de hormigas que se dirige a la cocina.

Son una especie invasora que desciende de una familia ancestral de avispas y han colonizado el planeta. No hay un solo país en el que no estén presentes. Los humanos se han quedado fascinados por ellas durante siglos, por lo trabajadoras y resistentes que son. Por el modo en que cooperan y se comunican no solo entre ellas, sino que también coexisten con otras especies. Son el mejor invasor del mundo. Conquistadores de enjambre.

Y ahora han invadido mi encantadora casa. Estoy sumido en una guerra, una guerra contra las hormigas.

Me estoy preparando para una batalla larga. He empezado a leer *El arte de la guerra de Sun Tzu*, quien, a pesar de ser chino, era bastante listo.

«El supremo arte de la guerra es someter al enemigo sin luchar».

Así que por ahora las dejaré en paz. Escogeré bien mi momento y entonces las erradicaré a todas. Habrá sangre, habrá matanza, y saldré victorioso de la guerra y el pillaje, el amo y señor de todos los que intentan atacarme o controlarme. Jeje.

Por ahora, tengo que descansar. Por la mañana toca trabajar, y debo hacer bien mi trabajo.

Mi trabajo es muy importante para mí.

Me despierto a la mañana siguiente con un humor de perros. El dichoso gato estaba chillando fuera de la ventana otra vez. Se ha pasado toda la noche pegando alaridos, y, aunque he abierto la ventana y me he puesto a gritar a los cuatro vientos cálidos del verano, la alimaña no ha dejado de maullar. Mira que he gritado y gritado, pero no paraba. Y entonces un vecino ha tenido las pelotas de gritarme algo como «¡Cállate ya, tarado!».

¿Habrase visto? Le parece perfecto que el gato llore y se queje toda la noche, pero a mí sí me dice que me calle. ¡Me cago en todo!

Aun con todo, llego a tiempo para tomar el tren de las 05:02 a.m. en la estación Kichijoji en dirección al monte Takao, con el café caliente que me he comprado en la tienda y un *onigiri* para la hora de la comida. He tenido que cantarle las cuarenta al cretino vietnamita del supermercado que no me ha dado bolsas separadas para lo caliente y para lo frío. ¿Qué le está pasando a este país? ¡Los supermercados están llenos de gilipollas extranjeros! Pero bueno. Ahora empieza una de mis partes favoritas de cada día. Llego a la estación y espero pacientemente a que llegue el tren. Hago una foto de un cartel muy tonto que veo para subirla al foro:

Tema: Niña estúpida

Laozi616: Si la niña es tan tonta como para dejar que se le caiga el sombrero a la vía, quizá tendría que tirarse ella también. Capullos.

Me encanta mi trabajo. Y estoy muy orgulloso de ello.

Sé que a muchos de los otros que trabajan en la fábrica de coches no les gusta, pero no entiendo por qué. Me encantan los coches y los robots. Me encanta poder usar los músculos. Mis superiores valoran mi fuerza, y en la empresa me conocen por poder llevar a cabo yo solo un proceso pensado para dos hombres.

Me encanta la naturaleza repetitiva de los ciclos.

Trabajo de soldador; hago saltar las chispas y fabrico las carrocerías blancas de los coches. Cargo con las piezas pesadas de los carritos, las coloco en la plantilla, la cual sostiene todas las piezas en la posición en la que se deben soldar, y entonces pulso el botón rojo para enviarlas a la jaula en la que viven los robots. Allí pueden trabajar en las piezas, con sus poderosos brazos como de alienígenas que se extienden y se enroscan alrededor de la carrocería mientras soplan unas chispas de vida hacia el coche. Un coche nuevo nace cada noventa segundos, y todo empieza conmigo.

Cuando veo los coches y los taxis que he fabricado pasar por las calles de Tokio, me invade una profunda sensación de orgullo. El orgullo de haber creado algo, de haber participado en la fabricación de algo real. De algo que se puede tocar.

Todos esos idiotas de la ciudad que trabajan con sus hojas de cálculo jamás podrán entender esa sensación. Y es una lástima. Tomo otra foto y la subo:

Tema: Taxista capullo desagradecido

Laozi616: He fabricado LOS DOS coches. ¿Y qué hacen los taxistas? ¡Se apoyan en ellos y se ponen a cuchichear cuando tendrían que estar trabajando! Uno de ellos era una vacaburra que hablaba como un paleto.

Cuando llego al trabajo, dejo mis cosas en la taquilla. Hago caso omiso de los demás trabajadores arrebujados alrededor de las mesas de formica para beber café, y ellos tampoco me hacen caso. *Formica* significa *hormiga* en italiano. Todo vuelve a las hormigas. Pero bueno, este no es el momento de ponerme a pensar en eso. Ni el lugar. En el trabajo no me lo puedo permitir. Me doy un golpe en la cabeza con el puño, me doy media vuelta y capto las expresiones extrañadas de los demás. ¿Es que tengo monos en la cara?

El proceso empieza a las 06 a.m., y me gusta estar ahí cinco minutos antes, por lo que me dirijo a la línea de montaje. La alarma suena, y todo el mundo está listo para trabajar. Hoy me toca un proceso de noventa segundos. Me pongo las gafas de seguridad, los guantes y mangas de kevlar y el casco. Huelo el olor fuerte de goma quemada que tanto me suena.

Tiro, la parte izquierda en la plantilla, coloco la derecha, sitúo la trasera, ajusto el travesaño, me alejo de la zona amarilla con trampilla, pulso el botón rojo, la luz roja parpadea, la plantilla se introduce en la jaula.

Miro a mi derecha, hacia las carrocerías acabadas que han pasado por todo el proceso de soldadura y que ahora cuelgan de un monorraíl para desplazarse de soldadura a pintura. En soldadura preparamos las carrocerías, las que llamamos «carrocerías blancas». Después de pasar por soldadura van a pintura, donde se meten en capas de pintura y se pintan con espray, tras lo cual salen rojas, brillantes y relucientes antes de dirigirse a montaje. Los que trabajan en montaje se creen los putos amos, pero los soldadores somos mejores. En montaje colocan todas las piececitas en la carrocería, la cual se convierte poco a poco en un coche antes de que…

La plantilla vuelve a salir. Tiro, parte izquierda, parte derecha, sección trasera, travesaño, fuera de la zona amarilla con trampilla, pulso el botón rojo, la luz roja parpadea, la plantilla se introduce en la jaula.

Lo único en lo que puedo pensar es en las putas hormigas. Estoy harto. El gato me volvió loco anoche. ¿Por qué todo tiene que conspirar contra mí? ¿Es que todo y todos los que me rodean tienen que torturarme? Ver los robots ahora me recuerda a las hormigas. Sus brazos extensibles parecen patas de hormiga gigantes, como si yo me hubiera encogido de modo que los bichos fueran más grandes que yo. Debo intentar pensar en otra cosa. No voy a poder superar el día si sigo pensando así. Tengo que pensar en algo mejor…

La plantilla vuelve a salir. Tiro, parte izquierda, parte derecha, sección trasera, travesaño, fuera de la zona amarilla con trampilla, pulso el botón rojo, la luz roja parpadea, la plantilla se introduce en la jaula.

Hoy es día de paga. Sé que todos los demás trabajadores hablarán de ir a algún burdel esta noche otra vez. Capullos. En cuanto tienen algo de dinero en el bolsillo se lo gastan en bebida y sexo. Solo para que una chica estúpida frote su cuerpo contra el suyo embadurnada en lubricante encima de una colchoneta hinchable gris. Yo no soy así de tonto. Sí que me gasto el dinero, solo que no en algo absurdo y sucio como una resaca o un orgasmo. No, mis gustos son más refinados. Quizás hoy vaya a un nuevo bar de azafatas…

La plantilla sale. Tiro, izquierda, derecha, trasera, travesaño, fuera de la zona amarilla, botón rojo, luz roja parpadea, la plantilla se introduce en la jaula.

Sé que lo que hago es raro. Sé que es raro querer dormir junto a ellas. Y es por eso que tengo que drogarlas. No es tan malo, ¿verdad? La chica nunca sufre. La mayoría de ellas se despiertan en un hotel desconocido sin recordar lo que sucedió la noche anterior. Hago todo lo posible por no hacerle daño a ninguna. Hubo una vez que… Aunque mejor no pensar en ello. Lo mejor es pensar en el futuro. Solo puedo trabajar con una a la vez. Quizás hoy conozca a una azafata nueva y guapa. Podré dormir bien a su lado…

La plantilla sale. Tiro, izquierda, derecha, trasera, travesaño, fuera de la zona amarilla, botón rojo, luz roja parpadea, la plantilla se introduce en la jaula.

Los brazos de los robots son hipnóticos. Si alguien se quedara encerrado en la jaula cuando se activan, moriría en cuestión de segundos. Los robots están ciegos: no ven nada y se mueven en una trayectoria preprogramada. Para eso está la plantilla. La plantilla es su punto de referencia fijo. Las máquinas saben dónde está la plantilla, y eso las ayuda a soldar las piezas de la carrocería del coche. Si las piezas no están exactamente donde deben, el brazo del robot acabaría atravesando la carrocería en sí. La desgarraría, se metería en la carrocería blanca del coche…

La plantilla sale. Tiro, izquierda, derecha, trasera, travesaño, fuera de la zona amarilla, botón rojo, luz roja parpadea, la plantilla se introduce en la jaula.

… y si alguien se quedara atrapado en la jaula (porque a veces tenemos que entrar para arreglar los robots), quedaría partido en dos. El brazo robótico le cortaría el cuerpo como una katana caliente a través del tofu… Eso no es un dicho de verdad, sino que me lo he inventado yo. Me gusta. A veces me gusta pensar en una historia de misterio y asesinatos situada en una fábrica, donde uno de los trabajadores encierra a otro en la jaula y no lo deja salir, hasta que activa el robot y ve cómo pulveriza a su compañero, cómo lo hace añicos y la sangre salpica por doquier. Manchas de sangre por todas las carrocerías blancas…

La plantilla sale. Tiro, izquierda, derecha, trasera, travesaño, fuera de la zona amarilla, botón rojo, luz roja parpadea, la plantilla se introduce en la jaula.

Sí…, se podría matar a alguien con suma facilidad si se lo encerrara en la jaula. Hay protocolos de seguridad establecidos, pero… bueno… Hay dos llaves que deben insertarse en la consola para activar los robots; estos no funcionan a menos que se coloquen las dos llaves.

Ambas llaves también abren la puerta de la jaula de los robots. Se supone que uno debe llevarse una de las llaves cuando se mete en la jaula, aunque nadie sigue los protocolos al pie de la letra...

La plantilla sale. Tiro, izquierda, derecha, trasera, travesaño, fuera de la zona amarilla, botón rojo, luz roja parpadea, la plantilla se introduce en la jaula.

... No, todo el mundo deja la llave en un bordillo junto a la puerta. Yo nunca lo hago, pero parece que todos aquellos con quienes trabajo lo hacen por alguna especie de muestra de confianza. A mí me parece una estupidez como una catedral, pero si ello ayuda a crear el crimen perfecto, a mí me vale. Sí..., la próxima vez que alguien se meta ahí para arreglar el robot y deje la llave en el bordillo, podría encerrarlo y activar el robot sin mayor problema. Y luego podría escabullirme disimuladamente, ¡o incluso quedarme a ver el espectáculo! Habría sangre por todas partes...

La plantilla sale. Tiro, izquierda, derecha, trasera, travesaño, fuera de la zona amarilla, botón rojo, luz roja parpadea, la plantilla se introduce en la jaula.

A las 04 p.m., la alarma suena, la línea de montaje se detiene y llega el momento de volver a casa. Hace muchos años, cuando era novato en el trabajo, solía quedarme entumecido y adolorido después del turno, aunque ya no. Mis músculos se han desarrollado allá donde debían desarrollarse. Soy una máquina.

Subo al tren después del trabajo y vuelvo a la ciudad. A todos nos han pagado hoy, por lo que ha llegado el momento de planear mi velada. Quizá salga a cenar; ¿tal vez a por ramen? Tengo muchas ganas de *okonomiyaki*, pero no pienso volver a aquel restaurante de *okonomiyaki* de Hiroshima después de que me trataran tan mal. Me da rabia solo de pensar en ello. No, quizá lo mejor sea ir a por *gyudon*. Vuelvo al foro en línea:

Tema: Ternera japonesa

Laozi616: Me alegró ver que este restaurante solo sirve ternera JAPONESA. ¡Nada de esa bazofia británica, por favor! ¡Que estamos en Japón!

Y luego vuelvo a casa, paso por el baño público, me lavo el pelo y me afeito, me pongo mi mejor traje y me dirijo al bar de azafatas.

He leído en una de las revistas sobre vida nocturna que un nuevo bar de azafatas *gaijin* ha abierto en algún lugar cercano a la estación de Roppongi. Bastante lejos de Kichijoji, pero podría valer la pena.

Bar Ángel… Me gusta el nombre.

Roppongi es una alcantarilla con lo peor de la sociedad.

No soporto pasar por ahí, con las mujeres japonesas fáciles y los *gaijin* borrachos mirándolas a ellas y a la diminuta ropa que llevan. Si no fuese porque el Bar Ángel está aquí, no vendría.

En esto se está convirtiendo Japón: un parque de atracciones para todos esos extranjeros borrachos y de mala muerte. Trabajamos duro cada día en la fábrica mientras estos *gaijin* imbéciles retozan con nuestras hermanas más zorras por la noche. Me da asco. Paso a su lado a toda prisa y suelto un resoplido bien alto para hacerles saber que su presencia es una molestia.

El Bar Ángel no es nada del otro mundo desde fuera: el típico edificio alto con carteles de neón. Paso la mirada por los carteles y veo el que indica el bar: está en la novena planta. Saco una foto con el móvil y la subo al foro para pedir opiniones de otros clientes:

Tema: ¿Bar Ángel?

Laozi616: ¿Alguien ha estado aquí? Está en Roppongi, en la novena planta. ¿Qué tal?

Cuando entro, es como haberme metido en un sueño. Chicas extranjeras. Diosas extranjeras guapas, de piel blanca, cabello rubio y ojos azules, todas ellas metidas en unos vestidos elegantes. Si bien parece un bar de azafatas normal y corriente a simple vista, en cada mesa hay un hombre japonés y un bellezón extranjero.

Un hombre japonés bajo y rechoncho que lleva traje me dedica una reverencia cuando entro.

—Buenas noches, señor. —Parece educado y respetuoso.

—Buenas noches, querido señor. ¿Este local tan elegante es suyo?

—Kyaku-sama; soy el gerente. —Me dedica otra reverencia—. ¿Ha estado alguna vez en el Bar Ángel?

Me cuesta dejar de mirar a las chicas.

—Eh… No, nunca.

—Deje que le explique nuestro sistema. —Saca una carpeta y empieza a comentarme la lista de precios.

Una rubia con un vestido rojo pasa por delante de mí y me saluda con la mano. Empiezo a sudar un poco, y cada vez me cuesta más seguir el sistema.

—Sí, sí. —Asiento mientras el gerente habla y habla.

— … le recomendaría nuestra experiencia básica de *nomihodai*: barra libre durante una hora al precio base de 20.000 yenes. Si desea comprarle algo de beber a su compañera, cada mesa dispone de un menú con la lista de precios de las bebidas. ¿Le gustaría escoger a su chica?

—Sí, por favor. —Tiene que ser perfecta.

—Debo informarle de que hay un cargo adicional de 5.000 yenes por ese servicio…

—Vale, vale. —Está tardando demasiado; me empieza a poner de los nervios.

—Discúlpeme mientras voy a buscar un catálogo con fotos de las chicas para que pueda elegir…

—¿Y esa? —Ya no lo soporto más.

—¿Cuál?

—Esa de ahí, la del vestido rojo.

—¿Natasha?

—Sí, esa. Esa está bien.

—Sabia elección, señor. —Se vuelve hacia ella—. ¡Natasha!

Se acerca a nosotros como…, bueno…, como un ángel, con su vestido largo y rojo. Su cabello rubio le llega al cuello, y me cuesta mirarla a los ojos. Son tan brillantes que el color casi me deslumbra. Me dedica una sonrisa. Yo le devuelvo un ademán con la cabeza y me quedo mirando la pared.

Será más fácil estar con ella cuando tenga los ojos cerrados. Cuando se haya quedado dormida, parecerá la Bella Durmiente.

—Natasha, por favor, acompaña a este caballero… —El gerente se vuelve hacia mí, como si esperara que le dijera mi nombre.

—Tanaka. —Me invento uno.

La sonrisa del hombre muestra un ligero atisbo de incredulidad. Tanaka es demasiado común.

—Por favor, acompaña a Tanaka-san hasta una mesa. —La próxima vez diré Sugiwara o algo así.

—Por *zupuezto*. —Arg. Su japonés es horrible. Espero que no hable en sueños—. Danaka-*zan*, por aquí, por favor.

Asiento y me dirijo a la mesa.

Nos sentamos juntos a la mesa, y ella se inclina en mi dirección de la forma más sutil. Noto que quedo atrapado en su glamur y su encanto. Me sonríe.

—¿*Tienez zed*?

No tengo ni idea de lo que dice. Hablo poco a poco y con claridad:

—HABLAS MUY BIEN JAPONÉS.

—¿Cómo *dizez*?

—DIGO QUE HABLAS… —¿Quizás el inglés se le dé mejor? Pruebo en inglés—. ¿Hablas inglés?

—Un poco. ¿Quieres algo de beber?

Aaahhhh. Su voz. Es como música después de que me hayan metido barro en los oídos.

—*Shochu*. Con hielo.

Me dedica una pequeña reverencia y hace un gesto con la mano al gerente, quien nos trae una botella de *shochu*, dos vasos y un cubo de hielo sobre una bandeja. Coloca la bandeja en la mesa, y yo lo fulmino con la mirada hasta que nos deja en paz.

Natasha comienza a sacar cubitos de hielo y los coloca en el vaso poco a poco, donde tintinean y dan vueltas. Le miro los pechos, la blancura de su cuerpo que se asoma de su vestido rojo. Su perfume me llega a las fosas nasales, y dirijo la mano hacia su muslo.

Se aparta un poco cuando sirve el *shochu* en el hielo, y oigo el resquebrajar placentero de los cubitos al fracturarse y romperse, como si de huesos se tratase.

—Toma —dice, entregándome el vaso.

—Gracias —respondo—. ¿De dónde?

—¿Cómo dices?

—He dicho que de dónde.

—¿De dónde qué? —frunce el ceño un poco, y, por primera vez, veo un atisbo de fealdad estúpida en su rostro.

—Tú. ¿De dónde? —insisto, poco a poco.

—Ah… ¿Que de dónde soy? Soy de Moscú, de Rusia, cariño.

—Vodka —digo.

—¿Qué te pasa? —me pregunta—. ¿Quieres beber vodka en vez de *shochu*?

Empieza a hacerle un gesto al gerente otra vez, pero alzo una mano para detenerla.

—No. Vodka es ruso —digo, pues creo que es la respuesta más inteligente en la que puedo pensar bajo presión. Me sería mucho más fácil en japonés. Asiente poco a poco, con una expresión confusa. Es la primera vez que hablo con alguien de Rusia. ¿De qué más puedo hablar? He leído *Crimen y castigo*, quizá podamos hablar del libro, que es uno de mis favoritos—. Dostoyevski es ruso.

—Pues sí, pero nunca he leído nada suyo —contesta, antes de echarse a reír y tocarme el antebrazo—. No me gustan los libros viejos y mohosos, cariño.

Y entonces noto una oleada de felicidad que me invade. Debe haberse quedado impresionada por lo listo que soy.

—¿Qué quieres beber? —pregunto.

—Prefiero vodka, claro.

—¿Sí? ¿Te gusta el vodka?

—Sí, cariño. Invítame a un vodka, por favor, me muero de sed.

Me frota el brazo, y yo me siento de lo más deseable.

—Claro, todo lo que quieras.

—¡Gracias, cariño! —Ya está haciéndole un ademán al gerente—. ¡Vodka! —grita.

Le doy la vuelta a la carta de bebidas que hay en la mesa y echo un vistazo en busca del vodka. Me cago en todo lo cagable. ¡¿Siete mil yenes por un vodka?!

—¿Pasa algo, cariño? —Me está mirando.

—Ah…, nada. No, nada. —Sonrío mientras el capullo del gerente trae su bebida en una bandeja. ¿Cómo pueden cobrar siete mil yenes por un puto chupito de vodka como…? Tranquilo… Debo tranquilizarme. Quizá pueda emborracharla; tal vez pueda meterle algo en la bebida más adelante, cuando no se dé cuenta. Empiezo a urdir un plan para sacarla de aquí e irnos derechos a un hotel.

Mira ese pelo rubio, esos ojos azules, las curvas de su cuerpo blanco bajo ese vestido rojo ceñido… Estoy en el paraíso. Me enseña unas fotos absurdas de su perrito mientras comenta lo mono que es el dichoso chucho. Aun así, no dejo que me afecte y bebo un gran sorbo, contento por que la noche esté yendo tan bien. Entonces veo un puto gato en el vaso. Natasha va al baño, y yo aprovecho para sacar el teléfono:

Tema: ¡¡Gatos!!

Laozi616: ¡¡Gatos!! Mire adonde mire en este país... ¡¡gatos por todas partes, joder!!

Unas cuantas bebidas más tarde, me está hablando de comprar vestidos en Ginza, y por el rabillo del ojo me parece ver algo negro que se mueve por el suelo del bar. ¿Es que los bichos esos se han metido aquí también? Hay que joderse.

—¿Cómo dices? —Me está mirando con una expresión un tanto preocupada.

—¿Eh? —¿Estoy borracho? ¿Demasiado *shochu*?

—Acabas de decir *hormigas*.

—¿Hormigas? ¿Por qué iba a decir eso?

—No lo sé, pero has mirado por ahí y luego has dicho *hormigas*.

—Ah…, tengo *hormigas* en casa, no es nada.

—No parece algo muy bueno… —Me está mirando como si fuera un bicho raro. Tengo que esforzarme más.

—¿Cómo se dice *hormiga* en ruso? —le pregunto.

—муравей —responde. Yo asiento y pretendo haberme enterado.

—¿Sabes cómo se dice en japonés? —continúo.

—¡Ay, sí! ¡Sí que lo sé! —Salta un poquito en su asiento, y la raja de su falda deja ver sus piernas largas y blancas. Quiero decírselo.

—Es…

—¡No! No me lo digas. Sí que lo sé, sí que lo sé. —Tiene el ceño fruncido por la concentración y me está tocando el brazo. Le encanto.

Abre los ojos tras pensárselo un poco y me mira, llena de esperanza.

—*Mushi*?

—No, eso significa *insecto*.

—Mierda. Pensaba que era *mushi*.

—No, te equivocas. Es…

—¡No! ¡Porfa, porfa! ¡Déjame adivinar!

—Es *ari* —digo, bien orgulloso.

—Ah… *Ari!* ¡Lo sabía!

Me siento con más confianza; el *shochu* me ha relajado un poco.

—A ver si te sabes este acertijo en japonés.

Tomo una servilleta y dibujo diez puntos negros en ella. No es más que un acertijo infantil que cada niño japonés aprende en la escuela, pero, conforme marco los puntos, la imagen de esas hormigas negras horribles que se arrastran por el suelo tan bonito que tengo se me pasa por la cabeza. Noto que la frente me empieza a sudar, así como las axilas. Venga ya…, tengo que mantener la compostura…, tengo que controlarme. No puedo dejar que todo se desmadre como la otra vez. Concéntrate.

Acabo de dibujar los puntos negros y le muestro la servilleta.

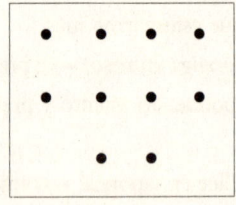

—¿Qué es esto? —le pregunto.

—Mmmmm. No estoy segura…

—¿Te rindes?

—Sí. ¿Qué es, cariño?

—¡Es *arigato*! —respondo, triunfante.

—*Arigato?* ¿Gracias?

—Sí, pero no, no, no. —No entiende el chiste. Qué rusa más idiota—. Mira, hay diez hormigas. *To* es una forma de decir *diez*. *Ari* significa *hormiga*, *ga* significa… algo como *hay*… y *to* significa *diez*. *ARIGATO!* ¿Lo entiendes?

Me mira sin ninguna expresión en el rostro.

—Qué gracioso. —Da un último sorbo a su bebida y me sonríe—. Ay, cariño, se me ha acabado el vodka. ¿Me invitas a otro?

—Vale, por qué no. —Quizá pueda meterle algo en el próximo.

Sin embargo, cuando el cabrón del gerente trae su bebida, me informa de que se me está a punto de agotar el tiempo y me pregunta si me gustaría extenderlo por otros 10.000 yenes. Le dedico una reverencia con educación, le digo que ya me he divertido suficiente por esta noche y me voy un poco más tarde. Ya la pescaré la próxima vez.

Mientras espero el tren para volver a casa, echo un vistazo al foro en línea para ver si alguien ha contestado a mi pregunta sobre el Bar Ángel. Hay una respuesta.

Tema: Respuesta: ¿Bar Ángel?
Aho80085: Putas *gaijin*.

Cuando vuelvo a casa, las hormigas siguen allí.

Intento masturbarme pensando en Natasha. Pienso en ella durmiendo plácidamente, conmigo al lado, pero luego veo las hormigas paseando sobre su cuerpo, y veo que no está dormida, sino muerta. Se está descomponiendo, y las hormigas caminan por su piel pálida. Salen de su boca en unas filas largas y negras, caminan por su estómago, serpentean por su vientre y por sus pechos y bajan hasta las uñas de los pies, pintadas de rojo. Se me baja la erección, y no vuelve.

Otro día de curro. Estoy agotado.

El puto gato se ha pasado la noche gritando, como si se estuviera muriendo. No puedo dormir. Las hormigas no dejan de asediarme.

El próximo gato que vea se va a llevar una buena patada.

La plantilla sale. Tiro, izquierda, derecha, trasera, travesaño, fuera de la zona amarilla, botón rojo, luz roja parpadea, la plantilla se introduce en la jaula.

Me he informado más en internet. Tengo que envenenar a la reina; no hay otro modo. Tengo que matarla, pues, si no, las hormigas no dejarán de venir nunca. Tengo que darles de comer un cebo envenenado, y luego se alimentarán entre ellas hasta que el veneno llegue a la reina. Se llama «trofalaxis». Resulta irónico que acabe usando su naturaleza cooperativa en su contra para matarlas. Porque tienen que morir todas. No puedo seguir viviendo con hormigas. «Que tus planes sean oscuros e impenetrables como la noche, y, cuando actúes, cae como un rayo». Esas eran las palabras de Laozi…

La plantilla sale. Tiro, izquierda, derecha, trasera, travesaño, fuera de la zona amarilla, botón rojo, luz roja parpadea, la plantilla se introduce en la jaula.

Tengo que volver a ver a Natasha. Todo irá mejor la próxima vez. Sé que puedo hacerlo. Sé que, si tengo un poco más de tiempo y otra oportunidad, todo irá bien. Solo que antes tengo que deshacerme de las hormigas. Antes solo había decenas de ellas, pero ahora hay decenas de miles, y las veo por todas partes. «En la guerra se deben evitar los puntos fuertes y golpear los débiles». Tengo que acabar con las hormigas. Antes de que ellas acaben conmigo…

La plantilla sale. Tiro, izquierda, derecha, trasera, travesaño, fuera de la zona amarilla, botón rojo, luz roja parpadea, la plantilla se introduce en la jaula.

Todo irá mejor la próxima vez. Nada irá mal, siempre que me ciña al plan. Les daré un montón de somnífero para que no se despierten. Porque no queremos que se despierten, porque entonces tendremos que darle un puñetazo a ella en la mandíbula y darle dinero para que no cuente nada. Iré sobre seguro. Les daré más somnífero del que necesitan de verdad. Así se quedarán dormidas rápido y podré dormir a su lado, como cuando solía dormir entre mi madre y mi padre cuando era pequeño y tenía pesadillas…

La plantilla sale. Tiro, izquierda, derecha, trasera, travesaño, fuera de la zona amarilla, botón rojo, luz roja parpadea, la plantilla se introduce en la jaula.

Solo que no es lo bastante privado para mí. Me gusta ir a los *onsen* y enseñárselo todo a los demás. A veces me gritan, como aquella chica en Yufuin, en Kyushu, y eso me pone más todavía. Me gusta grabarlos mientras me gritan y ver los vídeos después. No son más que unas putas hormigas también.

… aunque, últimamente, ya no sé lo que es real y lo que no. Veo cosas por todas partes. Las hormigas caminan por esta mierda de ciudad, y, mientras tanto, el gato no deja de gritar. No sé si soy un hombre vivo o si estoy soñando. No me siento ni vivo ni muerto. ¿Estoy en el infierno? ¿Estoy soñando? Ya no sé lo que es real…

La plantilla sale. Tiro, izquierda, trasera, fuera de la zona amarilla, pulso el botón rojo, la luz roja parpadea, la plantilla se introduce en la jaula. Una alarma suena. Mi jefe se pone a gritar. Me pongo de rodillas y lloro.

Y ahora los robots están destrozando el cuerpo blanco. El gato salvaje grita. Y las hormigas se arrastran por mi mente, sobre las tumbas de mi madre y de mi padre. Abandonadas en el cementerio.

A juzgar por la expresión real del jefe, veo que acabo de perder el empleo.

Y las hormigas nunca dejan de trabajar.

HIKIKOMORI, FUTOKO Y NEKO

Un goteo. Motitas rojas que salpican el asfalto.

Un rastro de dolor que recorre el carril en zigzag y lleva hasta un gato tricolor hecho un ovillo mientras mueve la cabeza arriba, abajo y a los lados. El gato intenta ponerse de pie, no puede y lo vuelve a intentar. Su mandíbula cuelga, demasiado abierta para un bocado de palitos de cangrejo. Se da por vencido.

El gato alza la cabeza despacio y mira hacia la calle principal. Los puestos de la fiesta siguen ahí, solo que se han ido a dormir.

Visión borrosa y fragmentada. Una escena temblorosa que se fractura. Tres siluetas vestidas de negro, como en un funeral, pasan por delante de la entrada de un callejón. Una familia, tal vez. Una madre, un padre y una hija. Caminan juntos, una unidad sólida. La madre mira hacia atrás para reñir a alguien. Los tres siguen su camino hasta desaparecer de su vista. Y entonces una silueta oscura y más pequeña pasa a toda velocidad, con pasos torpes por sus zapatos que le quedan demasiado grandes.

Un niño.

Kensuke vio al gato sangrando al final del callejón. Corrió entre los puestos de comida cerrados de la fiesta de la noche anterior y miró al gato con ojos llenos de curiosidad. No había nadie más alrededor, sino tan solo una puerta que llevaba a una planta baja junto al gato. Kensuke no se percató de los carteles extraños de la puerta, porque estaba demasiado distraído por el animal herido.

El gato le devolvió la mirada y parpadeó, torturado.

Pequeño, suave, como si no se hubiera acostumbrado a la crueldad. Una mandíbula regordeta y mirada templada, como la de la mayoría de los niños. Vestido de tristeza, cubierto de pérdida. Un traje negro, prematuro para un niño de primaria.

Kensuke tomó al gato en brazos, y este soltó un maullido débil.

—Hola, *neko*-san. ¿Te has hecho pupa?

El niño acunó al gato con cuidado y corrió tras su familia. Ya se habían metido en el Lexus negro, y tres puertas se habían cerrado con fuerza e impaciencia.

Kensuke sostuvo al gato con tanta suavidad como pudo en la curva de su brazo mientras abría la puerta derecha con la otra mano. A pesar de que no quería hacerlo, le estaba haciendo un poco de daño al gato. Saltó al asiento de atrás, y, en cuanto cerró la puerta, el coche empezó a rodar.

—¿Por qué tienes que ser tan cachazudo? —La voz de su madre estaba teñida de aquel acento coreano tan vergonzoso del que no conseguía desprenderse.

—Perdón.

Kensuke se llevó el gato al pecho. Notaba que el corazón le latía rápido al animalito, y el suyo también, por haber corrido hasta el coche. Jadeaba un poco.

Sentada a su lado, con un traje negro formal que contrastaba con su uniforme de siempre —un jersey de cuello alto rosa y pantalones color crema—, su hermana mayor, Kyoko, le susurró a modo de burla:

—*Baka*.

No le hizo caso. Ella lo miró, nerviosa, para ver su respuesta. Y entonces vio al gato, y una expresión de decepción le llegó a los ojos.

—¡Ay, Ken! ¿Por qué has traído a ese gato?

Su padre frenó en seco.

Ambos padres miraron atrás.

—¡Kensuke!

—¿En qué estabas pensando? ¡Mira que recoger un gato callejero! —le gritó su madre.

—Es que… está sangrando. Se ha hecho daño en la boca. Necesita ayuda.

—Kensuke, no es tu gato. Ve a devolverlo a donde lo has encontrado. —Su padre hablaba con firmeza—. Venga.

—Pero *otosan*, se va a morir. Como *obaasan*.

—Kensuke. Llévalo donde estaba. Ahora mismo.

Su padre siempre hablaba con compostura, aunque algo parecía haberle tocado una fibra sensible.

Kensuke abrió la puerta y se bajó de los asientos de cuero blanco. Cerró la puerta tras él.

—Kyoko, ¿el asiento se ha manchado de sangre? —le preguntó su padre.

—No, está limpio.

—Bien. —Su padre observó a Kensuke en el espejo retrovisor, sus piernecitas que corrían a toda velocidad por la carretera con el gato en brazos—. El niño se está volviendo muy raro.

—Tenemos que ser pacientes con él. —Su madre le puso una mano en el brazo—. Si queremos que vuelva a la escuela durante el siguiente trimestre, tenemos que ser pacientes.

—Sois demasiado duros con él —dijo Kyoko, desde el asiento de atrás.

—Tú, a callar —le espetó su madre.

Aquella mañana, Naoya estaba sentado en la curva de su sofá, jugaba Puyo Puyo Monster Mayhem y bebía un refresco isotónico Pocari Sweat cuando alguien llamó a la puerta. No hizo caso, pero luego llamaron al timbre.

¿Quién podría ser?

Puso el juego en pausa y dio un sorbo más a su bebida, nervioso. Nadie se pasaba por allí, excepto para llevar la comida a domicilio, y esos sabían que no debían llamar al timbre. Pensó que, si no hacía caso, quienquiera que fuera se acabaría dando por vencido. Quitó la pausa al juego y continuó pulsando los botones y viendo las bolas de monstruos de colores brillantes en su televisor de plasma gigante.

Ya no quedaba mucho espacio en el piso de Naoya.

No con todos los envases, latas, botellas de plástico, contenedores, palillos rotos, mandos pegajosos, cajas de DVD de *anime* y demás restos. El aire acondicionado zumbaba un poco en un rincón y lo mantenía alejado del verano. Unas torres de *manga* se erguían con orgullo contra las paredes, viejas y cada vez más grises. Basura escondida debajo de más basura, materia encima de más materia. Un hueco eterno en el sofá por pasar tanto rato sentado. Platos que reposaban en el fregadero de la cocina, cubiertos por el moho sólido del olvido de tiempo atrás. Todo se apilaba hacia arriba, hacia dentro, sobre sí mismo.

Naoya tenía distintos sistemas.

No pedía comida a domicilio del supermercado si esta requería algún tipo de esfuerzo extra. No necesitaba vajilla, ni vasos, ni platos. Se valía de los envases de comida desechables, listos para meterlos en el microondas, para diseccionarlos y comerlos con nuevos palillos *waribashi* de usar y tirar. La olla sí que la usaba mucho, casi siempre para echar agua hirviendo en sus ramen instantáneos. Siempre que no tuviera que lavar nada después, le valía. Siempre que no tuviera que salir de casa. No quería volver a tener que hacer eso.

Y claro, el piso no habría sido el mismo sin Naoya, su mueble permanente.

Tenía la cabeza redondeada y el rostro cubierto de la barba de varios días típica de los diseñadores. Se afeitaba el pelo y la barba con el mismo peine de su maquinilla eléctrica. Había pedido la maquinilla por internet para no tener que salir de casa para cortarse el pelo. El pelo rapado le quedaba bien. Llevaba ropa holgada, siempre el mismo chándal color guisante de Uniqlo. Si bien antes no estaba gordo, al pasar de los treinta y cinco años toda su falta de actividad física se había empezado a acumular de forma gradual alrededor de su estómago. Aun así, el elástico de los pantalones de chándal acomodaba la panza incipiente, y Naoya se estaba empezando a acostumbrar.

Una de sus aficiones favoritas, además de los videojuegos, era masturbarse con fotos de revistas sobre AKB48. Su chica favorita de AKB48 era Itano Tomomi. Se moría de ganas por verla. Si iba a alguno de sus muchos eventos con fans le sería muy fácil conocerla, solo que aquello implicaba tener que salir de casa.

Y eso no era una opción.

Por tanto, miraba fotos de ella en las revistas mientras se tocaba su *chinchin* y disfrutaba de la sensación de su panza meneándose. Fantaseaba con ella subiéndose a horcajadas encima de él y pellizcándole los pezones. Le decía: «Naoya, *ai shiteru*, te quiero». Y luego él se limpiaba con unos pañuelos. Y se deprimía al pensar que una chica como Itano Tomomi nunca querría estar con un guarro como él. A veces lloraba un poco. Y luego volvía a sus videojuegos y se bebía un refresco. Aquello solía animarlo. Antes pedía prostitutas por internet, solo que se había hartado de ver las malas caras que ponían al ver cómo tenía el piso. Ni siquiera eran capaces de ocultar cuánto lo odiaban. Así que las únicas que le hacían compañía en aquellos momentos eran sus chicas imaginarias.

Lo único que de verdad lo animaba eran los *manga*, los *anime*, los libros y los videojuegos. Cosas que hacían que el dolor desapareciera. Había hecho algunos amigos en las salas de chat para *hikikomori*, otros jóvenes que se aislaban de la sociedad, aunque hasta ellos lo molestaban. Había un tipo, uno amistoso de las salas de chat de Street Fighter II, pero él no sabía mucho sobre ese juego, pues el suyo era Puyo Puyo Monster Mayhem. Y, además, hacía años que aquel no se conectaba.

Aquella mañana, estaba disfrutando del juego, pero allí estaba de nuevo. El sonido insistente del timbre, que se le clavaba en los tímpanos. Puso «pausa» una vez más y desvió la mirada hacia la puerta.

Vete. Vete. Déjame en paz.

Solo que el timbre seguía sonando.

¿Quién podría ser? Dejó el mando y se acercó con tanto sigilo como pudo hasta el *genkan* para asomarse por la mirilla. Fuera hacía sol. Naoya se sintió como un ninja al moverse por la oscuridad sin que nadie lo viera. La visión se le ajustó a la luz, y vio a un niño pequeño vestido de negro. Con un gato en brazos.

¿Qué hace un niño con un gato delante de mi puerta? ¿Se ha vuelto loco? ¿Qué carajos pasa en este barrio últimamente? El otro día tuve que pedirle a un loco que no dejaba de gritar que se callase. ¿Es que el mundo ha perdido la chaveta?

—Por favor. Te oigo al otro lado de la puerta. Estás jugando Puyo Puyo Monster Mayhem. Abre, por favor. El gato se va a morir. *Issho onegai.* Ayúdame, por favor. —Oyó al niño al otro lado de la puerta.

Naoya respiró en silencio. Mierda. Sus habilidades de ninja lo habían dejado en la estacada: el volumen de la tele era demasiado alto.

Un claxon sonó en la distancia, y Naoya oyó una voz que gritaba: «¡Kensuke!».

—Por favor. Por favor. Ayúdame.

El niño parecía estar a punto de llorar.

Por favor, vete; por favor, déjame en paz. ¿Por qué tiene que llamarse Kensuke? Solo quiero que todo el mundo me deje tranquilo.

El niño se puso a llorar.

—Por favor. Te lo suplico. El gato se va a morir. Volveré mañana a buscarlo. Por favor…

Naoya ni siquiera llevaba la máscara de gas que se había fabricado para protegerse de los gérmenes que flotaban en el exterior, pero había algo en el tal Kensuke que le había llamado la atención. Contuvo la respiración y abrió la puerta.

Al niño se le iluminó el rostro.

—¡Gracias, *onisan*! Volveré mañana a verte; ahora tengo que irme. Por favor, cuida del gato. *Arigato!*

Naoya no pudo decir nada porque no podía respirar. La luz del sol le hacía daño en los ojos, y la humedad y el calor del verano le llegaron con tanta fuerza que casi lo hicieron soltar el aire. Ya estaba sudando. *Tengo que cerrar la puerta. Tengo que volver dentro.* El niño le colocó al gato en brazos, se dio media vuelta y salió corriendo. Naoya cerró la puerta de inmediato. Jadeó, con la espalda apoyada en la puerta, casi sin respiración y aferrado al gato para que lo reconfortara.

Mierda. El niño había dicho que iba a regresar al día siguiente; iba a tener que volver a abrir la puerta. En menudo berenjenal se había metido al contestar. Había metido la pata hasta el fondo.

Naoya llevó al gato hasta el salón y lo colocó en una cesta improvisada hecha de ropa sucia y libros de *manga* viejos. Echó un vistazo al animal con sospecha, sin saber muy bien qué hacer.

—¿Tienes hambre? —le preguntó.

Quizá pudiera prepararle un ramen instantáneo. Fue a la cocina para poner la olla a hervir.

Entonces volvió al salón y miró al gato. Pudo ver el dolor en su carita.

Aquello era algo que Naoya conocía muy bien.

El viaje de vuelta hasta Shinagawa-ku les llevó un tiempo por culpa del tráfico. Y su padre no estaba de buen humor. Su madre también estaba enfadada.

—Has echado a perder la camisa, Kensuke. Y tu traje está hecho un asco. En cuanto lleguemos a casa, te quitas la camisa y directa a la lavadora. —Su madre miró a su padre—. Mañana tendremos que llevarle el traje a la lavandería.

—¿Mmmm? —Su padre estaba concentrado en el tráfico.

—Perdona por haberte delatado —le susurró Kyoko a Kensuke en el asiento trasero.

Kensuke quiso contestarle y decirle «no pasa nada», pero le fue físicamente imposible. Apartó la mano de la de Kyoko, quien la había estirado para tocarlo.

En su lugar, meneó la cabeza y miró por la ventana desde abajo. Veía los tejados de los edificios que se alzaban de forma gradual hasta convertirse en rascacielos conforme pasaban por el centro de Tokio. Dejaron a Kyoko en la estación de tren para que pudiera volver a Chiba y luego prosiguieron su camino los tres. Los negocios se transformaron en bloques de pisos residenciales cuando llegaron a la zona de la bahía de Tokio.

Kensuke vivía con su madre y su padre en uno de aquellos edificios. Kyoko se había mudado a su propia casa cuando había empezado a trabajar, y el hermano mayor de Kensuke se había mudado a Gunma con su mujer y sus hijos hacía muchos años. Kensuke echaba de menos a sus hermanos por casa; cuando era muy pequeño, le había encantado verlos jugar Street Fighter II juntos. Le gustaba ver a Kyoko ganar, y aquello los hacía reír a todos. No obstante, los dos eran mucho mayores que él, por lo que siempre se había sentido como si los estuviera viendo de lejos. A él nunca lo dejaban jugar. Los había visto guardar Street Fighter y mudarse. Y en aquellos momentos lo único que tenía por hacer era mirar por la ventana. La vista desde su piso daba hacia la bahía, un entorno un tanto estéril en comparación con la zona de las afueras de la que habían venido, más al oeste. Por la noche, a Kensuke le gustaba mirar por encima del agua y ver las luces de la ciudad mientras se ponía el sol. Iluminaban la costa, y el agua oscura y el cielo quedaban teñidos del parpadeo y las luces de los aviones que aterrizaban en el aeropuerto Haneda.

Sin embargo, aquella noche, lo único en lo que podía pensar Kensuke era en el gato. Ya había decidido salir a escondidas al día siguiente para volver al piso del hombre color verde guisante. Pensaba decirles a sus padres que iba a salir a jugar con amigos. Al fin y al cabo, no sabían que no tenía ninguno.

A la mañana siguiente, Kensuke salió de casa y se dirigió a la estación de tren. Subió al monorraíl en la estación de la isla Tennozu y bajó en la parada siguiente, en la estación Hamamatsucho. El monorraíl conectaba el aeropuerto con la ciudad, y Kensuke vio algunos extranjeros a bordo, cuya nariz era tan grande como el equipaje que llevaban. Se preguntó si les gustaría la comida japonesa. Esperaba que sí. Vio a una chica guapa de cabello rubio y ojos azules; ella le sonrió y continuó leyendo un libro en japonés. Llevaba un traje y parecía feliz.

Llegó a la línea Yamanote en hora punta, y fue horrible el quedarse aplastado contra todos los demás pasajeros. Kensuke no veía nada más que trajes negros. Bajó en la estación de Tokio y subió a la línea Chuo hacia el oeste, de camino a Kichijoji. Ya había menos pasajeros, pues se dirigía fuera de la ciudad, pero se percató de que los trenes que iban en dirección contraria iban llenos a reventar. El viaje estuvo bien, salvo por un momento en que un hombre raro se puso a hablar consigo mismo. Olía tan mal que Kensuke se cambió de vagón.

Le resultó bastante fácil volver a encontrar el piso del hombre de color verde guisante. Si bien Kensuke recordaba dónde estaba, también era fácil de identificar porque había un montón de carteles raros en la puerta que decían que nadie debía llamar al timbre. Kensuke había notado un olor raro cuando el hombre le había abierto la puerta, y se había preguntado por qué se había quedado allí sin decir nada y se había limitado a tomar aire y a ponerse rojo como un tomate. Esperaba que el hombre no fuera un bicho raro, porque había oído historias de algunos psicópatas de Tokio que atrapaban gatos callejeros para matarlos. Sin embargo, había visto algo en los ojos del hombre. Algo que había hecho que confiara en él.

Cuando Kensuke llamó al timbre en aquella ocasión, Naoya no tardó tanto en abrir la puerta.

—Hola. Pasa.

—¿Cómo está el gato?

—Pasa. Ahora te cuento.

—¿Está bien?

—Bueno, tengo buenas y malas noticias. Pasa.

—¿Dónde está?

—Dormido, por el momento.

—¿Está bien?

—No del todo.

—¿Qué le pasa?

—Babea y no puede comer. Creo que se ha roto la mandíbula.

—¿Se morirá?

—No. He buscado información en internet. Hay un veterinario cerca, y he llamado por teléfono. Pueden operarlo y volver a colocarle la mandíbula.

—¡Qué bien!

—He pedido cita para hoy. ¿Puedes llevarlo? Les he explicado todo cuando he llamado. Te darán una factura, y luego tienes que traérmela a mí. El veterinario ha dicho que no pasa nada.

—Vale. ¿Cuándo vamos?

—Me temo que no puedo ir contigo.

—¿Por qué no, *onisan*?

—No me llames así. Llámame Nao.

—Vale, Nao. Yo soy Ken.

—Así que eso, todo está resuelto. Solo tienes que llevar al gato a esta dirección. Una vez que le hagan la operación, puedes volver a traerlo aquí para que repose. Necesitará un par de días para sentirse mejor, y luego tendrás que llevarlo otra vez dentro de un mes para que le quiten un alambre que le van a colocar en la mandíbula.

—¿Por qué no vienes conmigo?

—Porque no puedo, ¿vale?

—Cuando el gato esté mejor, ¿puedo venir a verlo?

—Vale, pero no te acostumbres. Estoy ocupado.

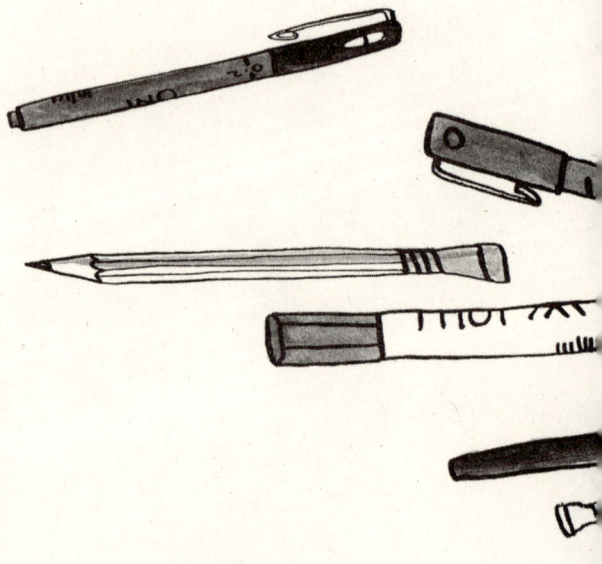

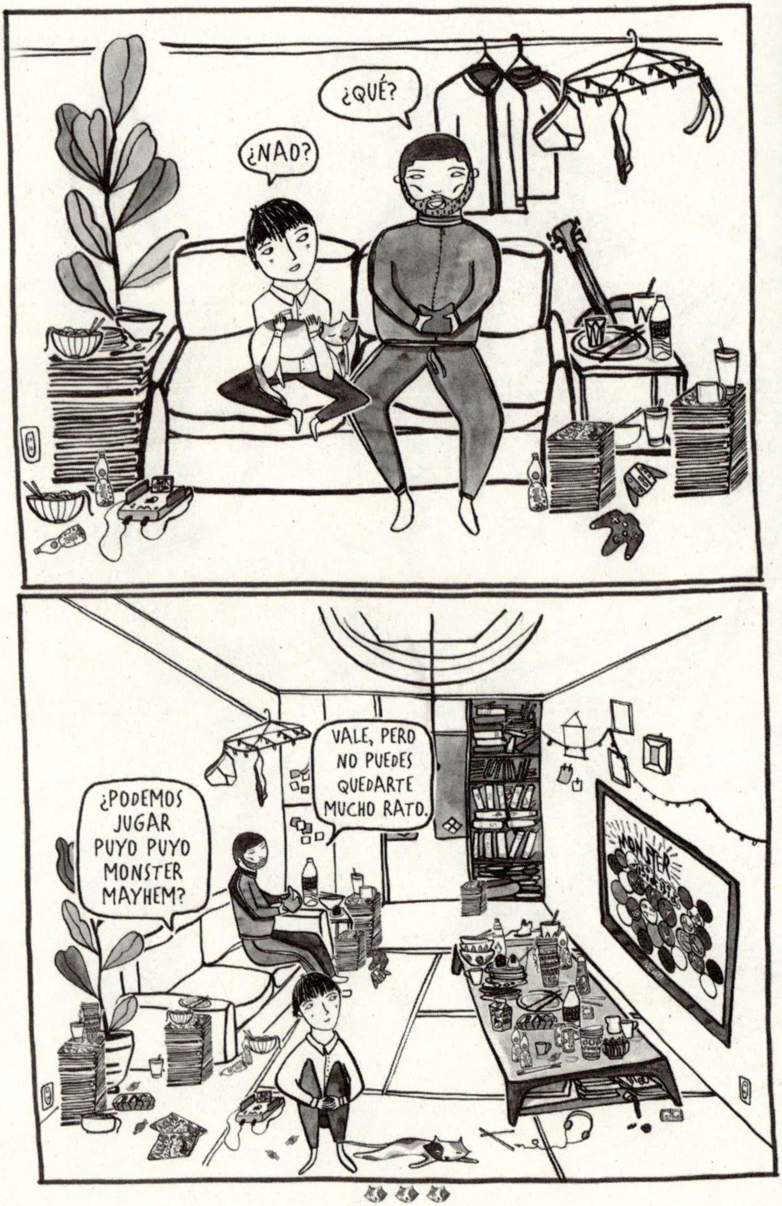

294

¿NAO?
¿QUÉ?
¿POR QUÉ TIENES TANTAS REVISTAS SOBRE AKB48?
NO HAGAS TANTAS PREGUNTAS.
PULSA START.

301

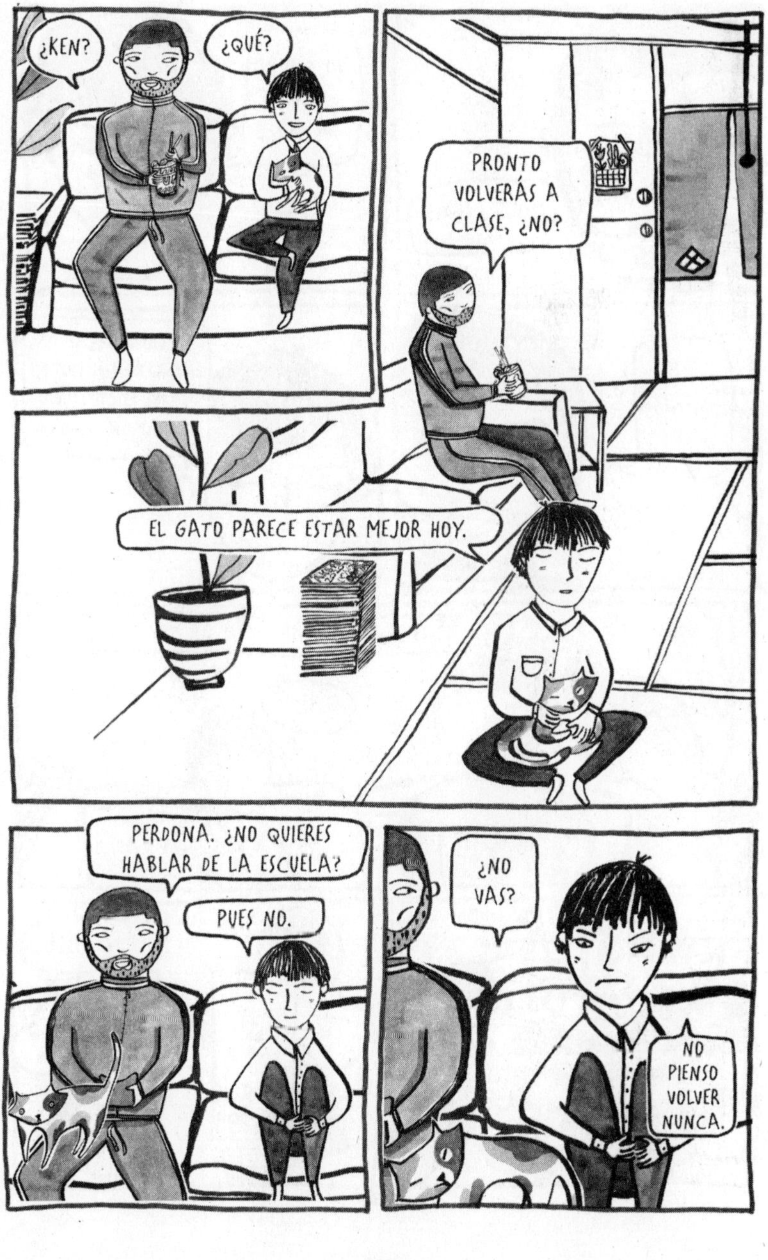

MONSTER
¿CON QUÉ? ¿JUGANDO PUYO PUYO?
NO, CON OTRAS COSAS.
NAO, ¿POR QUÉ NO QUIERES SALIR?
NO TE METAS EN MIS ASUNTOS, CHIBI.
チビ!

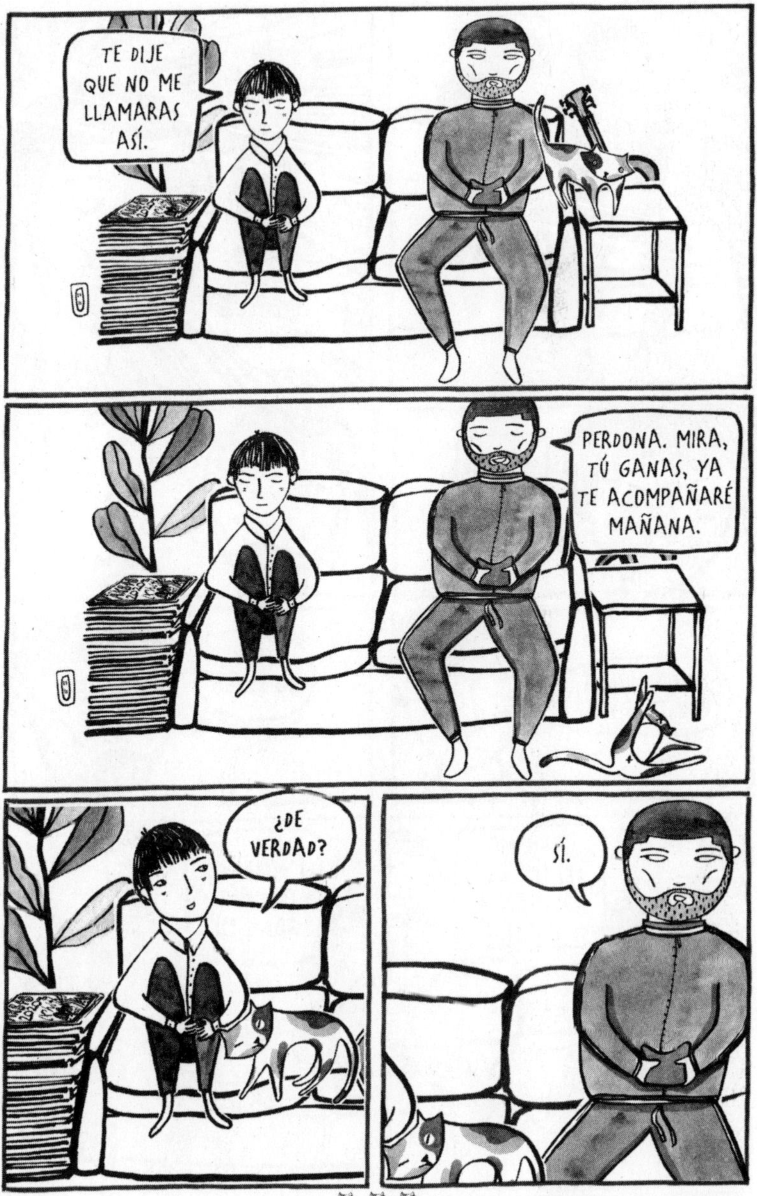

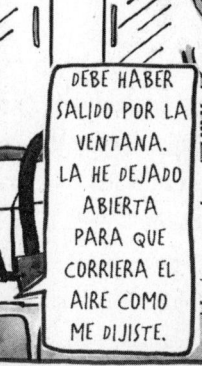

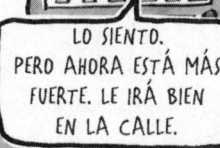

313

Kensuke dejó de ir a verlo después de eso.

Naoya lo achacó al hecho de que el gato ya no estaba allí, por lo que no tenían eso en común. Había pasado un mes a toda prisa, y Naoya había notado que cambiaba conforme el verano cambiaba al otoño. Al principio le había molestado la presencia del gato y de Kensuke. Sin embargo, poco a poco, había empezado a tener ganas de que el niño fuera a verlo. También había estado contento por la compañía que le hacía el gato. Lo acariciaba cuando se sentía solo, y allí había encontrado una especie de compañerismo que no había experimentado desde hacía mucho tiempo.

Aun así, conforme setiembre se acercaba, había empezado a volver a su antiguo modo de vida. Cuando Kensuke había ido a verlo, se había visto presionado a recoger el piso, a ducharse, afeitarse y tener mejor aspecto, y, al no tener esa necesidad, estaba volviendo a sus hábitos desaliñados.

Había pensado que había hecho dos amigos nuevos, pero lo que siempre se había dicho a sí mismo había resultado ser cierto: no se podía depender de nadie. Como sus padres ya no estaban, solo quedaba él. Y solo podía depender de sí mismo. Aquel era el modo más seguro de contemplar la vida. Tenía dinero suficiente de su herencia para que le durara mucho tiempo, y estaba contento él solo. Sí que había notado cierta calidez y felicidad al estar con sus dos amigos nuevos, solo que ellos le habían demostrado cuánto disfrutaban de su compañía al final.

No. Estaba mejor solo.

Naoya oyó el silbido de Shingo el cartero antes de que metiera las cartas por la rendija. No tenía ninguna prisa por ir a ver las facturas, por lo que se preparó un ramen instantáneo y encendió la tele.

No fue hasta por la tarde que fue a recoger el correo y vio el paquete.

Qué raro.

Lo rasgó para abrirlo y sacó un pequeño panfleto fotocopiado y una carta doblada por la mitad. Abrió la carta y la leyó.

Nao:

Siento mucho haberme ido aquel día. Y siento mucho no haber vuelto a verte después de eso. He seguido tu consejo y he regresado a clase. Fue difícil al principio, pero he empezado a hacer algunos amigos. Un compañero de clase, Yusuke, también es medio coreano. Es bastante fuerte. Quizá más fuerte que tú. Nos hemos hecho amigos, y ahora nadie nos molesta por ser medio coreanos. Creo que es porque tienen miedo de que Yusuke les dé una paliza. Se vuelve loco si alguien dice «chon». El colegio va mucho mejor ahora.

Me siento muy mal por no ir a verte más. Y ya sabes lo que pasa cuando te sientes mal, que empieza a parecer peor y peor, y entonces sabes que no puedes pedir perdón y ya está, porque sabes que las palabras no funcionan en esas situaciones.

Lo siento mucho. A lo mejor no puedo decírtelo cara a cara, pero te lo digo.

Bueno, espero que no estés enfadado conmigo.

Dibujé un manga sobre tú, yo y el gato. Se lo enseñé a mi profesora de arte y se puso como loca y me dijo que estaba muy bien. A mí no me lo parece. Solo son cosas que hablamos los dos. Me pidió que dibujara más, y me ayudó a convertirlo en un libro. Lo presentamos a una competición de manga. No gané el primer premio, así que me puse triste por eso, aunque sí quedé segundo. Mi profesora dice que es increíble, pero no sé. Quería ganar. Aun

315

así, me dieron unos premios para intercambiar por libros, y quiero comprar más libros de ciencia ficción de Nishi Furuni.

Seguiré dibujando. He decidido que quiero ser un artista de manga cuando sea mayor.

Si quieres saber por qué, es por ti. Sé que sufres mucho por dentro y que el manga te hace feliz. Si puedo dibujar manga, quizá pueda hacer que las personas como tú sean felices. Ya sé que parece tonto, pero no se me ocurre otra cosa que quiera hacer cuando sea mayor. Y, como dijiste, no puedo jugar Puyo Puyo y nada más.

Una vez me dijiste algo sobre ser del futuro o no sé qué. Y he pensado mucho en eso. A lo mejor es la razón por la que he vuelto a clase. Así que me has ayudado mucho con eso.

Y entonces he pensado: ¿y si el Naoya del futuro, el de sesenta años, viniera a verte ahora? ¿Qué te diría? ¿Te diría que salieras de casa? ¿No crees que te diría lo mismo que me dijiste a mí? Lo he pensado mucho estos días y creo que sí. Creo que te ayudaría.

Bueno, perdóname por no ir a verte más. Y perdona también por haber visto tu dirección a escondidas cuando estaba en tu piso. He escrito la dirección de mi madre y mi padre aquí, para que puedas escribirme si quieres.

Espero que te guste el manga de tú, yo y el gato.

Cuídate,
Ken

PD: Por favor, avísame si vuelve el gato.

Naoya leyó la carta un par de veces. Fue a sentarse al sofá y hojeó el panfleto en blanco y negro una y otra vez. Se titulaba *Hikikomori, Futoko + Neko*. Había un dibujo de los tres en la portada y contaba la historia del mes que habían pasado con el gato. Todas las conversaciones que habían tenido; y en cada escena estaba el gato, cada vez más fuerte. Y, conforme progresaba, su casa estaba más y más limpia. Estaba muy bien dibujada. Estaba su casa, el gato, Kensuke y Naoya. Todos parecían muy contentos y sonreían.

Solo que en aquel momento él estaba llorando.

El gato estaba más fuerte de lo que había estado nunca. Se había recuperado del accidente por completo y había vuelto a pasearse por donde siempre en busca de comida, de aquel recuerdo de una vida previa, de aquello que le faltaba.

Ocurrió una mañana, mientras disfrutaba de otro bonito día otoñal, cuando vio a un hombre con un chándal color verde guisante que conocía muy bien. El hombre recorría la calle poco a poco; iba de farola a farola y las abrazaba según avanzaba. Un paso a la vez, con el cuidado de un hombre en un campo de batalla. Cuando el gato se acercó a él, vio que el hombre se dirigía a un buzón rojo.

Tenía una sonrisa nerviosa en el rostro.

Y llevaba una carta en la mano.

DETECTIVE ISHIKAWA:

NOTAS DEL CASO 3

Varias semanas después de haber ido a ver a Shiwa a su club nocturno, le dije a Taeko que me iba a llevar el coche. Salí temprano y, gracias al GPS, me dirigí al complejo de la prefectura de Yamanashi donde había oído que tenían al hijo perdido, Kurokawa.

El tráfico estaba bastante tranquilo hacia el exterior de la ciudad, y, a pesar de la sensación de que me estaba alejando de todo al pasar por los túneles (y al ver que todo se volvía cada vez más verde), no pude evitar repasar lo que Seiji me había dicho en el club sobre mi exmujer. A veces pienso lo mismo por la noche, cuando intento quedarme dormido. Noto la fatiga, los dolores y los achaques de siempre en las articulaciones, pero esa voz en mi cabeza no deja de regañarme por lo que hice. Repaso todos los errores que he cometido, lo que debería haber dicho en tal discusión, lo que debería haber cambiado para ser mejor persona, todas las personas a las que he hecho daño sin querer y a las que les he hecho daño a propósito. Supongo que eso es el arrepentimiento. Y ahora mismo me parece que el arrepentimiento está sentado en el asiento del copiloto, se come una bolsa de patatas fritas, sorbe un refresco enorme y me da una buena charla.

No debería haber aceptado el caso. Nada bueno ha salido de él.

Ya, ya. *Sorbo*

Solo estaba haciendo mi trabajo.

Solo estaba haciendo mi trabajo, bua, bua, bua.

Mi deber es hacia el cliente.

Madre mía, qué buenas están estas patatas.

La fidelidad puede demostrarse de más de un modo.

Pero ¿por qué no le fuiste fiel a ella?

¿Por qué no me fue fiel ella a mí?

Y ahí está, la pelea de patio de colegio: ¡pero si lo empezó ella!

No es eso.

Entonces, ¿cómo es? ¿Eres tan frío y despiadado que ni siquiera fuiste capaz de dejar un caso que involucraba a tu mujer?

Exmujer.

Fue tu ex desde el principio. Nunca estuviste cuando te necesitaba.

Tenía que trabajar.

Pero si solo deambulas de un lado para otro para hacer fotos de los demás. ¿A eso lo llamas «trabajar»?

Son personas que engañan. Tienen lo que se merecen.

Suenas como un tirano. ¿Quién ha decidido que seas el adalid de la moralidad?

Solo cumplo con mi trabajo.

Me suena que unos cuantos soldados de la Alemania nazi también decían que «solo cumplían con su trabajo».

¡Cállate! ¡Cállate ya! Sal de mi cabeza.

Es que soy tu cabeza, Ishikawa. Será mejor que te vayas haciendo a la idea. *Sorbo*

¿No puedes cerrar el pico un rato?

Tú mismo.

Gracias.

Pero me aburro. Quizá lo mejor sea que vuelva a reproducir una escenita por aquí. ¿Recuerdas aquella noche que saliste, cuando aceptaste el caso de

Sugihara Hiroko? Te acuerdas de aquella mujer guapa y rica cuyo marido la estaba engañando, ¿verdad?

Para.

Claro que te acuerdas. Saliste con tu disfraz, con tu sombrero reversible y la cámara oculta. Como siempre, vaya.

¿Por qué me haces esto?

Le enviaste un mensaje a tu mujer para decirle que volverías tarde a casa, y ella te contestó que no te preocuparas, que iba a salir con sus amigos de la universidad. ¿Te acuerdas?

Claro.

Y esperaste detrás de las macetas a que llegara el marido que la engañaba, Sugihara Ryu. Lo habías estado siguiendo, ¿verdad? El hijo del pez gordo de una empresa, con demasiado dinero como para saber qué hacer con él. Llevabas semanas siguiéndolo. Ese donjuán estaba con tantas chicas al mismo tiempo que todo se le complicó un poco, ¿eh? Pero tú te sabías su horario al dedillo, ¿a que sí?

Lo sabía mejor de lo que lo sabía él mismo.

Sí, exacto. Y te escondiste detrás de las macetas. Y cuando pasó por ahí, meneándose de un lado para otro de lo borracho que iba, abrazando a la chica, te emocionaste, ¿verdad?

Me encanta la caza.

Sí que te gusta, ¿eh? El corazón empieza a latirte a mil por hora y te mueres por asestar el golpe final.

Siempre sienta bien cerrar un caso.

Como debe ser. Trabajas duro para ello.

Siempre trabajo duro… para mis clientes.

¿Y te acuerdas de esa noche, cuando te acercaste lo suficiente para sacar la foto? La sacaste, ¿verdad?

Nunca dejo pasar una oportunidad.

Solo que esa vez fue diferente, ¿no?

La miré.

¿Y qué viste?

La vi a ella.

¿A quién?

A mi mujer.

¿Y cómo te sentiste entonces?

Me enfadé por un momento.

¿Y después?

Me sentí libre.

Sí, eso mismo. Te sentiste libre. Supiste que ibas a desprenderte de ella y que ibas a poder quedarte con tu dinero.

Pues sí.

Eres mala persona, Ishikawa.

No lo soy.

Claro que lo eres. Da igual cómo intentes defenderte, eres mala persona.

Que no. Soy de los buenos.

Lo que tú digas, colega.

Soy de los buenos.

Eres de los malos.

Pero me esfuerzo muchísimo por ser de los buenos.

Aparqué en el complejo: una vieja fábrica con barrotes en todas las ventanas. Había carteles por todas partes que decían Limpieza a fondo. ¿Dónde diablos me había metido? La zona de aparcar estaba prácticamente vacía, salvo por unas cuantas furgonetas grandes con el mismo logotipo de Limpieza a fondo. Miré el logotipo más de cerca y vi un diminuto símbolo de los Juegos Olímpicos de Tokio 2020 en una esquina. Me dirigí a la entrada principal, pero, antes de llegar a la puerta, unos hombres trajeados salieron para recibirme. Un tipo delgado con pinta empalagosa que llevaba un traje tan moderno que resultaba irritante y una carpeta bajo el brazo lideraba la marcha de unos cuantos hombres más corpulentos.

—¿Puedo ayudarlo en algo, señor? ¿Se ha perdido? —Se detuvo antes de llegar a mí, con la confianza que exudan los hombres débiles cuando cuentan con la fuerza de otros más poderosos de su parte.

—Estoy buscando a alguien —respondí.

—¿Sabe que está usted en propiedad privada? —Me miró a los ojos como si fuera idiota y parpadeó poco a poco.

—Sí. Y no he venido a buscar ningún lío. —Le devolví la mirada.

—Ah, me alegro, entonces. —Sonrió y mostró sus dientes blanco perla.

—He venido en nombre de los padres de un hombre llamado Kurokawa, quien creo que reside en su centro en estos momentos.

Echó un vistazo a su carpeta y se mordió el labio.

—Ya veo. —Se rascó la cabeza con una esquina de la carpeta—. Bueno, en primer lugar, no puedo decirle si el tal Kurokawa vive en nuestro centro o no, debido a la ley de protección de datos. En segundo lugar, si estuviera aquí, no podría entregarlo a su custodia a menos que contase con algún documento escrito por parte de sus padres que demuestre que ha venido a actuar en su nombre. Lo siento mucho, pero las reglas son las reglas, y yo solo cumplo con mi trabajo.

Me lo pensé un momento. Saqué un cigarrillo y lo encendí.

—Ya veo. —Me volví hacia mi coche y caminé hacia él.

—Gracias por su visita —gritó a mis espaldas.

Abrí la puerta del lado del copiloto, metí la mano en la guantera y saqué una hoja de papel. La desdoblé con cuidado y le eché un vistazo mientras volvía a la comitiva.

—¿Esto le sirve? —Se lo di.

—Ah… —Alisó el papel sobre su carpeta y se lo quedó mirando durante bastante rato; lo leyó varias veces, como si estuviera buscando algún error—. Bueno, supongo que será mejor que pase…

—Muchas gracias.

Seguí a la procesión hasta el interior, pero noté que había cierto aire reticente en el modo en que arrastraban los pies.

El lugar era blanco y estéril por dentro, con barrotes en las ventanas y cerrojos en todas las puertas. A mí lo que me pareció fue una prisión, aunque supongo que era por eso que no dejaban de referirse al lugar como *centro*. Me llevaron hasta una sala de espera y me dieron una taza de café para que aguardara sentado. Me dijeron que iban a buscar a Kurokawa.

Cuando entró en la sala vi el parecido familiar: tenía los hombros anchos de su padre y parecía fuerte. Lo habían vestido con un mono naranja y también lo habían esposado. Sostenía las manos por delante, por lo que pude ver que le faltaban un par de dedos. Si bien parecía que lo había pasado mal, tenía un semblante contento.

—¿Kurokawa-san?

—Presente. —Sonrió—. ¿Y quién carajos eres tú?

El guardia hizo el ademán de darle una bofetada, pero alcé una mano para detenerlo y le devolví una sonrisa al hombre.

—Soy el detective Ishikawa. Sus padres me han enviado a buscarlo.

Cuando mencioné a sus padres, se rascó la nariz con un dedo y puso una expresión más mansa.

—Encantado de conocerte, detective.

—Lo mismo digo.

—¿Has venido a sacarme de este antro? —Sonrió.

—Exacto.

—Gracias a Dios. —Miró al guardia que lo había llevado hasta allí—. Oye, matón, ¿qué te parece si me quitas las esposas ahora que soy libre?

El guardia se marchó.

Kurokawa me dedicó una sonrisa traviesa.

—Le he traído algo de ropa para que se cambie.

Asintió.

—Solo tenemos que firmar unos documentos y podremos irnos.

—Por fin.

Mientras seguíamos sentados y en silencio en la sala de espera, supe que el final se acercaba. Íbamos a firmar los documentos, y Kurokawa iba a poder reunirse con su familia. No pensaba ponerme sentimental, pero entonces me di cuenta de que sí podría acostumbrarme a aquel tipo de casos. Quizá lo que podía hacer era ser quien reunía familias, en lugar de ser quien las rompía.

El tipo de la carpeta volvió a entrar, y disfruté de cada trazo que hice con el bolígrafo en los documentos.

En el coche, de camino de vuelta a Tokio, Kurokawa y yo escuchamos música y charlamos de vez en cuando. El cielo se estaba encapotando, por lo que todo estaba oscuro para ser que estábamos en pleno día. Hicimos una parada en un supermercado para comprar latas de café y *onigiri* para el camino, tras lo cual volvimos al coche y lo dejé hablar. Básicamente solo hablaba de su experiencia de haber estado encerrado en aquel infierno extraño. A pesar de lo mal que decía que lo había pasado, parecía contento. Me contó un montón de historias sobre su compañero de habitación, a quien llamaba «Sensei». Debía haberlo respetado muchísimo.

—Dejé la Yakuza hace mucho tiempo —me contó, alegre—. Estuve viviendo en la calle con mis amigos y Sensei.

—¿Ah, sí?

—Y la policía nos atrapó a Sensei y a mí y nos llevó a ese vertedero.

—Sí, no parecía un sitio muy alegre. —Me pregunté qué hacía el tal Sensei viviendo en la calle con aquel hombre.

Se quedó callado unos segundos antes de mirarme con una expresión seria.

—Entonces, eres detective, ¿verdad? Como los de las películas.

—Supongo que se podría decir que sí, Kurokawa-san. —Puse el intermitente y adelanté a un camión que avanzaba a paso de tortuga por el carril derecho.

—Llámame Keita.

—Ningún problema, Keita. —Volví al carril de la derecha según empezaba a llover.

—¿Y puedes encontrar personas? —Su voz estaba teñida de esperanza.

—Se hace lo que se puede.

Miré las gotas de lluvia que caían sobre el parabrisas, se dividían y se fusionaban. Se conectaban y se desconectaban. La ciudad apareció en el horizonte, y pensé en todas aquellas familias que se unían y se separaban.

Keita tosió y me sacó de mi ensimismamiento.

—Necesito que encuentres a alguien para mí.

—¿A quién, Keita? —le pregunté, pues me picaba la curiosidad.

Miró adelante, a través del parabrisas, más allá de las gotas de lluvia que salpicaban el cristal conforme los limpiaparabrisas las apartaban una y otra vez con un ritmo firme. Los dos nos quedamos mirando al frente, hacia la gran ciudad que crecía en la distancia al acercarse cada vez más.

—Se llama Taro —contestó—. Y es taxista.

CEREMONIA DE APERTURA

Ryoko echó un vistazo por la ventana del avión, hacia la silueta del monte Fuji, en el horizonte.

El cielo estaba despejado y azul y le recordó a los cálidos días de verano que había vivido de pequeña. La visibilidad era perfecta, por lo que era capaz de ver la ciudad en el horizonte, un caos enorme y desplegado. Soltó un suspiro. Gen dormitaba plácidamente en la cuna de viaje que tenía delante. Se había portado de maravilla durante todo el trayecto; no había soltado ni un quejido. Estiró una mano hacia la de Erik, quien no apartó la mirada de su libro, pero le dio la mano de todos modos y la acarició con el índice y el pulgar mientras seguía leyendo, absorto. Se le daba muy bien el vivir en el momento, centrarse en lo que hacía en un instante determinado. No como a ella. Echó un vistazo a sus rasgos: el cabello rubio escandinavo que había heredado de sus antepasados suecos, el rostro cubierto de una barba incipiente que había crecido a marchas forzadas a lo largo del viaje sin escalas de catorce horas desde Nueva York. Habían partido por la mañana, tras comprar unos panecillos de cebolla y un café en el aeropuerto JFK mientras esperaban para subir al avión que se iba a dirigir al aeropuerto Haneda.

—Haneda está mucho más cerca de la ciudad —había comentado Ryoko mientras estaban sentados uno frente al otro en la cafetería del aeropuerto. Dio un sorbo de su café mientras mecía a Gen. Hablaba en voz baja, como si no estuviera muy segura de lo que decía, por lo que respiró hondo para recobrar la compostura—. Sé que es un poco más caro, pero me darás las gracias cuando lleguemos.

—Mmmm… —Erik masticó su panecillo y tragó—. Solo es un poco más caro, cielo.

—Es que el aeropuerto Narita está lejísimos —continuó ella, mientras mecía a Gen poco a poco.

—Tranquila. —Erik le puso una mano sobre la suya y le dedicó una sonrisa.

—Lo sé, lo sé. —Se mordió un labio. Los nervios se habían apoderado de su estómago desde que había comprado los billetes para ir a Tokio hacía semanas.

El vuelo se le había hecho eterno. Erik se había quedado dormido, con la boca bien abierta, la cabeza echada para atrás, el antifaz puesto y su almohada de viaje aplastada tras su nuca. Ryoko le había hecho una foto con el teléfono y se había reído al imaginarse cómo iba a reaccionar cuando se la mostrara más tarde. Él era capaz de dormir en cualquier parte; tal vez Gen lo había heredado de él. Entonces había dado vueltas por la pantalla táctil del sistema de entretenimiento del avión en busca de algo que le apeteciera ver. Empezaba una película, se cansaba y ponía otra. Nada parecía ser apropiado, ninguna la tranquilizaba. Se había decidido a ver alguna película japonesa durante el viaje, solo que no había muchas, y las que sí había no le gustaban demasiado. Se acabó decidiendo por *De tal padre, tal hijo*, de Koreeda Hirokazu, una película que ya había visto, pero que acabó viendo de nuevo de cabo a rabo.

Los subtítulos en inglés se habían activado solos, y ella no se había molestado en desactivarlos, lo cual la hizo sentir un tanto culpable: ¿qué clase de japonés dejaba los subtítulos en inglés? Dos hijos intercambiados al nacer se reunían con sus respectivas familias biológicas años después. Dramas familiares, conversaciones tensas, personas que no eran capaces de decir lo que querían decir de verdad. La película la había hecho llorar a lágrima viva. Había tenido que cerrar los ojos y contener la respiración para tratar de controlar los sollozos que sabía que estaban a punto de producirse desde las profundidades de su estómago. ¿Sería por las hormonas? ¿Cuánto tiempo más iba a poder usar eso como excusa para los sentimientos que se apoderaban de ella? Había tratado de recordar si se había sentido así antes de quedarse embarazada.

Aun así, los otros dos se habían pasado la película fritos. Miró a Gen por millonésima vez y vio que seguía bien dormidito, tras lo cual volvió a mirar a Erik, quien se había puesto a leer con suma atención. Aquella vez sí que notó su mirada, por lo que alzó la cabeza y cerró el libro. Se estiró un poco y bostezó.

—No me puedo creer que tu abuelo haya escrito esto. —Agitó el libro en su dirección.

Lo volvió a mirar: era la misma edición que había visto que leía otra pasajera. Aquello la enorgullecía y la ponía nerviosa a partes iguales. Había estado echando miradas furtivas tanto a Erik como a la pasajera que lo leía al otro lado del pasillo.

—¿Me dejas que lo vea otra vez?

—Claro. —Le pasó el libro y comenzó a desabrocharse el cinturón—. Voy al baño antes de que enciendan la luz para que nos pongamos el cinturón.

Se puso de pie y pasó con educación por encima de las piernas del hombre que dormía en el asiento que daba al pasillo, con precaución para no despertarlo.

Qué suerte tengo, pensó Ryoko. *Sabe que odio el asiento del medio.*

Miró la cubierta del libro de Erik.

Cuentos de ciencia ficción, de Nishi Furuni.

Lo abrió por la última página y vio la misma foto en blanco y negro de su abuelo que había visto por todas partes, en todo su material de promoción, desde que era pequeña. A Gen lo habían llamado en honor a su abuelo, pues era la versión corta de Gen'ichiro. ¿Escribiría poemas o ciencia ficción cuando fuera mayor? ¿Le hablaría en inglés o en japonés a ella? ¿Querría aprender japonés en las clases de idioma a las que los otros padres japoneses de Nueva York llevaban a sus hijos a regañadientes? ¿La odiaría por obligarlo a estudiar los caracteres *kanji* difíciles? Aunque también podría pasar lo contrario, podría odiarla si crecía sin aprender japonés porque ella no lo había obligado a ir a clase. Pasó un dedo por los rasgos de su abuelo. ¿Gen se parecería a él cuando fuera mayor? En la foto, su abuelo era clavadito a su padre en aquellos momentos.

Gen'ichiro. No había incluido la parte de «ichiro» en el nombre de Gen adrede. Ichiro no era un nombre que Ryoko quisiera volver a oír en la vida. Su tío Ichiro… Gen nunca sería como él cuando fuera mayor. Pensaba asegurarse de ello.

Bajó la mirada por la sobrecubierta del libro hasta una segunda foto que había bajo la de su abuelo, en aquel caso de una rubia de ojos azules de veintimuchos años.

Sobre la traductora

Flo Dunthorpe nació y se crio en Portland, Oregón. Se graduó de la Universidad Reed en Literatura Inglesa. En la actualidad vive en Tokio…

¡Mira que ir a vivir a Tokio! ¡Y a propósito! Ryoko había salido de allí en cuanto se le había presentado la oportunidad. Nunca había estado en Portland, Oregón, pues estaba en la Costa Oeste, bastante lejos, y era probable que la cultura de allí fuera muy distinta a la de su nuevo hogar en la Costa Este, pero, aun con todo… Ryoko estaba bastante segura de que prefería Portland a Tokio, incluso sin haber estado allí nunca. Miró la foto de Flo, y a una parte de ella le dio envidia aquella chica estadounidense de apariencia perfecta, inglés y japonés perfectos, y, por encima de todo, por su habilidad para vivir y ser feliz en la ciudad natal de Ryoko mucho mejor de lo que ella había podido.

Erik volvió a sentarse a su lado, por lo que cerró el libro y se lo devolvió.

—Es buenísimo, ¿sabes? —le dijo él, mientras lo colocaba con cuidado en el compartimento que tenía delante—. Las historias son una locura. ¿Las has leído todas?

—Seguramente. Mi abuelo nos las solía leer a mi prima Sonoko y a mí cuando éramos pequeñas. Y mi padre también. —Volvió a mirar el pseudónimo de su abuelo en la cubierta que sobresalía del compartimento frente a Erik, escrito en alfabeto latino con letras negras, pero los *kanji* de su nombre trazaban unos caracteres multicolor en su mente. ¡Familias! Menudo embrollo—. Nos las leía antes de irnos a la cama. Mi abuelo escribió las historias para Sonoko.

—Sí, lo he leído en el prefacio. —Le tocó el brazo, pues sabía lo cercana que había sido con su prima. Ella apretó la mandíbula y no dijo nada, y los dos se quedaron mirando a Gen, todavía dormidito. Tras unos momentos de silencio, Erik continuó—: Podemos leérselas al pequeñajo cuando sea un poco mayor. Acabo de leer una muy rara sobre un gato robot. ¿Qué le pasaba a tu abuelo con los gatos?

—Ay, le encantaban —respondió ella, con una sonrisa—. Estaba loco por los gatos. Solía decir «se puede juzgar a una sociedad por el modo en que trata a sus gatos». Nunca estuve muy segura de…

La interrumpió la voz del anuncio.

—Damas y caballeros, en breve comenzaremos el aterrizaje. Por favor, abróchense los cinturones, aparten sus bandejas y coloquen sus asientos en posición recta. *Mina san, kore kara…*

Ryoko se percató de que dejaba de prestar atención cuando el anuncio cambió a japonés. El idioma le parecía extranjero y ajeno a ella, pues sus oídos se habían acostumbrado al inglés, y este había empezado a parecerle más natural. Lo prefería como idioma en el que expresar sus emociones, ya que le parecía que el japonés siempre la había hecho reprimir lo que sentía de verdad. Antes le había respondido a la azafata en inglés, a pesar de que se había dirigido a ella en japonés. Se sentía un poco tonta por ello, y se sonrojó por el arrepentimiento, pero le pareció un pequeño acto de desafío. *No me clasifiques por mi aspecto*, había pensado. *¿Y si fuera una sinoestadounidense que viajaba a Tokio para los Juegos Olímpicos?* Sin embargo, después se sintió mal por la azafata, pues solo estaba cumpliendo con su trabajo. ¿Qué más daba que hubiera asumido que era japonesa?

Volvió a echar un vistazo por la ventana, hacia la enorme ciudad que había más abajo.

Aquella ciudad terrible, solitaria y aterradora. Había huido de ella para estar con Erik, para vivir en Nueva York. No había vuelto a la ciudad desde el funeral de su madre, y, si no fuera porque su padre seguía viviendo allí, habría preferido no volver nunca más. Había intentado convencerlo para que se mudara a Nueva York para estar más cerca de ella, Erik y Gen, pero él se limitaba a negar con la cabeza al otro lado de su llamada por Skype, y allí acababa aquella conversación.

El avión comenzó su descenso. Vio un atisbo de un tejado rojo en el área de Asakusa, una diminuta gota de sangre en un mar de cemento, cristal y metal, y luego desapareció.

—Los no japoneses por aquí, por favor —dijo el encargado anciano en inglés a Erik mientras dividía a los pasajeros en dos filas distintas al llegar a la aduana. El encargado estaba bajo un cartel enorme que decía:

Bienvenidos a Tokio 2020

El encargado miró a Ryoko, quien mecía a Gen en brazos, y cambió a japonés.

—*Nihonjin no kata wa, kochira no retsu ni onegai itashimasu.*

331

—¿Qué es lo último que ha dicho? —le susurró Erik a Ryoko.

—Tienes que hacer cola por ahí. —Ryoko señaló hacia su entrada—. Y yo tengo que pasar por aquí con Gen, porque somos japoneses. Ojalá pudiéramos entrar todos juntos. —Le parecía absurdo eso de separar familias según qué documento tuviera cada uno. ¿Qué más daba que ella hubiera nacido en un país y Erik en otro?

Eran familia, y eso era lo importante.

—No pasa nada, cielo. Os veré al otro lado. —Le soltó la mano.

Se despidió con la mano de Gen, quien sonrió y soltó un gorjeo.

—Dile adiós a papi —le dijo Ryoko, mientras le movía la manita por él—. Dile «hasta luego, nos vemos en un ratito».

Gen parecía un poco molesto al ver que su padre se marchaba, y soltó un pequeño quejido.

Ryoko lo meció un poco más. Cualquier muestra de molestia la perturbaba. ¿Sería algo normal o estaría exagerando? ¿Su madre habría pasado por lo mismo cuando ella era pequeña? Tenía una pila de preguntas que no había podido formular hasta que había sido demasiado tarde. Pensar en su madre lo hacía todo más difícil aún, por lo que apartó aquellos pensamientos de su mente.

—Shhh, Gen-chan —le susurró—. Lo volveremos a ver en un momentito.

Observaron a Erik dirigirse a la cola de extranjeros, una muy larga, por todas las personas que iban a la ceremonia de apertura de los Juegos Olímpicos del día siguiente. La cola para japoneses era mucho más corta.

—Ah, ¿cielo? —la llamó él desde el otro lado de las barreras que separaban ambas colas—. ¿Me recuerdas cómo se decía *gracias*?

—*Arigato gozaimasu* —respondió ella, con voz clara para que la entendiera. Un agente de inmigración se los había quedado mirando.

—*Arigato gozaimasu* —repitió él, con una reverencia—. *Arigato gozaimasu*.

Ryoko sonrió y se sorprendió al oír su buena pronunciación.

Sacaron su equipaje de la cinta transportadora y pasaron por la aduana sin problema. Ryoko estaba buscando los carteles del monorraíl, el cual los iba a llevar hasta la estación Hamamatsucho, donde iban a cambiar a la línea JR Yamamote, tras lo cual se dirigirían al oeste, hacia la nueva casa de su padre. La cháchara animada en japonés de las personas que la rodeaban le llenó los oídos; no era capaz de bloquear todas las conversaciones que se producían a su alrededor, y todo aquello la estaba agobiando y mareando. Tuvo que parpadear con fuerza para centrarse.

—¡Ryoko! —la llamó Erik, tirando de la manga de su camisa.

Se volvió para ver qué estaba señalando Erik y siguió su dedo con la mirada. Señalaba a alguien, a un hombre. Un hombre que cojeaba en su dirección.

No pudo evitar llevarse una mano a la boca.

Era la primera vez que lo veía en persona con su pierna prostética de metal. No se la había enseñado por Skype ni había hablado de ella. Se había enterado de lo que había ocurrido al hablar con el personal médico del hospital, solo que aquello no la había preparado para la realidad. Se avergonzó, no solo por lo sorprendida que se sentía, sino por haberlo mostrado en su reacción. Tendría que haber estado allí con él cuando había ocurrido. ¿Por qué había tardado tanto en ir a verlo? Se ruborizó por la vergüenza.

—¡Ryo-chan! —la llamó. Movía la mano con energía y le sonreía de oreja a oreja a Gen. Pasó por delante de Erik para darle un beso a Ryoko en la mejilla mientras miraba a Gen, radiante—. *Okaeri nasai* —le susurró. «Bienvenida a casa».

Notó que una lágrima se le formaba en un ojo, y un nudo en la garganta.

—*Tadaima* —fue lo único que pudo responder. «Estoy en casa».

Su padre se percató de repente de que había pasado por alto a Erik, por lo que se volvió para estrecharle la mano, mientras que Erik lo saludó con una reverencia. Y así se sumieron en un pequeño baile de intercambios, sin saber muy bien si debían estrecharse la mano o hacer una reverencia.

Al final el padre acabó dándole un fuerte abrazo a Erik y le habló en inglés.

—¡Erik-san! ¡Bienvenido!

—Hola, Taro-san. —Erik se volvió hacia Ryoko, incómodo—. Eh…, cielo… ¿Cómo se decía «cuánto tiempo sin vernos»? No, espera. Ya lo sé. —Miró al padre de nuevo y habló con voz clara—. *Hisashiburi!*

—¡Sí! *Hisashiburi*, Erik-san. Tu japonés… ¡muy bueno!

—No, es horrible. —Erik se rascó la barbilla, avergonzado—. Se me olvida todo.

—¿Sabes… mejor forma… mejorar en japonés? —le preguntó Taro.

—No —respondió Erik—. ¿Cómo?

—*Shochu* —dijo Taro, mientras hacía el gesto de beber de un vaso—. ¡O cerveza!

Ambos se echaron a reír.

Ryoko sonrió al ver que se estaban comunicando bien, a pesar de la diferencia de idiomas.

Su padre se volvió de nuevo hacia ella y hacia Gen y le hizo cosquillas bajo la barbilla al bebé mientras hablaba en japonés.

—Míralo… ¡Mi nieto! ¡Pero qué señorito tan guapo! Con esos ojazos… ¡Y esa nariz! Venga, por aquí.

—Papá… Ya te había dicho que no tenías por qué venir —respondió Ryoko en japonés—. Podríamos haber ido en tren.

—¿Con el pequeño Gen y todas esas maletas? Ni hablar. —Taro negó con la cabeza—. Es mucho más fácil en taxi.

—¿Has traído el taxi? —le preguntó Ryoko.

Taro la miró y pasó por alto lo que daba a entender su pregunta: *Pero ¿cómo puedes conducir con solo una pierna?*

—¡Pues claro! —contestó, antes de aferrar el asa de su maleta y tirar de ella con suma pericia. Volvió a cambiar al inglés—. Erik-san. Por aquí. Mi taxi... ¡aquí!

—¡Erik-san! ¡Mira! —Taro señaló por la ventana del taxi—. ¡Torre de Tokio!

—*Sugoi desu ne!* —exclamó Erik, con el japonés que Ryoko le había enseñado en el avión: «Increíble, ¿verdad?».

Ryoko miró a su padre, quien conducía sin ningún esfuerzo con una expresión que desprendía felicidad. Se aferró a Gen con fuerza, mientras Taro y Erik charlaban en la parte delantera. Se sentía tonta por no haberlo pensado antes: todavía tenía su pierna derecha. Su pierna izquierda, la prostética, reposaba quieta, y solo tenía que usar la derecha para el pedal del freno y el acelerador. Menos mal que era un taxista japonés y no uno europeo, porque no habría podido conducir un taxi de cambio manual. Sin embargo, los estadounidenses y los japoneses preferían los de cambio automático. Echó un vistazo a un artículo de periódico enganchado detrás del asiento, en el que había una foto de Taro bien orgulloso frente a su taxi, con su pierna metálica. El titular rezaba: ¡EL TAXISTA DE TOKIO CON UNA SOLA PIERNA!

Había bastante tráfico aquel día, pero su padre se sabía todas las calles secundarias y los atajos. Se conocía la ciudad al dedillo; no le extrañaba que no quisiera irse. Si bien conducía con la misma precaución de siempre, algo le decía que lo hacía con más cuidado aún aquel día, por Gen.

A Ryoko le pesaban los párpados. Gen volvía a dormitar, y la luz del exterior la hacía sentirse somnolienta. Sus nervios y su ánimo estaban dejando paso al desfase horario, aunque no quería quedarse dormida. Quería ver que su padre y Erik se llevaran bien. Estaba muy orgullosa de los dos.

Miró a Gen, dormidito. *Mira, Gen. Así es como debes ser de mayor.* Pensó en las palabras con tanta fuerza como pudo para proyectarlas por los ojos, como si pudiera hacer que las palabras cobraran vida y formaran una barrera protectora alrededor de su hijo mientras dormía. *Mira y aprende de ellos, y un día serás buena persona también. Sé bueno, Gen. Aprende de ellos y nunca serás como tu tío.*

Llegaron a casa de Taro tras el largo viaje en coche y aparcaron el taxi en la entrada cubierta de la casa. Su padre insistió en cargar con las maletas él solo e hizo que Erik llevara a Ryoko y a Gen dentro primero, pues los dos tenían mucho sueño.

—Id a echaros una siesta —dijo Taro, mientras sacaba las maletas pesadas del maletero con facilidad—. Os he preparado mi habitación del piso de arriba y he colocado una cuna ahí para Gen porque hay más espacio. Yo dormiré en la habitación del piso de abajo. ¡Venga! ¡Adentro!

Erik cargó con Gen y se fue a la planta de arriba sin rechistar. Ryoko se quedó en el pasillo, porque quería hablar con su padre.

—¿Qué haces aquí todavía? —Taro entró con las maletas y las dejó en el pasillo—. A la cama. Ya hablaremos por la mañana.

Ryoko contuvo un bostezo.

—Buenas noches, papá.

—Buenas noches, Ryo-chan. Me alegro de que estés en casa.

Conforme subía por las escaleras, se sorprendió al ver que salía luz por la rendija bajo la puerta de la habitación del piso de abajo. Su padre debía estar haciéndose mayor de verdad si ya se le olvidaba apagar las luces.

Se quedó dormida casi de inmediato mientras escuchaba los ronquidos de Erik y de Gen, al unísono, junto a unos pasos de vez en cuando que venían de la planta de abajo.

Ryoko se despertó temprano al oír que Gen se movía. Salió de la cama, lo sacó de su cuna y dejó dormir a Erik. Bajó por las escaleras con Gen, sin hacer ruido para no despertar a nadie. Tras recoger el periódico, se fue a la cocina y cerró la puerta. Le dio de comer a Gen y preparó algo de café. Era el día de la ceremonia de apertura.

Ryoko se sirvió una taza de café solo y se sentó a la mesa de la cocina con el periódico.

Hojeó las páginas de artículos relacionados con los Juegos Olímpicos.

Se detuvo al llegar a este titular:

ENCUENTRAN MUERTO A TATUADOR FAMOSO DE ASAKUSA

Ojima Kentaro (el hombre de la imagen), de 46 años, apareció muerto en su taller de tatuajes de Asakusa ayer. El solitario tatuador era conocido entre sus compañeros por ser uno de los mejores artistas de la zona de Asakusa, y la policía ha pedido a los miembros de la comunidad que pudieran haberse enterado de algo que contactaran con ellos. El sargento Fukuyama, de la Policía Metropolitana de Tokio, ha desmentido los rumores de que lo encontraron con un cuchillo clavado en la espalda y ha pedido a sus conciudadanos que evitaran las «especulaciones» y los «rumores» en cuanto al asunto. Ha declarado: «Estamos llevando a cabo una investigación exhaustiva sobre el incidente».

Pensó que debía mostrárselo a Erik más tarde. Se lo traduciría. A él le encantaba hablar de lo «seguro» que era Japón, mucho más que Estados Unidos, por sus leyes estrictas en cuanto a la posesión de armas y la baja criminalidad. «¿Ves?», le diría. «Japón no es tan bonito como lo pintan. No es perfecto. Ningún lugar lo es (…y yo tampoco)». Aunque esa última parte se la pensaba guardar para ella sola.

La puerta de la cocina se abrió, y su padre entró frotándose los ojos.

—Buenos días —la saludó, y se acercó para hacerle cosquillas a Gen detrás de una oreja.

—Buenos días. —Le dio a Gen para que lo alzara, sacó una taza de la alacena y la llenó de café solo antes de ofrecérsela a su padre.

—Gracias. —Aceptó la taza con su mano libre mientras ponía caras graciosas para Gen. Miró hacia la mesa y vio el periódico que Ryoko había estado leyendo—. Tendremos que guardar el periódico de recuerdo. ¡Tokio no es la sede de los Juegos Olímpicos todos los días! La última vez fue en 1964, antes de que nacieras. Ay, el pequeño Gen crecerá sabiendo que estuvo aquí para los Juegos Olímpicos de 2020.

Ryoko dio un sorbo de café.

—¿Has ido a comprar últimamente? La nevera está un poco vacía. —Soltó una risa nerviosa. ¿Por qué se ponía tan nerviosa al hablar en japonés? Se sentía como una persona distinta. Estaba intentando bromear con él como solía hacer, solo que volver a hablar en japonés hacía que se preocupara por la formalidad.

—Menos bromitas —dijo Taro, y ella se quedó más tranquila al comprobar que había entendido que estaba bromeando—. Siempre podemos ir a hacer la compra cuando Erik se levante, ¿verdad, Gen? —Miró al bebé antes de desviar la mirada al techo, como si se hubiera acordado de algo—. ¿Qué come Erik?

—Cualquier cosa que le pongas delante.

—Buen chico. No hay nada peor que alguien quisquilloso con la comida.

Se quedaron allí sentados un rato, sumidos en un silencio incómodo. Ryoko se miró las manos. Taro le hacía pedorretas a Gen, quien soltaba un gorjeo y una risita cada vez y hacía que su abuelo también se echara a reír.

Le apeteció meterse un poco más con Taro.

—¿Sabes que ayer te dejaste la luz de la planta de abajo encendida? Cuando fuiste al aeropuerto a buscarnos. —Ryoko meneó la cabeza—. Alguien se está volviendo senil...

Aquella vez no sonrió ni se rio. ¿Acaso no estaba acertando con sus bromas? ¿Le habría molestado el comentario? ¿Le estaría pasando algo de verdad? Notó un peso en el estómago. Taro dejó su taza y pasó a Gen a su otro brazo.

—Ryoko..., tengo algo que contarte.

Miró a su padre. Había algo en su voz que exigía que le dedicara su atención.

—Siento no habértelo contado antes, pero Erik y tú estabais tan cansados de vuestro viaje... Y... bueno, creo que lo mejor será que te lo cuente ahora. Quizá sea más fácil que te lo muestre.

Se puso de pie poco a poco y usó el borde de la mesa para impulsarse con su mano libre.

—Sígueme.

Su padre salió de la cocina, y ella lo siguió de cerca, tras el traqueteo de su pierna metálica contra el suelo. El pasillo seguía en penumbra, pues no tenía ninguna ventana. La llevó hasta la puerta de la habitación de la planta de abajo y llamó discretamente.

Una voz baja respondió desde el otro lado:

—Pasa.

Su padre abrió la puerta y le hizo un gesto a Ryoko para que entrara.

Pasó a la habitación. El cuerpo se le había quedado quieto y en silencio por dentro. Vio la silueta de una persona sentada en el suelo frente a ella, encorvada frente a una mesa baja *kotatsu*. Dos futones estaban doblados y colocados junto al armario, listos para recogerlos.

El hombre sentado junto al *kotatsu* se puso de rodillas.

—Ryoko-chan —la llamó.

Se lo quedó mirando. No fue capaz de hablar.

—Ryoko-chan. —El hombre hizo una reverencia y puso la frente en el tatami. Le temblaba la voz—. Lo siento mucho.

—Ryo-chan... —En aquella ocasión fue la voz de su padre—. Hemos...

Ella negó con la cabeza.

El hombre del suelo alzó la cabeza para mirarla, nervioso.

¿Cómo se atrevía? ¿Cómo se había atrevido a volver?

Ryoko pasó por su lado para dirigirse a la puerta corredera. Su padre sostenía a Gen, y ella se moría de ganas de cargarlo en brazos y salir de la habitación, pero se sentía atrapada. Notaba la mirada de su padre y de su tío a sus espaldas y sabía que estaban esperando una respuesta. Pero ¿qué respuesta iba a ser esa? Solo quería agarrar a Gen y a Erik y salir de aquella situación. Volver a Nueva York, lejos de todo el dolor y la confusión. De vuelta a donde todo era más sencillo.

Después de todo lo que les había hecho. ¿Cómo se atrevía?

Abrió la puerta corredera, salió al jardín y la cerró tras ella.

El jardín era más pequeño que el de la casa que habían tenido en Nakano.

El sol estaba saliendo, y Ryoko miró por encima de los tejados de las casas bajas, hacia los rascacielos del horizonte. Oyó un ligero maullido y bajó la mirada para ver a un pequeño gatito tricolor que se frotaba contra sus piernas. Se arrodilló para acariciar al gato, y este ronroneó de placer.

—Qué desastre, ¿verdad, gatito? —El gato la miró con sus ojos verdes y extraños. Vio que las partes blancas de su pelaje estaban manchadas de sangre—. Tú también has estado luchando, ¿eh?

El gato maulló mientras ella le acariciaba su suave pelaje con los dedos.

Ryoko miró al gato más de cerca; se parecía muchísimo a la gata favorita de su abuelo. Naomi. Sonoko también había querido mucho a aquella gata. Solía rogarle a su abuelo que la dejara dormir en el futón con ellas cuando eran pequeñas. La gata se metía entre sus sábanas, en especial en invierno, para estar calentita. Su lugar favorito había sido hecha un ovillo entre las piernas de Sonoko. La pequeña Sonoko, quien había muerto sin que su padre estuviera cerca. Y allí estaba entonces; había vuelto y esperaba que lo perdonaran. Bueno, pues por ella se podía pudrir en el infierno.

La puerta corredera se abrió tras ella, aunque no se dio la vuelta para ver quién era.

—¿Cielo? —Su corazón alzó el vuelo un poco al oír la voz de Erik.

El gato se asustó de Erik y se subió de un salto a la pared baja del jardín, pero se quedó allí mirándolos. A la espera.

Ryoko se volvió para mirar a Erik, con Gen en brazos. Llevaba dos tazas de café y le dio una a ella, quien la aceptó y le dio un sorbo. Estaba frío y amargo.

—¿Va todo bien? —La miró a la cara—. Tu padre me ha dicho que saliera para hablar contigo.

—No del todo…

—¿Imagino que ese es tu tío Ichiro? —Hizo un ademán con la cabeza en dirección a la casa.

—Ajá.

—Mmmm. —Erik se sentó en el peldaño, dejó su taza de café y meció a Gen con suavidad.

—No sé qué hacer. —Ver la expresión en calma de Gen la tranquilizó un poco.

—Podemos irnos si quieres —dijo Erik de repente—. No tienes por qué lidiar con esto.

Se imaginó irse de casa con Erik y Gen, pero entonces pensó en su padre y en cómo se iba a sentir.

—No puedo hacerle eso a mi padre.

—Ya… —Erik se lo pensó un rato—. ¿Has hablado con tu tío?

—No me apetece.

—Quizá sea mejor que lo hagas. Aunque sea para decirle lo que piensas.

—No lo entiendes, Erik. —El corazón le latía a mil por hora. Notaba que la sangre le hervía, y meneó la cabeza con fuerza mientras hablaba—. No es tu familia, no es tu cultura. No es asunto tuyo. No entiendes cómo es Japón.

—Lo siento —dijo con calma—. No pretendo decirte lo que tienes que hacer. Hay muchas cosas de Japón que no entiendo. —Hizo otra pausa y escogió sus siguientes palabras con cuidado—. Pero sí que entiendo a las personas. Y ¿cómo podemos llegar a entender algo si no hablamos, si no nos escuchamos los unos a los otros? Estoy seguro de que él tiene una historia que contarte, pero lo que es más importante es que tiene que escuchar *tu* historia. Tiene que saber cómo te sientes. —Le puso una de sus grandes manos en el hombro y la acarició con ternura—. Nada de esto es culpa tuya, Ryoko. Y estoy de tu parte, siempre lo estaré. Hagas lo que hagas, apoyaré tu decisión.

—Lo siento, Erik. —Una lágrima se le formó en un ojo, y se la secó con una mano—. No tendría que desfogarme contigo. Iré a hablar con él.

—Entra cuando estés lista; tómate todo el tiempo que necesites. —Erik se puso de pie y se dirigió a la puerta corredera.

—No, espera. —Alzó la mirada hacia Erik, quien se detuvo en la puerta. Respiró hondo y continuó—: Quiero hablar con él fuera. Aquí, en el jardín. Parece más apropiado. —Se puso de pie—. ¿Puedes decirle a mi padre que le pida que salga?

—Claro.

Erik entró en la casa y cerró la puerta. El gato seguía sentado en la pared y lo observaba todo.

Ryoko se alejó de la casa para ir al estanque. Miró hacia el agua y vio los rayos dorados de luz matutina que se reflejaban en la superficie. El reluciente pez *koi* nadaba aletargado entre las luces y las sombras.

Una idea oscura y horrible se le pasó por la cabeza. Podía marcharse en aquel momento. Ella sola. Podía escalar por el muro del jardín y desaparecer para siempre. Así no tendría que lidiar con aquel desastre, sino que podría estar sola y ser libre. Podría ser como el gato callejero que estaba sentado en el muro y la miraba, podría perderse en la ciudad. Y entonces se convertiría en lo que odiaba de verdad.

Sería igual que *él*.

Oyó que la puerta corredera se abría.

Ryoko cerró los ojos, y, al hacerlo, unas imágenes de Tokio pasaron por su cabeza. De repente fue consciente de los millones y millones de vidas que la rodeaban. Todas aquellas vidas, todos aquellos dramas. Todas aquellas familias encerradas en sí mismas. Las vio con claridad, con el estadio olímpico que crecía y crecía con el paso de los años, con los edificios de la ciudad que florecían y se marchitaban como las flores de las marismas de Edo, un ciclo continuo hasta el fin de los tiempos.

La ciudad no descansaba, sino que seguía avanzando sin que nada le importara.

Intentó abrir los ojos, pero no fue capaz. Pues, cuando los abriera, iba a tener que enfrentarse a un problema muy real, uno con el que ella debía lidiar por sí sola. Mantuvo los ojos cerrados con fuerza, y en su cabeza le rugía el pulso con fuerza, seguido de los gritos de la ciudad en el fondo. Todas aquellas personas pobres, solas y heridas. Encerradas en sus cárceles privadas.

Gritaban en su cabeza, con una voz que era muchas y una y la misma a la vez. Una voz que era suya y de la que ella formaba parte. Ella y los demás, aquellos millones y millones de personas que entraban y salían; que atravesaban estaciones de metro y edificios, parques y autopistas; que vivían sus vidas. La ciudad arrojaba su mierda a través de cañerías, transportaba cuerpos en contenedores metálicos y contenía sus secretos, sus esperanzas, sus sueños, su dolor, su agonía.

Porque ella también formaba parte de la ciudad, ¿verdad? Estaba unida a todo, y siempre lo iba a estar. Ni siquiera el hecho de esconderse al otro lado de una llamada de Skype, a miles de kilómetros de distancia, iba a poder cambiar eso. Ella era Tokio.

Respiró hondo y abrió los ojos. Se dio media vuelta. Su tío estaba arrodillado bajo el cerezo, uno más joven que el que habían tenido en la casa de Nakano. Sus hojas estaban verdes por el verano, pero en otoño se caerían y se pudrirían; en invierno las ramas estarían cubiertas de nieve; y en primavera volvería a florecer. Lo miró a la cara. Una lágrima caía por su mejilla. La lágrima se había separado, dividida en dos caminos. Parecía viejo y delgado, y le faltaban algunos dientes.

Era una persona. Igual que ella. Igual que todo el mundo. Perdido y solo.

A Ryoko todavía le temblaban las manos, por lo que las juntó. Se arrodilló frente a él, en la postura tradicional de los *rakugoka* cuando contaban sus historias. En aquel momento era él quien debía escucharla. Solo que su historia no era nada graciosa ni tenía ningún giro cómico. Iba a contarle la historia real como la vida misma de cómo él había roto su familia, cómo había abandonado a su hija y que esta había muerto, cuánto daño le había hecho a su abuelo. Le iba a contar cuánto lo odiaba, que no lo había perdonado y que tal vez nunca lo haría, pero que había tenido un hijo y que veía el rostro de su tío en Gen. Le iba a decir que los familiares deberían perdonarse entre sí y que quizá, solo quizá, un día, si él empezaba a actuar como era debido en aquella familia, lo perdonaría.

Sin embargo, antes de que pudiera comenzar a contar su historia, el deber le exigía que le dijera otra cosa. Era la cultura japonesa, y, por mucho tiempo que hubiera pasado en Nueva York, aquello siempre iba a formar parte de ella. Le dedicó una reverencia a su tío y llevó la frente al suelo, pero habló en voz alta, con claridad y una confianza inquebrantable.

—*Okaeri nasai.* —«Bienvenido a casa».

Ichiro le devolvió la reverencia, y otra lágrima cayó sobre la hierba.

—*Tadaima.*

—Ahora escúchame bien.

Los músculos de la espalda del gato se flexionaron y cobraron vida.

De repente, se cansó de ver cómo la chica hablaba con el hombre de cabeza morada. Su trabajo había concluido en aquel lugar, ya había visto suficiente. Se puso de pie y saltó, distraído, hacia un tejado cercano. Y así se alejó poco a poco, por encima de los tejados, bañado por la luz matutina.

Perdido una vez más en la ciudad.

AGRADECIMIENTOS

¡Uf! Menudo viaje el que va desde que uno es niño y saca pecho para soltar «¡Quiero ser escritor!» hasta que publica su primera novela. Por suerte, en un viaje se suele conocer a un montón de personas amables e increíbles, a todas las cuales quiero darles las gracias. Así que espero que me tengas paciencia.

En primer lugar, muchas gracias a la mejor editora del mundo, Poppy Mostyn-Owen. El libro era un desastre, pero has arreglado muchísimas cosas que estaban rotas, y no sería lo mismo sin tu ayuda. Me faltan las palabras para describir cuánto me has ayudado, en especial por haberme hecho caso con mis ideas de bombero sobre notas al pie de página, fotografías, *manga*, y por haber soportado mi pésimo sentido del humor. «Ceremonia de apertura» es para ti. A mi agente, Ed Wilson, por ser tan inteligente, alegre y entusiasta desde que nos conocimos en Foyles; muchas gracias, Ed. También quiero darle las gracias a Helene Butler en J&A. A Mariko Aruga, por su increíble dibujo de *manga*. A Tamsin Shelton por sus ediciones con ojos de lince. A Carmen Balit por la increíble portada del gato. A Kirsty Doole, Gemma Davis y a todos los miembros de Atlantic por su incondicionalidad y amabilidad y por recibirme tan bien.

Giles Foden y Stephen Benson se merecen un agradecimiento especial. Giles, muchas partes de este libro comenzaron contigo. Stephen, tu apoyo y tus consejos a lo largo de este periodo de mi vida han sido inestimables. Muchas gracias a los dos.

Y a todos mis profesores: Trezza Azzopardi (tenías razón), Vesna Goldworthy (tú también tenías razón), Amit Chaudhuri, Henry Sutton, Philip Langeskov, Anna Metcalfe, Jon Cook y todos los miembros del programa de maestría y doctorado; muchísimas gracias a todos. Millones de gracias también a la Great Britain Sasakawa Foundation por la ayuda y el apoyo que me han brindado a la hora de escribir este libro y sacarme el doctorado.

El siguiente grupo de personas me han brindado una ayuda inmensa, seguramente en modos de los que ni se dieron cuenta. Gracias: Dennis Horton, Calvin Ching, Brian Blanchard, Theresa Wang, James Philip (¿cómo te llamas, chico?), Alexis McDonnell, Tim Yellowhammer, Ash Jones, Ryan Benton, Si Carter, Jon Ford, Bobo, Philbo, Slimer, Anda, The Claw, Stupot, Rufus, Garman, Fraud, Cheese, Suzie Crossland, Andre Gushurst-Moore, Nigel Millington, Stephen Buglass, Carla Spradbery, Cherry Cheung, Shaun Browne, Neil Docking, Michael Rands, Maki Koyama, Chris Amblin, Ayu Okakita, Seb Dehesdin, Yoko Tamai, Sarang Narumi, Vincent Gillespie, Jill Rudd, Brendan Griggs, Matsu, Horisan, Tsuruoka-sensei y a la Ogawa-sensei de verdad. Al recuerdo de uno de mis primeros compañeros de escritura: Luke McDuff.

Muchas gracias a las siguientes personas por acceder a leer mis palabras y por sus sabios consejos: Hiroko Asago, Jacob Rollinson, Paul Cooper, Matthew Blackman, Naomi Ishiguro, Susan Burton, Deepa Anappara, Ross Benar, Dave Lynch, Felicity Notley, Rowan Hisayo Buchanan, Lizzie Briggs, Sara Sha'ath, Sam West, Will Nott, Sharlene Teo y Elyssa.

Un agradecimiento efusivo, emocional y familiar a los bocazas de los Bradley: papá (este libro te lo dedico especialmente a ti), mamá (gracias, siempre), Bob («*Copy Cat*» es para ti), Tim (a ti no te doy nada, y en gran cantidad), AJ, Clare, Meg, Molly, Floss, Lizzie (a las almas de mi abuela, mi abuelo, el tío Bob, Tom, Jake, Suzie y Tess, DEP). Muchas gracias a mis abuelos, los Compsty. Unas gracias igual de sentimentales a Douglas, Jacqui, Daniel, Bethy, Thomas y Edgar. Gracias a Mummy y Willie, y a la abuela y al abuelo Osmaston, en espíritu.

Cualquier error en la traducción del poema «Aoneko» de Hagiwara Sakutaro que aparece en el epígrafe provienen de mi propia licencia poética (estoy seguro de que Flo lo habría hecho mejor; por favor, envíale un correo para decírselo), así como también lo son los que seguramente sean muchos errores en el texto en sí. Por ellos pido disculpas y lo achaco al error humano, más que a la ignorancia o a la falta de cuidado. El libro *Los pobres*, de William T. Vollman, me fue de una ayuda inestimable para escribir «Palabras perdidas», y también lo fue la película de *anime* de Kon Satoshi, *Tokyo Godfathers*. También debo mencionar un documental disponible en YouTube y titulado «SANYA, Tokyo, Broken City» como un recurso de lo más valioso. Los dos *haiku* que Gen lee en su libro de poemas aparecen sin acreditar en el texto, pero son, en orden de aparición, de Matsuo Basho y Natsume Soseki (el padre de los libros de gatos en japonés).

También me gustaría darles las gracias, además de al enorme elenco de directores, músicos, escritores y artistas que me inspiran cada día (hay demasiados como para incluirlos aquí), a todos los japoneses maravillosos que me han recibido con los brazos abiertos a lo largo de todos estos años, quienes me han inspirado con sus explicaciones e historias sobre un país al que aprendí a querer hace mucho tiempo.

Por último, este libro no existiría sin Julie Neko y Pansy Pusskins (mis michis).

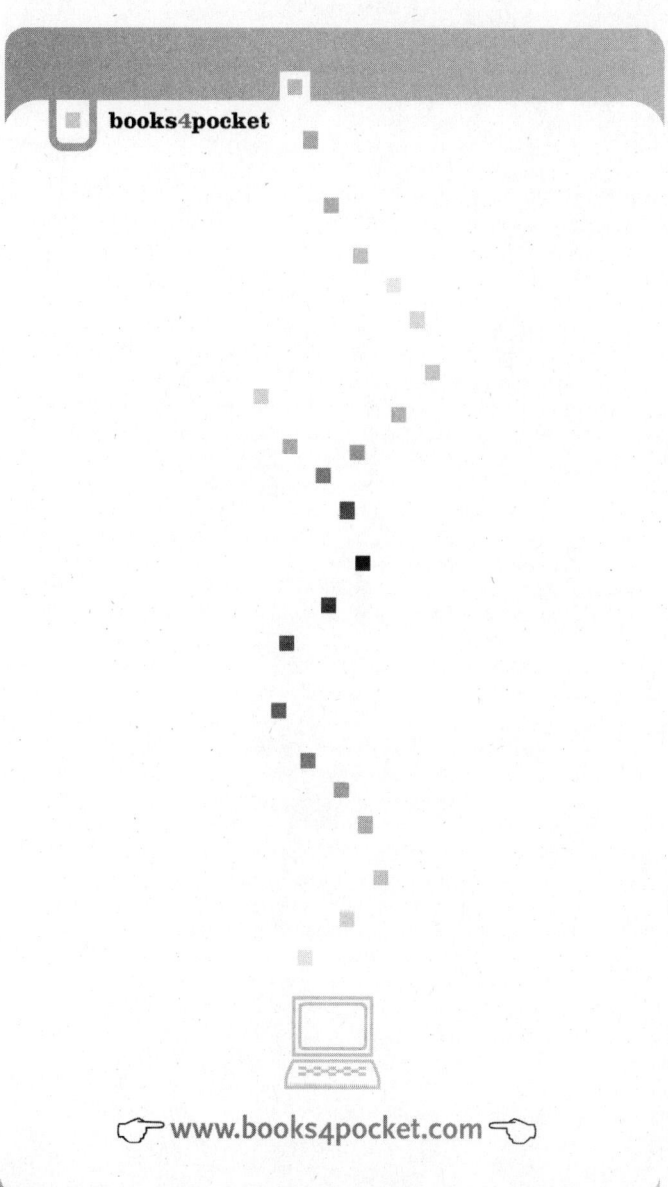

books4pocket

www.books4pocket.com